Diogenes Taschenbuch 24685

PETROS MARKARIS, geboren 1937 in Istanbul, ist Verfasser von Theaterstücken und Schöpfer einer Fernsehserie, er war Co-Autor von Theo Angelopoulos und hat deutsche Dramatiker wie Brecht und Goethe ins Griechische übertragen. Mit dem Schreiben von Kriminalromanen begann er erst Mitte der Neunzigerjahre und wurde damit international erfolgreich. Er hat zahlreiche europäische Preise gewonnen, darunter den Pepe-Carvalho-Preis sowie die Goethe-Medaille. Petros Markaris lebt in Athen.

Petros Markaris

Das Lied des Geldes

Ein Fall für Kostas Charitos

ROMAN

Aus dem Neugriechischen von
Michaela Prinzinger

Diogenes

Die Originalausgabe erschien 2020 bei Ekdoseis Keimena, Athen,
unter dem Titel: ›Ο φόνος είναι χρήμα‹
Die deutsche Erstausgabe erschien 2021 im Diogenes Verlag
Textauszug aus: Bertolt Brecht, *Die Gedichte*
Herausgegeben von Jan Knopf

Covermotiv: Foto von Makis Siderakis

Veröffentlicht als Diogenes Taschenbuch, 2023

www.diogenes.ch
100/23/36/1
ISBN 978 3 257 24685 8

Im Gedenken an meine beiden Verleger
Filippos Vlachos und
Samis Gavrielides

Selbst die Sintflut
Dauerte nicht ewig.
Einmal verrannen
Die schwarzen Gewässer.
Freilich, wie wenige
Dauerten länger!

Bertolt Brecht,
Beim Lesen
des Horaz

Inhalt

I

Wir sind nicht sehr viele. Gerade mal hundert vielleicht. Als ich jung war, hätten wir vor der Partei für die misslungene Mobilisierung der Massen Rechenschaft ablegen müssen. Aber heute, da zehn Teilnehmer auf einer Straße oder einem Platz schon als Demonstration durchgehen, gelten wir als Menschenmeer.

Die meisten stammen aus unserem Obdachlosenheim. Bei einem Rundgang durch die übrigen Asyle konnte ich weitere Interessenten gewinnen. Dazu kommen einige direkt von der Straße.

Die Passanten bleiben neugierig stehen und beobachten uns. Sie fragen sich völlig zu Recht, was eine Gruppe Unbekannter, die einen Sarg mit sich führt, auf dem Attikis-Platz zu suchen hat. Genauso ergeht es den Bewohnern des Viertels, die das Schauspiel von den Fenstern und Balkonen verfolgen.

Zwei Männer, die ich nicht namentlich kenne, da sie aus einem anderen Obdachlosenasyl stammen, stellen den Sarg auf dem Boden ab.

»Hältst du eine Rede, Lambros?«, fragt mich Stelios.

»Ja, am besten warten wir noch ein bisschen. Vielleicht kommen ja noch mehr Leute.«

Doch anstelle zusätzlicher Teilnehmer trifft ein Streifenwagen ein. Die Erklärung liegt auf der Hand. Einer der Schaulustigen muss, erschrocken über den Anblick von Sarg und Trauerzug, die Polizei alarmiert haben.

»Was spielt sich hier ab?« Die Frage des Polizeibeamten, der aus dem Streifenwagen gestiegen ist, richtet sich an alle und keinen.

»Eine friedliche Kundgebung«, antwortet Anna.

»Und der Sarg? Liegt da jemand drin oder ist der leer?«

Bevor ich ihm antworten kann, ist die MAT-Sondereinheit, die »Eingreiftruppe zur Wiederherstellung der Ordnung«, im Laufschritt herbeigeeilt und hat uns eingekesselt. Meine Mitstreiter werfen mir besorgte Blicke zu.

»Im Sarg, da liegt die Linke«, erkläre ich dem Polizeibeamten. »Sie hat Selbstmord begangen, und wir wollen sie zu Grabe tragen. Die Linke ist in den Armenvierteln groß geworden. Daher haben wir beschlossen, sie hier am Ionias-Boulevard aufzubahren, wo sich Arme und Migranten immer die Türklinke in die Hand gegeben haben.«

»Den Sarg nehmen wir mit. Und ihr löst euch schön friedlich auf, denn Ausschreitungen nützen weder euch noch uns etwas«, meint der Truppführer der MAT-Sondereinheit zu mir, der meine Antwort aus nächster Nähe mitbekommen hat.

Sein Gesichtsausdruck bringt mich auf die Palme. Wenn man so alt ist wie ich, dann versetzen einen Zorngefühle zurück in die Vergangenheit.

»Können Sie mir eine Sache erklären?«, frage ich. »Wenn wir in meiner Jugend für die Linke auf die Straße gegangen sind, haben uns eure Vorgänger zuerst auf der Straße und danach in der Zentrale der Sicherheitspolizei grün und blau geschlagen. Und jetzt, da wir euch erklären, dass die Linke Selbstmord begangen hat, wollt ihr uns wieder verprügeln? Muss man für eine Unterstützung der Linken, sei sie nun tot oder lebendig, immer mit einer Prügelstrafe rechnen?«

»Herr Lambros, wieso rufen Sie nicht Kommissar Charitos an?«, sagt Stelios zu mir und reicht mir das Handy.

Der Truppführer stutzt. »Sie kennen Kommissar Charitos?«

Bevor ich ihm antworten kann, tritt der Polizeibeamte aus dem Streifenwagen auf ihn zu und flüstert ihm etwas ins Ohr.

»Ist der Enkel des Kommissars tatsächlich nach Ihnen benannt?«, will er wissen, nachdem ihn der Polizeibeamte aufgeklärt hat.

»Ja.«

Er gibt sofort klein bei. »In Ordnung, Sie können Ihre Veranstaltung durchführen. Wir bleiben am Rande und passen auf, dass nichts aus dem Ruder läuft.«

Wie war es zu der Aktion gekommen? Auf eine solche Frage würde ich spontan »Na einfach so« oder auch »Alte Sünder bekehrt man nicht« antworten. Doch das stimmt nicht. Der Einfall kam nicht aus dem Nichts.

Es waren die vielen Anfragen im Obdachlosenheim gewesen, die wir ablehnen mussten. Dabei ging es nicht um irgendwelche Anliegen unserer Bewohner, sondern um Menschen, die an unsere Tür klopften und bei uns aufgenommen werden wollten. Doch wir hatten kein Bett mehr frei und mussten sie wieder auf die Straße schicken. Wenn ich sah, wie sie stumm und mit hängenden Köpfen davonzogen, fragte ich mich, wie wir in den fünfziger oder sechziger Jahren darauf reagiert hätten.

Damals hätten wir für die Armen und Entrechteten demonstriert. Wir hätten Parolen skandiert, wären mit der Polizei aneinandergeraten und vermutlich unverrichteter Dinge wieder nach Hause gegangen. In neun von zehn Fällen wussten wir von vornherein, dass wir einsame Rufer in der Wüste waren. Aber der Satz »Verdammt, damit kommt ihr nicht durch!« hätte uns auf die Barrikaden getrieben.

Damals stand eine Partei und linke Bewegung hinter uns, die genau wusste, wie sie uns mit diesem »Verdammt ...« mobilisieren konnte. Heute ist der Satz zum Seufzer »Verdammt, was können wir schon dagegen tun?« verkommen. Die Mutlosigkeit der Obdachlosen hat mir die Augen geöffnet, und ich merkte, dass auch ich inzwischen zur Fraktion der Resignierten gehörte. Auf einmal wurde mir klar, dass wir die Linke und alles, was wir durchgemacht hatten – die Bewegung, den Widerstand im Zweiten Weltkrieg, die Verfolgung, das Exil auf den Verbannungsinseln in der Bürgerkriegszeit – vergessen mussten. Nichts davon zählte noch, stattdessen waren die Tage der Linken gezählt.

Heute müssen sich die Armen aus eigener Kraft erheben, wenn sie je wieder gute Tage sehen wollen. Von politischen Gruppierungen haben sie nichts zu erwarten, sie müssen selbst zu einer Bewegung werden. Alles andere sind nostalgische, gefühlsduselige Geschichten aus der Vergangenheit. Auch ich selbst, Lambros Sissis, musste von der Ideologie des Marxismus-Leninismus auf die Ideologie der Armut umschwenken. In der Politik agieren nurmehr Leute, die ihre Schäfchen ins Trockene gebracht haben.

Plötzlich sehe ich, wie ein Grüppchen Migranten zu uns stößt. Ihr Anführer, ein dreißigjähriger Grieche, tritt auf mich zu. »Als ich gesehen habe, dass ihr die Linke zu Grabe tragt, habe ich meine Nachbarn zusammengerufen. Viele kommen aus ehemaligen Ostblockländern, hatten aber keine Gelegenheit, den Sozialismus zu beerdigen, da sie der politische Wandel völlig überrascht hat. Jetzt können sie das nachholen.«

Ich werfe einen Blick auf die übrigen Demonstranten. Ruhig warten sie das Kommende ab, genauso wie die MAT-Sondereinheit, die sich aus der Sache heraushält und am Rand des Platzes strammsteht. Jetzt ist der geeignete Moment, meine Rede zu beginnen.

»Wir sind heute hier, um eine Trauerfeier zu begehen. Eine Kundgebung also, in der kein Platz ist für Geschrei und Ausschreitungen, sondern für stille Einkehr. Ich selbst habe mich mein Leben lang für die Linke und den gesellschaftlichen Wandel eingesetzt. Heute sage ich euch: Das alles ist Schnee von gestern. Ihr könnt von niemandem Unterstützung und Rückendeckung erwarten.«

»Wem sagst du das!«, erhebt sich eine Männerstimme aus der Menge. »Wir sind hier, weil der Sozialismus in unserer Heimat tot ist.«

»Auch im Sozialismus haben wir, genauso wie hier, für einen Kanten Brot gearbeitet«, entgegnet ihm eine Frau.

»Bei uns in Pakistan kein Stück Brot. Hier kein Stück Brot. Wo Stück Brot?«, ruft einer aus der zweiten Reihe und ringt verzweifelt die Hände.

»Was ihr sagt, stimmt!«, rufe ich ihnen zu. »Daher könnt ihr von keinem System, von keiner Regierung und von keiner Bewegung Rückhalt und Hilfe erwarten. Der Sozialismus und die Linke, an die wir geglaubt haben, haben Selbstmord begangen, weil sie sich auf das Spiel der Macht eingelassen haben. Die Armen auf der ganzen Welt müssen begreifen, dass nur noch sie selbst die Bewegung sind.«

»Gut gesagt, aber was können wir schon ausrichten, verdammt noch mal?«, ertönt jetzt die Stimme einer Frau, die mir die Gedanken von vorhin wohl von der Stirn abgelesen hat.

»Wir müssen uns in jedem Viertel, in jeder Wohngegend zusammentun. Nicht, um über unser Schicksal zu klagen, sondern um über unsere Probleme zu reden. Wir müssen aussprechen, wer uns ausbeutet, wer uns bestiehlt, wer von unserem Unglück profitiert. In ein paar Tagen werden wir ein Komitee zusammenstellen. Dann könnt ihr zu uns kommen, um uns eure Probleme zu schildern, und danach entscheiden wir gemeinsam, wie wir darauf reagieren und welche Form von Protest wir organisieren.«

Ich warte ab, ob sich jemand zu Wort meldet. Doch alle schweigen. Sie überlassen mir die Initiative für den nächsten Schritt.

»Dann beerdigen wir jetzt die Linke«, sage ich.

Ich lasse die Stadtbahnstation hinter mir und biege in den Ionias-Boulevard ein. Die Prozession folgt mir, mit dem Sarg direkt hinter mir.

Ich habe die Gegend zuvor ausgekundschaftet und weiß, wo wir den Sarg abstellen können: auf dem kleinen Grundstück eines Einfamilienhauses, das noch aus der Zeit um 1922 stammt, als die Verfolgten des Griechisch-Türkischen Kriegs von Kleinasien nach Athen kamen. Das Grundstück ist kahl und leer, nur ein kleiner Garten mit Bäumen umgibt das Haus der einstigen Flüchtlinge. Auch ohne die für Friedhöfe üblichen Zypressen ist dieser Ort die geeignete Grabstelle für die Linke.

»Stellt den Sarg hier ab«, sage ich zu den beiden Trägern und deute auf einen Platz in der Mitte des Grundstücks.

»Ich schlage vor, dass wir eine Schweigeminute einlegen«, sage ich zu den Teilnehmern.

»Wollen wir denn keine richtige Trauerfeier machen?«, fragt eine Frau.

»Eine Schweigeminute ist die für die Linke passende Trauerfeier«, antworte ich ihr.

»Wollen wir sie nicht bestatten?«, will ein Mann wissen.

»Nein, sie soll hier öffentlich und für die Passanten sichtbar aufgebahrt bleiben.«

Einer der Bewohner unseres Obdachlosenheims hat mit weißer Farbe »Hier ruht die Linke« als Geleitwort auf den Sarg geschrieben.

Nach der Schweigeminute löst sich die Kundgebung nach und nach auf.

»Wir bleiben in Kontakt!«, rufe ich den Teilnehmern hinterher. »Wir melden uns bald bei euch. In der Zwischenzeit solltet ihr euch in euren Vierteln organisieren und das Unrecht und die Probleme auflisten, die euch zu schaffen machen.«

Einige machen sich einzeln auf den Weg, andere in Gruppen. Die Migranten bilden die größte Gruppe. Wir hingegen kehren zum Bahnhof zurück, um die Stadtbahn zum Viktoria-Platz zu nehmen.

Die MAT-Sondereinheit macht sich zum Abmarsch bereit. Als mich der Truppführer erblickt, kommt er auf mich zu.

»Eine gute Rede, Herr Lambros, aber uns bringen Sie damit in Schwierigkeiten«, meint er.

»Wieso?«, wundere ich mich.

»Die Politiker machen den Armen ein leeres Versprechen nach dem anderen, um sie ruhigzustellen. Aber wenn *Sie* sie jetzt in Aufruhr versetzen, müssen *wir* die Kastanien aus dem Feuer holen.« Damit dreht er sich um und geht zum Streifenwagen.

In der Stadtbahn herrscht unter den Obdachlosen aus unserem Asyl immer noch eine euphorische Stimmung. Mir aber ist klar, dass man anfangs immer Beifall bekommt. Verflucht wird man erst hinterher.

2

Ich brauche Adriani nicht auf ihrem Handy anzurufen, um herauszufinden, wo sie ist. Zu dieser Tageszeit, sobald es kühler wird, geht sie mit unserem Enkel Lambros in den Volkspark von Pangrati. Bequemerweise liegt er ganz in der Nähe von Katerinas Wohnung.

In der Nikosthenous-Straße finde ich einen Parkplatz. Adriani sitzt wie immer auf derselben Bank, die eine Hand am Kinderwagen. Ihre ganze Aufmerksamkeit richtet sich auf unseren Enkel.

»Hab ich's doch gewusst, dass ich dich hier finde«, sage ich beim Näherkommen.

»Nachmittags ist weniger los«, erläutert sie. »Morgens kommen die Mütter mit ihren Kindern, die laut schreien und spielen. Das ist immer ein großes Halligalli! Lambros wird dann unruhig und nörgelig. Deshalb gehe ich lieber morgens mit ihm spazieren und nachmittags in den Park, wenn nicht Melpo ihn übernimmt.«

Zunächst einmal beuge ich mich über den Kinderwagen unseres Enkels, der mittlerweile sieben Monate alt ist. Er schwenkt seine Ärmchen, dreht den Kopf hin und her und lacht beim geringsten, zumeist nicht nachvollziehbaren Anlass. So auch jetzt: Er blickt mich an, fuchtelt mit den Ärmchen und schenkt mir ein Lächeln.

Ich nehme neben Adriani Platz. Nun, da sich vier Augen auf Lambros heften, wendet er den Kopf ab und gähnt.

»So ein braves Kind ist mir noch nicht untergekommen«, meint Adriani. »Ein stilles Wasser. Nur wenn er Hunger hat, weint er mal.«

»Ganz anders als unsere Tochter.«

»Das kannst du laut sagen! Katerina hat ja schon losgeheult, wenn sie das Fläschchen nur gesehen hat.«

Lambros schlägt die Augen auf, mustert das Verdeck des Kinderwagens, das Adriani zum Schutz vor der Sonne hochgestellt hat, und lächelt erneut.

»Siehst du das? Dieses freundliche Gesicht zu allem, was er tut?«, sagt Adriani und schlägt das Kreuzzeichen. »Heilige Muttergottes, hoffentlich bleibt das so, bis er groß ist!«

»Bei den Erwachsenen hängt das Lächeln von den Umständen ab«, sage ich.

Sie blickt mich an. »Ist das der Grund, dass du in der letzten Zeit freundlicher dreinblickst?«

»Ich?«

»Ja, wegen der Beförderung.«

Damit hat sie recht, zugegeben. Die Beförderung hat mich moralisch aufgebaut. Auf der Dienststelle ist es ruhig, ich stehe nicht unter Druck, und mit dem Vizepolizeipräsidenten bin ich nach wie vor ein Herz und eine Seele. So ist es nur natürlich, dass ich ein Dauerlächeln im Gesicht trage.

»Komm, gehen wir«, sagt sie und steht auf. »Katerina wird schon zu Hause sein, und Lambros muss gefüttert werden.«

Wir machen uns auf den Weg zur Ajias-Athanassias-Straße. Adriani lenkt den Kinderwagen, Lambros mimt geräuschloses Händeklatschen, und ich paradiere an seiner Seite wie zum Begleitschutz einer hochgestellten Persönlichkeit.

Als Katerina uns an der Wohnungstür hört, kommt sie uns im Flur entgegen. »Hallo, mein Junge!«, ruft sie und nimmt Lambros auf den Arm. Dann küsst sie ihre Mutter und mich.

»Ich setze Lambros kurz in sein Bett und wärme ihm sein Fläschchen«, meint sie.

»Wo ist Fanis?«, frage ich.

»Er kommt später, er hat heute Notdienst.«

Während Katerina Lambros ins Kinderzimmer bringt, sagt Adriani: »Ich schau mal nach, was zum Essen da ist«, und steuert die Küche an.

Allein im Wohnzimmer zurückgeblieben, habe ich keine Lust, den Fernseher anzumachen. Lieber sehe ich meinem Enkel beim Abendessen zu. Als ich ins Kinderzimmer komme, hält ihn seine Mutter auf dem Arm, und er nuckelt an seinem Fläschchen, gierig wie ein Erwachsener, der seinen Durst direkt aus der Flasche löscht.

»Glück gehabt, er ist ein guter Esser«, sage ich zu meiner Tochter.

»Ein guter Esser nennst du das? Er ist unersättlich!«

»Freut dich das nicht?«

»Nein! Wenn er so weitermacht, wird er noch ein richtiges Dickerchen. Du willst doch auch nicht, dass er wie diese übergewichtigen Kinder wird, auf deren Hintern ein ganzes Tischtuch passt?«

Da hat sie schon recht. Trotzdem fasziniert mich Lambros' hingebungsvolle Gier.

Adriani kommt nun auch ins Kinderzimmer und unterbricht das Schauspiel. »Unglaublich, Melpo hat Artischocken à la Polita gekocht. Sie hat einfach goldene Hände!« Nur selten drückt sie, die sonst alle anderen Hausfrauen als Konkurrenz wahrnimmt, ihre Bewunderung so unverhohlen aus.

»Wie schafft sie das bloß?«, frage ich arglos.

»Sie setzt Lambros in den Kinderwagen und nimmt ihn mit in die Küche. So hat sie ein Auge auf ihn, während sie gleichzeitig Essen zubereitet«, erläutert mir Katerina.

In diesem Augenblick klingelt es, Adriani geht zur Tür und kommt in Begleitung von Katerinas Freundin Mania zurück.

»Ganz allein heute?«, frage ich Mania, da sie sonst immer mit Uli erscheint.

»Ja, Uli ist in Deutschland.«

»Wieso denn? Hoffentlich nichts Schlimmes!«, meint Adriani.

»Sein Vater hatte einen Herzinfarkt, und er ist nach München geflogen, um seiner Mutter beizustehen.«

»Was meinen die Ärzte?«, frage ich.

»Fanis hat mit ihnen gesprochen«, antwortet Katerina an Manias Stelle. »Sie meinten, es sehe gut aus. Nach allem, was er gehört hat, ist Fanis zuversichtlich.«

Nachdem Lambros seine Mahlzeit beendet hat, legt Katerina ihn in sein Bettchen zurück. Wir setzen uns ins Wohnzimmer, damit er in Ruhe einschlafen kann.

»Ich improvisiere schnell etwas.« Adriani erhebt sich.

»Mama, wir haben doch die Artischocken. Was willst du denn noch vorbereiten?«

»Es sind drei Personen mehr zum Essen hier, und die Artischocken werden nicht reichen. Mein Auge trügt mich nicht.«

»Du brauchst dich nicht in der Küche zu plagen, wir können doch ein paar Souflaki bestellen«, schlage ich vor. Ich verpacke den Vorschlag absichtlich so edel und rücksichtsvoll, da ich hoffe, sie damit herumzukriegen, aber eigentlich habe ich natürlich einfach wahnsinnig Lust auf Souflaki. Doch da habe ich mich geschnitten.

»Artischocken à la Polita und Gyros mit Tzatziki im Pittabrot! Also wirklich! Von Menükombinationen hast du ja keine Ahnung. Schade um die Mühe, die ich mir immer beim Kochen mache!«, meint sie herablassend, während sie das Wohnzimmer verlässt.

»Papa, hast du wirklich geglaubt, du könntest sie überreden, Souflaki oder Gyros-Pitta zu bestellen?«, fragt mich Katerina, als wäre ich nicht ganz bei Trost.

»Nein, aber die Hoffnung stirbt zuletzt«, lautet meine Antwort, die allgemeine Heiterkeit auslöst.

Wir plaudern wir über Gott und die Welt, wobei das Thema Lambros allgegenwärtig ist. Dann kommt Adriani aus der Küche.

»Ich habe Pilze im Kühlschrank gefunden, damit mache ich Makkaroni an Pilzsoße«, verkündet sie. Sie setzt die Miene einer Volksschullehrerin auf, während sie doziert: »Pilze passen prima zu Artischocken.«

Ich erhasche den spöttischen Blick meiner Tochter, halte mich jedoch zurück. Zum Glück geht Adriani ins Kinderzimmer, um den schlafenden Lambros zu bewundern, und die Diskussion findet damit ein Ende.

Eine halbe Stunde später kommt Fanis nach Hause. Er sieht müde aus.

»Alle Notfälle sind in meiner Schicht eingeliefert worden«, erklärt er uns.

Er eilt zu seinem Sohn hinüber, doch kurz danach kehrt er, zusammen mit Adriani, mit enttäuschter Miene zurück.

»Die vielen Notfälle würde ich ja noch wegstecken, aber dass mein Sohn, wenn ich so spät nach Hause komme, nicht mehr wach ist und ich ihm keinen Gutenachtkuss geben kann, ärgert mich doch sehr«, meint er.

»Du kannst ihn ja auch am Morgen noch herzen. Früh wach ist er allemal«, tröstet ihn Katerina.

»Das reicht mir aber nicht«, erwidert er, während er sein Handy hervorholt und eine Nummer wählt. Als er etwas überdeutlich zu sprechen beginnt, wird uns klar, dass er Uli angerufen hat. Wir unterbrechen unser Gespräch, damit er sich in Ruhe auf das Telefonat konzentrieren kann.

»Sein Zustand ist stabil«, sagt er zu Mania, sobald er aufgelegt hat. »So, wie Uli mir den Verlauf und die Behandlung geschildert hat, wird es kaum Komplikationen geben.«

»Ein Glück, dann kommt er ja bald zurück. Er hat ein Projekt mittendrin abbrechen müssen und befürchtet, dass man ihm den Auftrag entzieht«, erläutert Mania.

»Ich decke den Tisch«, sagt Katerina.

Mania steht auf. »Warte, ich helfe dir.«

»So ein hübscher Kerl, dein Sohn«, sage ich zu Fanis.

»Hoffen wir, dass er so brav und unkompliziert bleibt. Seine einzige Schwäche ist das Essen. Am liebsten würde er den ganzen Tag ein Fläschchen in der Hand haben.«

»Melpo findet es toll, dass er mit so viel Appetit isst«,

fügt Katerina hinzu. »Und unser Sohnemann freut sich jedes Mal wie ein Schneekönig, wenn er sie sieht.«

Adriani bringt das Essen, und wir nehmen am Tisch Platz. Als ich die Artischockenpfanne mit einem Stückchen Feta probiere, dringt ein wohliges Brummen aus meinem Mund. »Melpo ist einfach eine hervorragende Köchin«, sage ich.

»Und nach einer solchen Köstlichkeit wolltest du Souflaki hinterherschieben?«, wirft mir Adriani an den Kopf.

Ich merke, wie Ärger in mir hochkriecht. »Du gehst doch öfter als ich in die Kirche. Kannst du mir sagen, wann die Frühmesse zu Ende ist?«, frage ich ganz ruhig.

Sie blickt mich baff an. »Warum?«

»Damit ich morgen zum Pfarrer gehen und ihm die Sünde beichten kann, dass ich Souflaki essen wollte. Er erlässt sie mir ja vielleicht.«

Alle brechen in Gelächter aus, nur Adriani nicht. Stattdessen wirft sie mir einen giftigen Blick zu.

Doch da ihre Makkaroni genauso lecker wie Melpos Artischocken schmecken, finden wir alle unsere gute Laune wieder.

3

Ich hielt es für sinnvoll, Sie zu informieren, Herr Vizekriminaldirektor.« Der Truppführer der MAT-Sondereinheit steht vor meinem Schreibtisch und blickt mich verlegen an.

»Richtig gedacht! Nur, woher sind Sie so sicher, dass es sich um Lambros Sissis handelt?«, frage ich.

»Ich kenne ihn ja nicht persönlich, aber ein Mann aus der Menge hat den Redner mit ›Lambros‹ angesprochen und ihm geraten, Sie anzurufen. Daraufhin hat mir einer der Beamten zugesteckt, dass Ihr Enkel auch Lambros heißt, nach einem Freund der Familie.«

Ich verzichte auf weitere Erläuterungen. »Sie haben von einer Kundgebung gesprochen. Was war das für eine Veranstaltung?«

Der Truppführer zögert kurz. »Nichts Großes, anfangs waren es um die hundert Teilnehmer. Danach kamen noch ein paar dazu, insgesamt waren es vielleicht hundertfünfzig.« Er hält inne und sucht nach Worten. »Normalerweise wäre alles ohne weitere Folgen geblieben, aber jemand ist über den Sarg erschrocken und hat die Polizei verständigt.«

Ich springe auf. »Sarg?«

»Ja, ein richtiger Sarg. Als ich Ihren Freund gefragt habe, ob ein Toter im Sarg liegt, hat er mir geantwortet, nein, da liege die Linke drin. Sie habe Selbstmord begangen, und sie würden sie in der Nähe des Ionias-Boulevards beisetzen.«

Er verstummt und wartet auf meine Reaktion. Zum einen überrascht mich Sissis' Handeln nicht. Seit einiger Zeit schon bringt er seine Enttäuschung über die Linke zum Ausdruck, indem er sarkastische Bemerkungen macht oder aufzählt, wo sie überall versagt hat. Zum anderen erstaunt es mich doch, dass er so weit geht, sie im Rahmen einer öffentlichen Trauerfeier zu Grabe zu tragen.

»Hat er etwa auch eine Grabrede gehalten?«, frage ich mit leisem Spott.

»Ja, seine Worte waren ernst und besorgniserregend«, antwortet der Truppführer.

»Was hat er gesagt?«

»Dass die Armen nach dem Selbstmord der Linken selbst eine Bewegung gründen und für ihre Rechte einstehen müssen.«

»Und was ist daran besorgniserregend?«

»Wissen Sie, was uns erwartet, wenn die Armen durch Kundgebungen und Protestmärsche zu einer eigenen Bewegung werden?«, meint er mit der Miene eines Dozenten, der einem Polizeischüler Unterricht erteilt. »Da kriegen wir es nicht mit hundert oder zweihundert Leuten zu tun, die das Athener Zentrum mit ihren Protesten lahmlegen, sondern mit einer ganzen Heerschar von Leuten, der wir nur schwer beikommen können.«

»Stimmt, aber wir haben keine andere Möglichkeit, als abzuwarten.«

Nachdem ich ihn entlassen habe, verfalle ich ins Grübeln. Ich weiß nicht, was in Sissis' Kopf vorgeht und welche

Pläne er hat. Er ist bestimmt kein Mensch, der auf Gewalt setzt, und das beruhigt mich. Gleichzeitig weiß ich, dass die spontane Mobilisierung von Menschen anfällig für Ausschreitungen ist. Wenn bei einer solchen Kundgebung irgendwelche Radaumacher die Initiative an sich reißen, wird ihnen Sissis mit seinen Unterstützern kaum Einhalt gebieten können. Dann müssen wir – mit allen Folgen, die das nach sich zieht – eingreifen.

Die einzige Lösung ist, mit Sissis zu sprechen, um aus erster Hand zu erfahren, was er plant. Wenn ich ihn nicht überzeugen kann, auf Kundgebungen zu verzichten, sollten wir zumindest gemeinsam nach einer Lösung suchen, um das Schlimmste zu verhindern. Wie ich allerdings den Altkommunisten Sissis überzeugen soll, mit der Polizei zusammenzuarbeiten, ist eine Frage, auf die ich keine Antwort weiß.

Ich gebe Stella Bescheid, dass ich in einer Stunde wieder zurück bin, und fahre in die Tiefgarage des Präsidiums hinunter. Wie unangenehm, gerade zum Zeitpunkt meiner Beförderung in einen Gewissenskonflikt zwischen Pflicht und Freundschaft zu geraten!

Der Verkehr auf dem Alexandras-Boulevard fließt normal dahin, so dass ich rasch zur Unterführung an der Evelpidon-Straße gelange. Erst in der Kefallinias blockieren hier und da kleinere Baustellen die Spur, oder man muss umzäunten Schlaglöchern ausweichen. Könnte es sein, dass mir die anstehenden Gemeinderatswahlen entgangen sind? Normalerweise zeigen die Athener Stadtbezirke nur vor den Wahlen einen Anfall plötzlicher Betriebsamkeit.

Nach diesem elenden Stop-and-Go gelange ich endlich

zur Tenedos-Straße, doch hier steht ein Lkw quer. Ich versuche, nicht auszurasten, da ich mit Sissis ein delikates Thema ansprechen werde und nicht schon genervt erscheinen will. Als ich eine Parklücke sehe, fackle ich nicht lange und laufe schließlich Sissis in die Arme, als er gerade aus dem Obdachlosenheim tritt. »So früh unterwegs?«, fragt er, überrascht von meinem Besuch.

»Ich wollte mich mit dir unterhalten, aber wie ich sehe, hast du zu tun.«

»Nichts Dringendes, das hat auch später noch Zeit«, erwidert er.

Als er Anstalten macht, ins Obdachlosenheim zurückzukehren, halte ich ihn zurück. »Mir wäre lieber, wenn wir uns beide allein und woanders unterhalten.«

Erst reagiert er überrascht, dann aber willigt er ein. Wir gehen zum kleinen Kafenion an der Ecke Ajias-Sonis- und Tenedou-Straße.

»Ich weiß, worum es geht«, meint er, sobald die Mokkas eintreffen. »Der verantwortliche MAT-Polizist hat dich informiert.«

»Warum hast du vorher nichts gesagt? Ich hätte die Kollegen anweisen können, sich im Hintergrund zu halten.«

»Erstens, weil ich dich nicht hineinziehen wollte. Es macht keinen guten Eindruck, wenn der stellvertretende Kriminaldirektor mit einer Person befreundet ist, die zu öffentlichen Protestaktionen aufruft. Und zweitens, weil Kundgebungen, für die man Polizeischutz beantragt, wie Bohnensuppe mit Rhizinusöl sind.« Damit bestätigt er meine Befürchtung, dass eine Zusammenarbeit mit ihm turbulent werden könnte.

»Jedenfalls habe ich zum ersten Mal begriffen, was es heißt, gute Beziehungen zu haben«, fügt er hinzu.

»Wieso?«

»Sobald dein Name fiel und klar wurde, was uns verbindet, waren deine Kollegen äußerst entgegenkommend.«

Ich suche nach Worten, um ihm meine Bedenken darzulegen. »Ich will kein Besserwisser sein. Du bist erfahren genug und weißt, dass spontane öffentliche Proteste eine offene Einladung an alle möglichen Typen sind. Da kann sich weiß nicht wer alles einschleichen.«

»Ich verstehe, worauf du hinauswillst«, sagt er mit einem zustimmenden Nicken. »Richtig, für solche Aktionen braucht man einen Ordnungsdienst. Kundgebungen oder Demos haben wir nie ohne Bewachung durchgeführt.« Er blickt mich mit einem Auflachen an. »Zu meiner Zeit hatten die Bauarbeiter diese Aufgabe übernommen. Vor denen zitterten alle, sogar eure Leute.«

Bei seinen Worten atme ich auf, da wir uns doch leichter verständigen als gedacht. »Und was hast du vor?«, frage ich ihn.

»Solange wir nur so wenige Teilnehmer wie gestern sind, also weniger als zweihundert, wird es keine Misstöne geben«, erläutert er. »Wenn Leute zur Kundgebung kommen, die auf Radau aus sind, können wir sie sofort herausfischen. Schwierig wird es, wenn die Veranstaltungen größer werden. Dann brauchen wir einen Ordnungsdienst. Niemand soll Parolen schwingen dürfen, die nichts mit unserer Bewegung zu tun haben oder Unfrieden säen. Bei Ausschreitungen müssen wir schnell genug reagieren können und die Chaoten aus dem Verkehr ziehen.«

Sein Blick sagt mir, wie sehr ihn das Problem beschäftigt.

Plötzlich kommt mir eine Idee. »Wie wäre es, wenn einer von meinen Mitarbeitern bei den Kundgebungen dabei wäre?«

Er holt Luft, um mich zu unterbrechen, aber ich komme ihm zuvor. »Lass mich ausreden. Ein junger Mann zum Beispiel, der sich in keiner Weise von den anderen Teilnehmern unterscheidet. Nur du und ich wissen Bescheid, wer es ist.«

»Gleich kommst du mit dem Vorschlag, dass Polizisten in Zivil den Ordnungsdienst übernehmen«, meint er spöttisch.

»Das würde ich nie tun«, erwidere ich. »Nicht nur, weil es untersagt ist, sondern weil man Polizisten hundert Meter gegen den Wind riecht. Sobald sie eingreifen, wissen alle, dass es Bullen sind. Und dann raufen wir uns die Haare. Ich rede von einem gutausgebildeten jungen Mann, der sich von den Leuten seiner Generation in nichts unterscheidet. Er wird an euren Aktionen teilnehmen und dabei die Augen offen halten. Wenn er Unruhestifter sieht, verständigt er sich mit dir. Ich garantiere dir, dass er nichts ohne dein Einverständnis unternehmen wird.«

Er blickt mich skeptisch an, erhebt jedoch keinen Widerspruch.

Ich bezahle die Mokkas, und wir brechen auf.

»Denk darüber nach«, sage ich, bevor wir auseinandergehen. »Es eilt ja nicht. Wir schauen mal, wie es weitergeht. Vielleicht ist meine Angst übertrieben und sein Einsatz gar nicht nötig. Behalt den Vorschlag einfach im Hinterkopf.«

»In Ordnung, ich denke darüber nach.«

Während der Fahrt ins Präsidium versuche ich herauszufinden, wem ich diese Aufgabe im Notfall am besten übertragen könnte. Zwei Mitarbeiter, die mir aus der Mordkommission vertraut sind, kommen in die engere Auswahl: Thanos Askalidis und Fotis Dervisoglou. Vom Alter her kommen am ehesten sie in Frage. Askalidis fällt es leichter, mit Leuten und speziell auch mit jungen Leuten Kontakt aufzunehmen. Dervisoglou war bei der Antiterroreinheit, bringt also mehr Erfahrung mit. Darüber hinaus vertraue ich seinem Instinkt.

Meine Wahl fällt schließlich auf Dervisoglou, aber noch brauche ich nichts zu überstürzen. In erster Linie muss ich mit den Kollegen der Sondereinheit sprechen und sie um fortlaufende Berichterstattung ersuchen, damit ich rechtzeitig intervenieren kann. Es gibt nichts Schlimmeres, als persönlich involviert zu sein. Und dagegen muss ich mich absichern.

Sobald ich in mein Büro komme, ersuche ich Stella, den Leiter der MAT-Sondereinheit zu mir zu rufen. Jorgos Alamanos ist ein bulliger Fünfzigjähriger. Seine Miene sagt mir, dass er weiß, warum ich ihn rufen ließ.

»Der Truppführer hat mich informiert«, sage ich einleitend.

»Ich weiß, ich habe ihn zu Ihnen geschickt.«

»Erst einmal möchte ich klarstellen, dass Sie und Ihre Einheiten Ihre Arbeit machen sollen.«

»Kann sein, dass nichts weiter passiert, als dass ein oder zwei Kundgebungen stattfinden und die neue Bewegung auf eine Handvoll Leute beschränkt bleibt, die schließlich alle brav wieder nach Hause gehen.« Er pausiert und blickt mich an. »Aber wenn die Initiative ein großes Publikum anspricht und mobilisiert, wird es schwierig, das Ganze unter Kontrolle zu behalten. Das ist, was mir Angst macht.«

»Schauen wir mal, wie es sich entwickelt. Ich möchte, dass Sie mich auf dem Laufenden halten. Mein Freund neigt jedenfalls sicher nicht zu Gewalt. Er ist ein Altkommunist, der glaubt, dass die linke Bewegung tot ist. Darum will er, dass die Armen ihr Schicksal selbst in die Hand nehmen.«

Alamanos blickt mich an. Ihm liegt etwas auf der Zunge, aber er zögert. »Kann ich ehrlich zu Ihnen sein, Herr Vizekriminaldirektor?«, sagt er schließlich.

»Sicher.«

»Dass man heutzutage die Armen zu gemeinsamen Protesten aufruft, kann ich als Privatperson verstehen. Als Polizist aber betrachte ich das mit Sorge.«

Das sehe ich genau gleich. Ich versichere Alamanos, ihn auf dem Laufenden zu halten, woraufhin er mein Büro verlässt.

Kurz geht mir durch den Kopf, dass ich den Vizepolizeipräsidenten über mein Verhältnis zu Sissis informieren sollte. Aber ich komme zu dem Schluss, dass es verfrüht wäre. Besser warte ich ab, wie sich Sissis' Vorhaben weiterentwickelt. Durchaus denkbar, dass schon bald die Luft raus ist.

Wie gut, sage ich mir, dass der kleine Lambros noch in seinem Bettchen liegt und begierig an seinem Fläschchen saugt. Wäre er älter, würde er vielleicht an der Seite seines Namensvetters stehen und für seinen Opa, den Bullen, nichts als Verachtung übrighaben.

4

Als ich ins Obdachlosenheim zurückkomme, sitzen Stelios und Anna mit dem Typen, der die Migranten aus den ehemaligen Ostblockländern mobilisiert hat, zusammen in der Cafeteria.

»Da geht die Post ab!«, sagt Anna zu mir.

Bevor ich fragen kann, wo die Post abgeht, springt der junge Mann von seinem Stuhl hoch und kommt auf mich zu.

»Guten Tag, Herr Sissis. Ich habe die Migranten zur Kundgebung mitgebracht, mein Name ist Nikitas Kourtidis.«

»Ja, ich erinnere mich.«

»Ich habe ein paar Fotos von gestern auf Facebook gepostet und wollte Ihnen die Reaktionen darauf zeigen. Kommen Sie«, sagt er und führt mich zu einem Laptop.

Er lässt mich Platz nehmen und deutet auf dem Bildschirm mit einem Pfeilchen an eine Stelle. »Lesen Sie das.«

Bravo, Leute! Endlich gehen wir Armen auf die Straße und stehen für unsere Rechte ein! Darunter steht die Unterschrift: *Pinaleon. Ein Geschäftsmann, der seinen Laden schließen musste.*

Der Pfeil zeigt jetzt auf einen anderen Kommentar: *Endlich hört man die Stimmen, die mit gutem Recht laut werden, und nicht diejenigen, die bloß ihren Besitz verteidigen. Ich wünsche euch viel Erfolg!*

Der dritte Kommentar beschimpft uns: *Spinnt ihr? Wer behauptet, dass die Linke tot ist, ist ein Faschist.*

»Das hier fand ich am interessantesten«, sagt Nikitas und lenkt den Pfeil an eine andere Stelle.

Hoffentlich erreicht ihr, was ihr wollt, aber macht euch nicht allzu viele Hoffnungen. In den sechziger Jahren gab es einen Politiker, der sagte: »Die Zahlen versprechen Wohlstand, aber die Menschen darben.« Die heutigen Politiker haben die Lösung gefunden. Sie setzen Menschen und Zahlen gleich und sagen: »Die Zahlen versprechen Wohlstand, also läuft alles prima.« Ich bin auf eurer Seite, aber ich fürchte sehr, dass am Ende nur die Erinnerung an einen gutgemeinten Kampf bleibt.

Nikitas hat recht. Die letzte Wortmeldung ist die interessanteste, da sie meine Resignation in Worte fasst.

»Der bringt es auf den Punkt«, bestätigt Stelios, der neben mir mitliest.

»Was machst du beruflich?«, frage ich Nikitas.

»Ich studiere in London und schreibe gerade an meiner Masterarbeit zum Thema Unternehmertum in Griechenland während der Krise. Wenn ich hier bin, wohne ich in einer Zwei-Zimmer-Wohnung in der Sosopoleos-Straße, die meinen Eltern gehört. Ich kenne die Zuwanderer in der Gegend, ein paar habe ich für meine Arbeit interviewt. Ihre Kundgebung hielt ich für eine gute Gelegenheit, sie mit einzubeziehen.«

Er scheint mir klug und gebildet. Ich will nicht gleich in Begeisterung verfallen, aber ich denke, dass er uns nützlich sein kann. »Kann ich dich was fragen?«, sage ich.

»Bitte schön.«

»Glaubst du, dass wir die Migranten, die du zur Kundgebung mitgenommen hast, für den Kampf der Armen mobilisieren können?«

Er überlegt kurz, bevor er mir antwortet. »Sie sind sofort mitgekommen, als ich ihnen sagte, dass wir die Linke zu Grabe tragen«, meint er. »Für sie ist die Linke gleichbedeutend mit dem verhassten sozialistischen System.« Er denkt erneut nach. »Den meisten Migranten geht es hier besser als in ihrem Herkunftsland, Herr Sissis. Wenn man ihnen von Armut erzählt, denken sie automatisch an die Jahre, die sie in ihrer Heimat verbracht haben. Sie setzen Armut gleich mit Sozialismus. Damals haben sie keinen Aufstand gemacht. Warum sollten sie das heute tun? Ich werde mit ihnen reden, aber viel verspreche ich mir davon nicht.«

Mit seinen Worten wischt er mein ganzes Leben und alles, wofür ich gekämpft habe, vom Tisch. Die besten Jahre meines Lebens habe ich für den kommunistischen Gedanken geopfert und es mit Folter, Verfolgung und Exil bezahlt. Und nun wirft Kourtidis mit ein paar wenigen Sätzen all das auf den Müllhaufen der Geschichte. Mensch, Lenin, sage ich mir, mit dem Sturm auf den Winterpalast hast du geglaubt, du könntest die Armut abschaffen, aber du hast dich vertan, genau wie wir, deine Erben.

Trotzdem hat mir der junge Mann die Augen geöffnet. Er hat mir zu verstehen gegeben, dass es »die Armut« an sich nicht gibt, sondern viele unterschiedliche Arten von Armut. Ich kenne nur die griechische, und jetzt muss ich mich mit den anderen vertraut machen.

»Und noch eine Frage: Hast du Beziehungen zu Leuten aus Asien und Afrika, die wir mobilisieren könnten?«

»Hier nicht«, antwortet er. »Ich kann Ihnen aber meine Erfahrung aus Großbritannien schildern. Diese Menschen leben mit ihren Landsleuten in geschlossenen Gemeinschaften. Außerhalb ihres Arbeitsplatzes betrachten sie die Einheimischen mit Misstrauen und wollen nichts mit ihnen zu tun haben. Wenn Sie aber das Vertrauen Einzelner gewinnen, können Sie hoffen, über sie auch die anderen zu erreichen. Andernfalls befürchte ich, dass sie zu Hause bleiben und nur aus der Ferne applaudieren, um keine Schwierigkeiten zu bekommen.« Er lächelt. »Vielleicht sagen sie aber auch: ›Ihr habt ja keine Ahnung, was Armut heißt.‹«

Seine Worte schaffen mit einem Schlag Klarheit in meinem Kopf. Jetzt weiß ich, wer am besten mit Flüchtlingen und Migranten reden kann.

»Ich danke dir für deine klaren Antworten«, sage ich zu Kourtidis. »Ich hoffe, dass du bei den Kundgebungen dabei sein wirst.«

Kourtidis holt ein Notizbuch aus seinem Rucksack. Er schreibt etwas auf und überreicht mir den Zettel. »Hier ist meine Handynummer. Rufen Sie mich an, wenn Sie eine Demo machen oder wenn Sie denken, dass ich helfen könnte.«

Nachdem er sich von allen verabschiedet und die Cafeteria verlassen hat, greife ich nach dem Telefon. Katerina wird mir helfen können. Sie hat viel mit Migranten zu tun, da sie ihre Fälle übernimmt und sie vor Gericht vertritt.

Ich rufe sie in ihrer Kanzlei an und hoffe inständig, dass sie abnimmt und nicht bei einem Gerichtstermin ist. Bei ihr zu Hause will ich sie nicht darauf ansprechen, weil ich fürchte, dass Fanis und vor allem auch Adriani, die abends immer dort ist, es in die falsche Kehle bekommen. Wegen Kostas mache ich mir weniger Gedanken, weil er mich versteht. Er ist vielleicht der einzige Polizeibeamte von ganz Athen, der weiß, worum es mir geht.

»Was für eine Überraschung, Onkel Lambros!«, höre ich Katerinas Stimme, als mich die Sekretärin durchstellt.

»Könnte ich vorbeikommen und etwas mit dir besprechen?«

»Ist etwas passiert?«, fragt sie beunruhigt.

»Nein, ich will nur deine Meinung einholen.«

»Komm, wann immer du willst. Ich habe Zeit.«

Ich gebe Stelios, der zu meinem inoffiziellen Stellvertreter geworden ist, Bescheid und nehme am Amerikis-Platz den Trolleybus. Der Himmel sieht nach Regen aus. Ich hoffe, rechtzeitig zurück zu sein, ohne nass zu werden.

Zum Glück beginnt es erst zu nieseln, als ich das Wohnhaus betrete, in dem Katerinas Kanzlei liegt. Als sie mich mit der Sekretärin sprechen hört, tritt sie aus ihrem Büro und begrüßt mich.

»Wie geht es Lambros dem Jüngeren?«, frage ich, nachdem wir uns umarmt und geküsst haben.

»Er hat zwei ständige Begleiterinnen, die ihn auf Händen tragen: seine Oma und Melpo. Das einzige Problem ist seine Fressgier.«

»Der Appetit kommt beim Essen«, erwidere ich amüsiert.

Wir gehen in ihr Büro. Sobald wir Platz genommen haben, blickt sie mich besorgt an. »Ist etwas passiert?«, fragt sie noch mal.

»Keineswegs, mach dir keine Gedanken«, beruhige ich sie. »Ich hätte nur gern deine Meinung zu einem Vorhaben.«

Ich beginne, ihr meinen Plan in allen Einzelheiten zu erläutern. »Über alles, was ich dir erzählt habe, weiß auch dein Vater Bescheid«, füge ich hinzu, damit sie nicht denkt, dass ich hinter seinem Rücken vorgehe.

»Und was hat er dazu gesagt?«

»Er befürchtet, dass sich irgendwelche Leute bei uns einschleichen und Unruhe stiften könnten. Deshalb will er, dass wir in Kontakt bleiben, um das Übel gleich an der Wurzel zu packen.«

»Da hat er recht, aber das ist es nicht allein.«

»Was noch?«, will ich wissen.

»Lass uns mal ganz in Ruhe überlegen. Das Gute ist, dass ich mit einigen Zuwanderern aus Asien und Afrika reden kann, die genug Autorität haben, um ihre Landsleute zu überzeugen. Hier beginnen aber auch die Schwierigkeiten.«

»Schwierigkeiten schrecken mich nicht ab, Katerina. Damit schlage ich mich schon ein ganzes Leben herum.«

Sie blickt mich an und wägt ihre Worte sorgfältig ab. »Ich weiß, dass du damit Erfahrung hast, Onkel Lambros. Nur, hier liegen die Schwierigkeiten woanders.«

»Und wo?«

»Bist du sicher, dass die Griechen Migranten in ihren Reihen willkommen heißen werden? Versteh mich bitte nicht falsch, ich sage nicht, dass alle gegen Ausländer sind, aber viele glauben, dass die Zuwanderer ihnen ihren Job und ihr Brot wegnehmen. Für die Anhänger der Goldenen Morgenröte ist es ein Leichtes, ein paar Unruhestifter einzuschleusen und die Griechen gegen die Zuwanderer aufzuhetzen.«

Sissis, du Idiot, sage ich mir. Es waren andere Zeiten, als du im Zeichen der Armut gelebt und gekämpft hast. Die

Welt hat sich verändert, heute hast du von Tuten und Blasen keine Ahnung.

»Ich spreche aus Erfahrung, Onkel Lambros«, fährt Katerina fort. »Selbst vor Gericht sind Migranten Anfeindungen ausgesetzt. Richter und Staatsanwälte verhalten sich zwar korrekt, aber viele Polizisten und einfache Bürger behandeln sie wie Abschaum.«

Nach einer kleinen Pause meint sie: »Ich unterstütze dein Vorhaben, es ist absolut richtig, was du tust. Nur muss man Vorsicht walten lassen und Vorkehrungen treffen, damit nichts schiefgeht. Ich werde mit ein paar Leuten sprechen, die ich gut kenne und die mir vertrauen. Die bringe ich dann in Kontakt mit dir.«

»Vielen Dank, Katerina«, sage ich und erhebe mich. »Du hast mir mehr geholfen als erwartet.«

»Komm bei uns zu Hause vorbei, um Lambros zu besuchen. Er ist so ein Süßer!«, sagt sie und ihr Gesicht leuchtet auf.

»In Ordnung, ich komme heute Abend.«

Als ich Katerinas Kanzlei verlasse, wird mir erst richtig bewusst, wie riskant die Durchführung solcher Kundgebungen ist. Zum einen versuche ich, die Überlegungen von Kourtidis und Katerina zu sortieren. Zum anderen freue ich mich aber auch, denn ich bin zwar ein alter Mann, habe aber dennoch endlich wieder zur Haltung des »Verdammt, damit kommt ihr nicht durch!« zurückgefunden.

Der Regenguss entpuppt sich als Nieselregen, der auch schon wieder vorüber ist. Als ich in den Trolleybus steige, stehen für mich zwei Dinge fest. Erstens, dass ich Kourtidis ins Boot holen sollte, denn er ist jung und mit der aktuellen

Lage vertrauter als ich. In meiner Jugend haben wir, die ungebildeten politischen Kampfgenossen, die »Studis« unterschätzt. Jetzt im Alter muss ich zugeben, dass die »Studis« Dinge beherrschen, die wir nie gelernt haben.

Und zweitens weiß ich jetzt, dass ich die von Charitos angebotene Hilfe annehmen sollte. Nicht nur das Vertrauen, das ich ihm entgegenbringe, spricht dafür. Seit die Linke Selbstmord begangen hat, gehört die Konfrontation mit der Polizei der Vergangenheit an. Bei den Demos treten jetzt die Bullen an die Stelle der Bauarbeiter, die uns früher vor den Bullen beschützt haben.

Ich weiß nicht, ob ich lachen oder weinen soll.

5

Spitzel gibt es in jeder öffentlichen Behörde. Bei der Polizei stehen aufgrund ihres Metiers die Denunzianten jedoch Schlange. Das fällt mir ein, als ich die Frage des Vizepolizeipräsidenten höre.

»Wer ist dieser Freund von Ihnen, der sich vorgenommen hat, die Armen zu mobilisieren?«

Ich sitze in seinem Büro, nachdem er mich gegen Mittag zu einem Gespräch eingeladen hat. Er wollte aus erster Hand über die Versammlung der Armen und mein freundschaftliches Verhältnis zum Initiator der Kundgebung informiert werden.

»Er ist ein Altkommunist, der von der Linken enttäuscht ist. Deshalb hat er sie symbolisch beerdigt und an ihrem Grab zu den Armen gesprochen.«

»Ich würde Ihren Freund gern kennenlernen, Herr Charitos.«

Darauf war ich nicht vorbereitet, Alarmglocken schrillen in meinen Ohren. »Gern, aber wieso?«

»Weil ich ein einzigartiger Fall im griechischen Polizeikorps bin.«

Ich schaue ihn verwundert an.

»Ich bin nämlich der einzige hochrangige Offizier im Polizeikorps, dessen Schwiegervater Mitglied der Kommunistischen Partei ist«, sagt er und lacht laut auf. »Sie haben einen engen Freund aus dem linken Spektrum, ich habe einen Schwiegervater, der KKE-Mitglied ist. Vielleicht verstehen wir uns deshalb so gut.«

Wer mich auch denunzieren wollte, hat sich selbst einen Bärendienst erwiesen.

»Sie müssen Ihren Freund vor Fehltritten bewahren«, fährt der Vizepolizeipräsident fort.

»Sie sprechen aus Erfahrung. Was raten Sie mir?«

»Sie kennen die Gefahren offener Kundgebungen sehr gut, die muss ich Ihnen nicht erläutern.« Er hält kurz inne und spricht dann weiter. »Schutzmaßnahmen kann man nur hinter den Kulissen vereinbaren. Sie selbst dürfen nirgends in Erscheinung treten. Damit würden Sie sich und Ihrem Freund schaden. Sie sehen es ja selbst: Es hat keinen Tag gedauert, bis die Sache zu mir durchgedrungen ist.«

»Kann ich Sie um Hilfe bitten, wenn etwas aus dem Ruder läuft?«

»Sicherlich.« Wieder ertönt sein Lachen. »Wissen Sie, mein mittlerweile hochbetagter Schwiegervater sagt jeweils zu mir: ›Wie kommt es, dass ich als Kommunist einen Bullen zum Schwiegersohn habe?‹ Dann umarmt und küsst er mich.«

»War es immer so?«, will ich wissen.

»Nein, der Anfang war hart. Er ist nicht zur Hochzeit gekommen und hat den Kontakt zu seiner Tochter abgebrochen. Die Versöhnung kam mit der Geburt des Enkels. Da hat mein Schwiegervater den ersten Schritt getan. Seine Frau hatte ihn überredet, in die Geburtsklinik zu kommen und seinen Enkel zu besuchen. Das Eis war gebrochen, und danach kam ich immer mehr zum Schluss, dass es Opfer auf beiden Seiten gegeben hat. So haben wir zueinandergefunden und schließlich große Zuneigung füreinander entwickelt.«

»Was meinen Sie mit ›Opfern auf beiden Seiten‹?«

»Ich habe zugegeben, dass die Linken in Griechenland die Opfer des Bürgerkriegs waren und dass es eine politische Hetzjagd auf sie gab. Andererseits war auch die Polizei ein Opfer der Politik. Es kam schließlich so weit, dass ein Opfer das andere verfolgte. Als er erkannte, dass auch ich zu den Opfern gehörte, konnten wir uns auf Augenhöhe begegnen.«

Diese Geschichte muss ich Sissis erzählen, sage ich mir. Nicht nur, weil sie ihm gefallen wird, sondern auch, weil sie ihn womöglich dazu bringt, mit uns zusammenzuarbeiten.

»Wenn Sie meinen Rat brauchen, rufen Sie mich an«, meint der Vizepolizeipräsident und erhebt sich.

Erleichtert verlasse ich sein Büro, in der Hoffnung, nun das Schlimmste abwenden zu können. Meine Freude ist so groß, dass ihr selbst der Stau auf dem Messojion-Boulevard nichts anhaben kann.

Die guten Nachrichten kommen tröpfchenweise, die schlechten wie ein reißender Fluss, sagte mein Vater immer. Doch heute scheint das Gegenteil der Fall.

Sobald ich an meinem Schreibtisch sitze, ruft mich Katerina an und erzählt mir von einem Gespräch mit Sissis. Sie klingt besorgt.

»Mach dir keine Gedanken, ich weiß ja jetzt Bescheid. Er soll ruhig mit den Leuten sprechen, die du ihm vorstellen willst. Er ist ein alter Hase und wird seine Vorkehrungen treffen.«

Ich frage mich, ob es am Gespräch mit dem Vizepolizeipräsidenten liegt, dass ich so entspannt reagiere und die Lage mit kühlem Kopf beurteile.

»Ich komme heute vorbei, um den Kleinen zu sehen«, kündige ich ihr an, um sie zu beruhigen.

»Gern, er wartet schon auf dich. Onkel Lambros wird auch da sein«, antwortet sie abschließend.

Sissis' Anwesenheit ist mir sehr willkommen. Vielleicht finden wir die Gelegenheit, ein paar Takte zu reden, ein Treffen zu vereinbaren und unser Vorgehen zu besprechen. Ich will ihm nicht den Wind aus den Segeln nehmen, aber wir wollen auch beide keinen Ärger.

Ich sage Stella Bescheid, dass ich Feierabend mache, und fahre direkt zu Katerina, ohne noch mal im Volkspark nach Adriani und dem kleinen Lambros zu sehen. Vielleicht ist Sissis schon da, und wir können uns in Ruhe unterhalten.

Aber mein Plan geht nicht auf. Adriani und Lambros sind schon zu Hause, Sissis aber noch nicht. Also wende ich mich erst mal meinem Enkel zu. Bei meinem Anblick lacht und jauchzt er. Eigentlich könnte mich das mit Stolz erfüllen, aber da er bei jedermanns Anblick lacht und jauchzt, bin ich für ihn doch nur einer von vielen.

Adriani bestätigt das. »Siehst du? Immer lächelt er! Wenn er so bleibt, wird er sich viele Freunde machen, auch wenn er groß ist.«

Oder alle werden ihn ausnützen, denke ich mir, schlucke es aber hinunter. Zum Glück setzt Fanis' Eintreffen dem Gespräch ein Ende. Er wirft uns nur ein kurzes »Hallo«

zu und nimmt sogleich seinen Sohn in den Arm, der jetzt noch mehr jauchzt und ihm mit den Händchen ins Gesicht patscht.

»Das sind Liebkosungen. Er hat noch nicht gelernt, wie man streichelt«, erläutert mir Adriani, bevor sie aufsteht. »Ich mache ihm seine Milch warm, Katerina verspätet sich nämlich.«

Ich setze mich allein ins Wohnzimmer, aber nicht für lange. Schon fünf Minuten später taucht Katerina auf. Ich gebe ihr einen kurzen Lagebericht, worauf sie losschimpft: »Mama, lass das Fläschchen sein! Das ist meine Aufgabe.«

»Reg dich nicht auf, es ist schon fertig«, ertönt die Antwort aus der Küche, und gleich darauf steht Adriani in der Tür.

»Ich bringe es ihm«, sagt Katerina. »Er hat bestimmt schon Hunger – und soll nicht weinen.«

Ich bleibe mit Adriani allein im Wohnzimmer zurück, aber wieder nicht für lange, denn die Türklingel schellt, und es erscheint der letzte Gast der Runde.

»Ich habe Katerina den Besuch bei meinem Namensvetter angekündigt«, erklärt er uns, als müsse er sich rechtfertigen.

»Lambros, tust du mir einen Gefallen?«, meint Adriani.

»Natürlich! Alles, was du willst.«

»Bitte nenn unseren Enkel nicht Namensvetter. Nenn ihn deinen Enkel, deinen Neffen, von mir aus dein Patenkind, aber nicht Namensvetter!«

»Warum nicht?«, wundert sich Sissis.

»Weil du ihn damit mit all deinen Namensvettern über einen Kamm scherst.«

Sissis blickt sie sprachlos an, dann bricht er in Lachen aus. »Geh doch schnell rüber, Lambros wird gerade gefüttert. Das Schauspiel solltest du dir nicht entgehen lassen«, sagt Adriani, und ohne Umschweife marschiert Sissis ins Kinderzimmer.

»Was stört dich am Wort Namensvetter?«, frage ich sie, als Sissis weg ist.

»Na sag mal! Das Kind hat doch einen eigenen Namen. Gern kann er ihn mit einem Verwandtschaftsgrad bezeichnen. Aber Namensvetter ist kein Name und auch keine Verwandtschaftsbezeichnung.«

Die Diskussion wird durch das Eintreten des Quartetts aus Katerina, Lambros, Fanis und Sissis unterbrochen.

Adriani springt auf und läuft zu ihrem Enkel. »Hat mein Hübscher gegessen?«, fragt sie.

»Nicht bloß gegessen, er hat sich regelrecht den Bauch vollgeschlagen«, korrigiert Fanis sie.

Lambros ist vom Essen müde, und ihm fallen die Äuglein zu. »Wünscht ihm gute Nacht, dann leg ich ihn ins Bett«, meint Katerina.

Wir tätscheln und streicheln ihn alle und küssen ihn auf die Stirn, und noch während wir das tun, schläft er bereits ein.

»Ich mach was zu essen«, sagt Adriani.

»Kommt Mania heute nicht?«, frage ich Fanis.

»Sie holt Uli vom Flughafen ab.«

»Ist er schon zurück?«, frage ich erstaunt.

»Ja, sein Vater wurde aus dem Krankenhaus entlassen und ist jetzt in einer Rehaklinik, wo er sich ausgiebig erholen kann.« Er registriert meinen verwunderten Gesichtsausdruck und lächelt. »Nicht so wie bei uns, wo die Familie die Reha-Klinik ersetzt.«

»Bei uns kann sich niemand eine Rehaklinik leisten«, sagt Katerina, die hereinkommt, um den Tisch zu decken. »Unser Klinikpersonal sind die Angehörigen, vor allem die, die schon in Rente sind oder sich dafür freinehmen.«

Der Tisch ist fertig gedeckt, und wir nehmen Platz. Adriani stellt einen Topf auf den Tisch. Als Katerina einen Blick hineinwirft, verschlägt es ihr die Sprache.

»Du hast Bohnensuppe gemacht? Warum sagst du keinen Ton, dass ich Suppenteller auf den Tisch stellen soll?« Sie steht auf, um die Teller auszutauschen.

»Ich habe die Bohnensuppe zu Ehren von Lambros und der Bewegung der Armen gemacht«, verkündet Adriani.

Jetzt sind Sissis und ich sprachlos. Aber unsere Verwunderung ist nichts gegen die von Fanis, der ganz verdattert dreinblickt.

»Was für eine Bewegung der Armen?«, fragt er.

Statt einer Antwort folgt Sissis' nächste Frage. »Woher weißt du von der Bewegung der Armen?«, will er von Adriani wissen.

Katerina behält die Nerven. »Pff, das ist doch kein großes Geheimnis!«, bemerkt sie wegwerfend. »Das hat sie von Melpo.« Dann wendet sie sich an ihren Mann. »Das ist die Kehrseite der griechischen Familie«, erläutert sie. »Nichts bleibt verborgen, alles kommt ans Licht.«

»Genau, ihr habt es mir verheimlicht, aber Melpo hat es ausgeplaudert«, bekräftigt Adriani triumphierend. »Deswegen habe ich die Suppe gekocht. Die Bohnensuppe gehört zur Armenbewegung wie der März zur Fastenzeit.«

»Aber etwas fehlt noch! Ich bin gleich wieder da«, sage ich und springe auf.

Bevor man mir irgendwelche Fragen stellen kann, eile ich durch den Flur zum Fahrstuhl.

Beinah im Laufschritt erreiche ich den Plastira-Platz und bleibe vor der erstbesten Souflaki-Bude stehen. Ich kaufe zehn Fleischspießchen, sonst nichts.

»Was hat dich denn gepackt?«, fragt Adriani, als sie mir die Tür öffnet. »Du hast uns einen schönen Schrecken eingejagt!«

Wortlos stelle ich die Plastiktüte auf den Tisch. »Die Bohnensuppe war das Armenessen der alten Generation«, erläutere ich. »Das heutige Armenessen sind Souflaki. Schaut euch nur mal um. Die Restaurants sind leer und die Souflaki-Läden voll.« Dann bitte ich meine Tochter, eine Servierplatte zu bringen.

Ich leere die Souflaki-Spießchen aus der Tüte auf die Servierplatte und nehme Platz. Keiner macht den Mund auf, nicht mal Adriani.

»Zuerst essen wir die Bohnensuppe der Alten und dann die Souflaki der Jungen«, verkünde ich.

Alle löffeln mit stummer Gier die Bohnensuppe. Offenbar wurde Fanis in meiner Abwesenheit über alles informiert, denn auch er sagt kein Wort. Nur Sissis flüstert mir irgendwann zu: »Ich glaube, wir werden deinen Mitarbeiter brauchen.«

Ich nicke nur zustimmend, ohne zu antworten. Nachdem die Suppe aufgegessen ist, sind die Souflaki an der Reihe. Zu meiner großen Überraschung greift Adriani nach einem Spießchen.

»Was, du isst Souflaki?«, frage ich baff.

»Nur, um dem Armenessen alle Ehre zu erweisen«, antwortet sie und fügt hinzu: »Aber glaub ja nicht, dass du mir die Souflaki mit diesem Argument von jetzt an unterjubeln kannst.«

Sie beginnt, das Spießchen zu verspeisen. Aber sie packt es nicht mit der Hand, sondern zerpflückt es mit Messer und Gabel, um zu unterstreichen, dass es sich um eine Ausnahme handelt. Alle lachen, und ich genieße meinen Triumph.

6

Als ich mein Büro betrete, sind meine Gedanken bei Sissis und seiner Zustimmung zur Teilnahme eines Teamkollegen an den Kundgebungen. Ich bin froh, dass ihm das Gespräch mit Katerina die Fallstricke aufgezeigt hat, über die er bei seinem Vorhaben stolpern könnte.

Nach meinem üblichen Frühstück – Kaffee und Croissant lasse ich mir auch nach meiner Beförderung nicht nehmen – rufe ich Dervisoglou zu mir.

»Hoffentlich haben Sie einen Auftrag für mich. Auf der Dienststelle herrscht absolute Flaute«, meint er.

»Ich hätte tatsächlich etwas für Sie. Aber nicht sofort, und ich bin mir auch nicht sicher, ob es Ihnen zusagt.«

Ich beginne mit der Beschreibung der von Sissis geplanten Aktionen und der Frage, wie wir es anstellen wollen, Zusammenstöße und Ausschreitungen zu vermeiden.

Er hört mir aufmerksam zu. »Dieser Sissis ist, wie ich gehört habe, ein Freund von Ihnen«, sagt er, als ich ausgeredet habe.

»Ja, er ist ein Altlinker, und wir sind befreundet.« Ich habe keinen Grund, das zu verschweigen. Das wissen ohnehin alle. Nur habe ich jetzt die Rückendeckung des Vizepolizeipräsidenten, der sich in einer ähnlichen Lage befindet wie ich.

»Sie würden als Beobachter an den Kundgebungen teilnehmen. Nur Sissis und ich kennen Ihre Identität. Wenn die Lage eskaliert, verständigen Sie sich mit Sissis und rufen nur mich an, niemand sonst. Wenn die MAT-Sondereinheiten eintreffen, tauchen Sie in der Menge unter oder verlassen die Kundgebung, damit keiner der Kollegen Sie erkennt.«

Er blickt mich ruhig und mit einem Lächeln an. »Danke für Ihr Vertrauen«, sagt er. »Wann soll es losgehen?«

»Zuerst muss ich ein Treffen arrangieren, damit Sie Sissis kennenlernen. Aber, und das betone ich ausdrücklich, dieser Auftrag steht unter dem Zeichen absoluter Verschwiegenheit. Niemand außer uns dreien darf auch nur das Geringste davon erfahren.«

»Machen Sie sich keine Sorgen, keiner wird etwas mitbekommen, weder innerhalb noch außerhalb der Dienststelle.«

»Wegen unseres Termins zu dritt rufe ich Sie auf dem Handy an.«

Als Dervisoglou gegangen ist, denke ich über einen geeigneten Treffpunkt nach. Das Obdachlosenheim und das kleine Kafenion, in dem ich mich immer mit Sissis treffe, fallen weg, da uns dort alle kennen. Wenn einer aus dem Obdachlosenheim Dervisoglou bei einer Kundgebung erkennt, hört er gleich die Flöhe husten.

Katerinas Kanzlei wäre eine Lösung, aber dort müssen wir an der Sekretärin vorbei. Katerinas Freundin und Arbeitskollegin Mania gehört zur Familie und kriegt es ohnehin früher oder später mit. Sogar Adriani wusste ja sofort Bescheid. Falls es in der Kanzlei nicht passt, bleibt nur noch unsere Privatwohnung.

Bevor ich auf diese allerletzte Möglichkeit zurückgreife, rufe ich Katerina an. Und ich habe Glück.

»Kein Problem. Ich habe meiner Sekretärin wegen ihres Wohnungsumzugs drei Tage freigegeben«, sagt sie. »Mein Büro steht euch ab morgen zur Verfügung.«

Katerina übernimmt es, Sissis zu benachrichtigen, und ich rufe Dervisoglou erneut in mein Büro, um ihm den Treffpunkt mitzuteilen.

Alles ging einfacher als gedacht. Ein Anruf von Dermitsakis versetzt jedoch meiner Freude einen Dämpfer. Auf die tröpfchenweise eingetretenen Erfolge folgt nun der Schwall schlechter Nachrichten.

»Gerade hat die Notrufzentrale angerufen, Herr Kommissar. Das Polizeirevier Skaramangas meldet in der Gegend der Flüchtlingsunterkunft einen Toten, vermutlich arabischer Herkunft.«

»Handelt es sich um Mord?«

»Das war nicht eindeutig herauszuhören. Er lag wohl in einer Blutlache.«

Ich fahre von der fünften in die dritte Etage hinunter und stürme in mein altvertrautes Büro, das mittlerweile Dermitsakis übernommen hat. Als Dienstältester wurde er zum interimistischen Leiter der Mordkommission ernannt und konnte dementsprechend Anspruch auf das Büro erheben. Doch sobald er mich sieht, steht er auf und überlässt mir seinen Platz. In der Zwischenzeit wurde auch das übrige Team informiert.

Dermitsakis geht zunächst von der naheliegendsten Erklärung aus. »Der Fundort der Leiche befindet sich, wie gesagt, in der Nähe einer Flüchtlingsunterkunft. Durchaus denkbar, dass es sich um eine Abrechnung unter Flüchtlingen handelt.«

»Benachrichtigen Sie sofort die Gerichtsmedizin und die Spurensicherung«, sage ich zu Koula. »Und reservieren Sie zwei Streifenwagen.« Sie geht sofort rüber in ihr Büro, um den Einsatz zu koordinieren.

Ich schaue die anderen an: »Dann macht ihr euch jetzt auf den Weg.«

»Warum kommt Koula nicht mit?«, wundert sich Dermitsakis. »Wir können doch vor Ort jeden gebrauchen.«

»Weil wir nicht wissen, was uns dort erwartet. Wir benötigen jemanden auf der Dienststelle, der alles koordiniert und die Anweisungen umsetzt.«

»Wenn es um eine Begleichung alter Rechnungen unter Flüchtlingen geht, kriegen wir die Sache leicht in den Griff«, schließt Askalidis.

»Machen wir uns lieber erst selbst ein Bild«, erwidere ich. »Danach wissen wir, ob sich der Fall einfach oder komplex darstellt.«

Koula kehrt zurück und gibt uns Bescheid. Spurensicherung und Gerichtsmedizin sind informiert, und die Streifenwagen stehen bereit.

Wir brechen unverzüglich auf. Meine Mutter sagte immer, ein kleines Wunder dauere einen Tag, ein großes drei Tage. Länger dauert die Flaute auf der Dienststelle auch nie.

7

Über den Athinon-Korinthou-Boulevard fahren wir nach Schisto und Skaramangas. Unser Team sitzt geschlossen im ersten Streifenwagen, der zweite folgt uns und ist für unvorhergesehene Vorkommnisse gedacht.

Die Fahrt verläuft normal bis Chaidari. Dann aber sieht es so aus, als hätten sich alle verabredet, zur selben Zeit loszufahren, um uns das Leben schwerzumachen! Die beiden Sirenen heulen, aber die Autofahrer stellen sich taub.

»Wenn das unsere Freunde in der EU sehen könnten, würden sie Beifall klatschen«, bemerkt Dermitsakis.

»Wieso?«, wundere ich mich.

»Es ist, als würden wir sagen: ›Schaut her, die Krise ist vorbei in Griechenland! Die Straßen sind wieder verstopft.‹ Unsere Art, die Krise zu bemessen, ist der Autoverkehr.«

»Schön, aber jetzt ruf die Verkehrspolizei Chaidari an. Sie sollen einen Streifenwagen schicken, der hier Ordnung schafft. Wenn wir uns nach Krise oder Nichtkrise richten, kommen wir hier nie weg.«

Kurz nachdem Dermitsakis die Verkehrspolizei kontaktiert hat, taucht ein Streifenwagen auf, der die Autos beiseitedrängt, um eine Fahrspur für uns frei zu machen. Lautstark erhebt sich Protest aus den Autos: »Denkt ihr Bullen, nur ihr habt was zu tun? Wie kommt ihr dazu, uns aufzuhalten!«, ruft ein Fahrer dem Verkehrspolizisten zu, der sich um einen Ausweg für uns bemüht. Wir können den Wortwechsel nicht weiter verfolgen, da wir jetzt freie Bahn haben und unsere Fahrt fortsetzen.

Der Fundort des Opfers liegt im Küstengebiet in der Nähe der Flüchtlingsunterkunft. Kurz nach dem Aqua Fun Park erreichen wir die abgesperrte Stelle. Davor steht ein Streifenwagen, um die Schaulustigen – vorwiegend Flüchtlinge – auf Abstand zu halten. Die Spurensicherung und die Gerichtsmedizin sind noch nicht eingetroffen.

»Wer hat ihn gefunden?«, frage ich die Männer im Streifenwagen, als wir näher kommen.

»Es gab einen anonymen Anruf. Als wir hier ankamen, war der Anrufer verschwunden«, antwortet mir einer der Kollegen.

»Haben Sie die Nummer notiert?«, fragt Dermitsakis.

»Ja, es war eine Mobilfunknummer.«

»Wir müssen ihn ausfindig machen, er ist ein wichtiger Zeuge.«

Wir treten um die Leiche herum. In der Tat ist der Tote offenbar arabischer Herkunft, aber auf gar keinen Fall ein Flüchtling. Seine Kleider müssen ein Vermögen gekostet haben.

Das Opfer liegt bäuchlings auf dem Boden. Seine linke Schulter ist, wie der Boden ringsum, blutüberströmt. Man muss kein Experte sein, um zu erkennen, dass der Mörder wiederholt in der Herzgegend zugestochen hat. Wir üben uns in Geduld, bis Gerichtsmedizin und Spurensicherung eintreffen.

Als Erster erscheint Dimitriou mit seinem Team, darauf

folgt Gerichtsmediziner Stavropoulos mit dem Krankenwagen.

Stavropoulos geht sofort zum Opfer, während ich Dimitriou erst noch Anweisungen gebe.

»Schaut euch nach Reifenspuren um. Wenn der Gerichtsmediziner fertig ist, durchsucht den Toten nach Hinweisen auf seine Identität.«

Stavropoulos bestätigt meinen ersten Eindruck. »Ihm wurden durchs Schulterblatt drei Messerstiche in die Herzgegend versetzt. Nach dem ersten Stich muss er zusammengebrochen sein, denn die anderen beiden sind, auf den ersten Blick besehen, nicht mit derselben Wucht ausgeführt worden. Obduktion folgt, aber mehr pro forma. Ich glaube nicht, dass sie weitere Erkenntnisse bringen wird.«

»Können Sie die Tatzeit eingrenzen?«

Er blickt auf seine Uhr. »Jetzt ist es elf. Sie muss zwischen sieben und neun Uhr gestern Abend liegen.«

Ich weise Dimitriou an, das Opfer zu durchsuchen. »Es fehlt nichts«, verkündet er kurz darauf. »Das Portemonnaie steckt samt einem ganzen Bündel Dollarscheine noch in seiner Hosentasche, Handy und Reisepass ebenso. Wir werden sein Telefon durchchecken, ob wir einen Anruf aus Griechenland finden. Fest steht jedenfalls, dass er keinem Raubüberfall zum Opfer gefallen ist. Ihm wurde nichts entwendet.«

Er übergibt mir den Reisepass, ausgestellt durch das Königreich Saudi-Arabien. Der Name des Opfers lautet Mohammad al Fallah, geboren 1968, somit war er 51 Jahre alt.

Ich melde mich umgehend beim Vizepolizeipräsidenten

und erläutere ihm, was anliegt. »Wir müssen herausbekommen, wer dieser Saudi ist und was er in Griechenland wollte.«

»Ich versuche, bei der Botschaft Näheres herauszufinden. Dann sprechen wir uns wieder.«

Vor Ort habe ich nichts weiter zu tun. Wir wissen noch nichts über den anonymen Anrufer, und einen anderen Zeugen haben wir auch nicht bei der Hand, der das Opfer hier in der Gegend beobachtet hat. Wenn wir Glück haben, erfahren wir von der saudischen Botschaft den Zweck seiner Reise und seine Kontaktpersonen in Griechenland.

Ich rufe Dermitsakis zu mir und weise ihn an, in der Flüchtlingsunterkunft und im Aqua Fun Park nachzufragen, ob jemand al Fallah gesehen oder gesprochen hat.

Noch bevor ich die Fahrt zurück ins Büro antrete, erreicht mich der Anruf des Vizepolizeipräsidenten.

»Ich fürchte, wir stecken im Schlamassel«, sagt er einleitend. »Der Saudi war der Kopf einer Investorengruppe, die am Erwerb eines Grundstücks interessiert war. Sie wollten einen Yachthafen und ein großes Hotel errichten, als Teil eines weiträumigen Freizeitkomplexes.«

Bei seinen Worten werden mir die Knie weich. Wir stecken nicht bloß im Schlamassel. Schon bald, fürchte ich, werden wir uns die Haare raufen.

»Die Vertreter der saudischen Botschaft besuchen uns zu einem Informationsgespräch. Der Polizeipräsident wünscht, dass Sie bei dem Treffen dabei sind«, fährt er fort.

»Bin schon unterwegs.«

»Kommen Sie zur Besprechung gleich ins Büro des Polizeipräsidenten.«

Ich gebe Dimitriou den Reisepass zurück und mache mich auf den Weg. Unterwegs schlage ich mich mit der Frage herum, wer al Fallahs Termine gekannt, auf ihn gewartet und ihn getötet haben könnte. Vielleicht hat ihn der Mörder mit irgendeinem interessanten Angebot geködert und hergelockt.

Die zweite unbeantwortete Frage ist: Wie ist das Opfer allein und ohne Begleitung an diesen Ort gelangt? Auto wurde keins entdeckt. Dass er mit öffentlichen Verkehrsmitteln angereist ist, kann man wohl ausschließen. Im Grunde könnte ihn der Mörder in seinem eigenen Wagen herchauffiert haben.

Ich ersuche den Fahrer, die Sirene einzuschalten, damit wir uns nicht verspäten. Schnurstracks marschiere ich zum Büro des Polizeipräsidenten, wo er sich gerade, zusammen mit seinem Stellvertreter, mit zwei dunkelhaarigen Typen unterhält. Der Polizeipräsident stellt mir den einen als Botschaftsgesandten und den zweiten als Handelsattaché vor. Ein griechischer Dolmetscher begleitet sie.

Der Polizeipräsident kommt gleich zum – ohnedies offensichtlichen – Zweck des Besuchs. »Die Botschaftsvertreter sind hier, um sich über den Fortgang der Ermittlungen zu erkundigen.«

»Mohammad al Fallah war ein sehr prominenter Unternehmer«, klärt mich der Gesandte auf.

»Unsere Nachforschungen stehen erst am Anfang. Daher ist es verfrüht, konkrete Erkenntnisse zu erwarten«, erläutere ich den Saudis. »Aber vielleicht können Sie uns ein paar Auskünfte geben, die uns bei den Ermittlungen auf die Sprünge helfen.«

»Fragen Sie, und wir sagen Ihnen, was wir wissen«, antwortet der Gesandte, als er die Übersetzung hört.

»Ich wüsste gern den Grund für Herrn al Fallahs Reise. Was hatte er in Athen vor?«

»Er ist hergekommen, weil er in Griechenland investieren wollte«, erwidert der Handelsattaché diesmal. »Und zwar im Tourismusbereich. Doch er wollte kein Hotel auf einer Insel errichten, das war nicht so sein Ding. Ihn begeisterte der Yachthafen von Faliro. Er meinte, genau so etwas schwebe ihm vor, nur sollte der Yachthafen in einen Komplex inklusive Hotel und Restaurant integriert sein. Es sollte ein Freizeitzentrum werden, aber nicht an der bekannten Küstenstraße zwischen all den anderen Hotels und Yachthäfen, sondern ganz für sich liegen. In Großbritannien hatte man ihm geraten, sich die Küste bei Skaramangas anzusehen. Das tat er dann auch und berichtete uns, dass diese Stelle die besten Voraussetzungen hätte. Sie liegt abseits der anderen Yachthäfen und Hotels und eignet sich perfekt für die Errichtung eines großen Freizeitkomplexes.«

»Wissen Sie, wen er alles kontaktiert hat?«, fragt der Vizepolizeipräsident.

»Auf seine Bitte hin haben wir ihm einen Termin bei der Griechischen Zentrale für Fremdenverkehr vermittelt«, sagt der Gesandte. »Er wollte sichergehen, dass das Grundstück tatsächlich touristisch nutzbar war.«

»Er hatte auch Kontakt zu einer gewissen ...« Der Handelsattaché konsultiert sein Notizbuch. »... Baufirma Maiandros, die man ihm ebenfalls in Großbritannien empfohlen hatte. Seinen Worten zufolge hat er das Gelände mit einem Ingenieur zusammen besichtigt und die Firma mit

Entwurf und Finanzplan beauftragt. Uns hat er gesagt, er würde noch eine weitere Firma ansprechen. Dazu ist es aber nicht mehr gekommen.« Er seufzt auf.

»Wissen Sie vielleicht, warum er gestern noch einmal dorthin gefahren ist?«, frage ich. »War er allein oder in Begleitung?«

Der Handelsattaché zuckt mit den Schultern. »Ich habe keine Ahnung. Mir gegenüber hat er nichts erwähnt. Aber es ist unwahrscheinlich, dass er allein hingefahren ist. Möglicherweise war er mit jemandem von der Baufirma dort.«

»Mir hat er auch nicht Bescheid gesagt«, bekräftigt der Gesandte.

»Wissen Sie, ob er mit einem Wagen der Botschaft unterwegs war?«

»Mit Sicherheit nicht. Er hat um keinen gebeten.«

»Ich danke Ihnen. Erst mal habe ich keine weiteren Fragen«, sage ich.

»Wir halten Sie auf dem Laufenden. Wenn wir Ihre Hilfe nochmals brauchen sollten, melden wir uns«, ergänzt der Polizeipräsident.

»Gern, jederzeit«, meint der Gesandte.

Die beiden Saudis erheben sich, schütteln ringsum die Hände und verlassen den Raum.

»Ich fürchte, die Sache wird hohe Wellen schlagen«, bemerkt der Polizeipräsident. »Wenn herauskommt, dass das Opfer in großem Stil investieren wollte, fallen Regierung und Medien über uns her. Wissen Sie, was es heißt, wenn ein internationaler Player ermordet wird? Noch dazu in einer Zeit, da wir uns überall auf der Welt die Hacken ablaufen, um Investitionen an Land zu ziehen?«

Ich weiß es, somit ist jede Antwort hinfällig. Ich bin ohnehin der Erste, der alles abkriegt. Früher hatte ich Gikas, der mir den Rücken freihielt. Jetzt muss ich auf eigenen Beinen stehen.

»Welche Schritte planen Sie jetzt?«, fragt mich der Vizepolizeipräsident.

»Es liegt auf der Hand, dass wir erst mal mit dem Ingenieur der Baufirma sprechen müssen, wenn sich kein unerwarteter Hinweis aus dem Aqua Fun Park oder dem Flüchtlingsheim ergibt.«

Hierauf verabschiede ich mich von den beiden, um schnellstmöglich ins Büro zu kommen und mit der Baufirma Kontakt aufzunehmen.

8

Meine Mitarbeiter sind schon vor mir zurückgekehrt. Doch bevor ich die Teamsitzung anberaume, gebe ich Vellidis, dem Leiter der Abteilung für Internetkriminalität, die Nummer des unbekannten Anrufers durch.

»Diese Person hat den ermordeten Saudi gefunden. Wir müssen sie dringend befragen. Können Sie herausfinden, wer hinter dieser Nummer steckt?«

»Keine Sorge, die machen wir im Handumdrehen ausfindig«, lautet seine Antwort.

Jetzt sind meine Mitarbeiter an der Reihe. Jedes Mal, wenn wir uns an den Konferenztisch setzen, übermannt mich ein unangenehmes Gefühl. Mir ist, als könnte plötzlich Gikas auftauchen und mir eins aufs Dach geben, weil ich seinen Platz einnehme. Viel lieber würde ich in meinem alten Büro bleiben, aber mit der Beförderung gehen einige Spielregeln einher, an die ich mich halten muss.

»Gibt's was Neues?«, frage ich Dermitsakis, als wir Platz genommen haben.

»Wir haben uns mit dem Leiter des Flüchtlingsheims unterhalten. Von ihm kamen zwei Hinweise, die uns möglicherweise weiterbringen.«

»Ja?«

»Die Saudis haben sich nicht nur auf das offene Strandgelände beschränkt, sondern auch die Flüchtlingsunterkunft besichtigt und mit dem Leiter gesprochen. Und es kam nicht einer allein, sondern sie waren zu viert.«

»Zu viert? Hat euch der Leiter gesagt, wer die vier waren?«

»Ja. Soviel er mitbekommen hat, waren es drei Saudis und ein Brite.«

»Hatten sie eine Erlaubnis zum Besuch des Flüchtlingszentrums?«

»Nein, deshalb wurden sie auch von einem Mitarbeiter am Eingang aufgehalten, der dann den Leiter gerufen hat. Dem haben sie erklärt, dass sie das Gelände besichtigen wollten. Der Heimleiter hat sie darauf hingewiesen, dass es sich um eine Flüchtlingsunterkunft handelt. Ihre Antwort lautete: Sollte das Gelände für sie interessant sein, würden sie ein sehr gutes Angebot für ein regionales Investitionsprojekt machen. Das Flüchtlingsheim könnte man ja an einen anderen Ort verlegen.«

»Habt ihr gefragt, ob auch ein Grieche unter den Besuchern war?«

Meine drei Assistenten blicken sich an. »Es wurde kein Grieche erwähnt«, sagt Dermitsakis.

»Wann hat der Besuch stattgefunden?«

»Drei Tage vor dem Mord«, antwortet Askalidis.

Das bedeutet, sie waren noch in der Recherchephase und hatten noch keinen Kontakt zur Baufirma aufgenommen.

»Noch eine Frage: Hat das Gespräch mit dem Leiter draußen auf dem Gelände des Flüchtlingsheims stattgefunden? Wenn ja, haben irgendwelche Bewohner mitgehört?«

Wieder blicken sie sich an, nur bleiben sie mir diesmal die Antwort schuldig.

»Wenn eine größere Zahl von Bewohnern das Gespräch mitverfolgt hat, kann man nicht ausschließen, dass einer oder mehrere al Fallah beseitigt haben, um das Bauprojekt und somit ihre Verlegung innerhalb Griechenlands zu verhindern«, erläutere ich ihnen.

Offensichtlich haben sie gar nicht in diese Richtung gedacht. »Habt ihr Namen und Telefonnummer des Leiters notiert?«

»Natürlich«, sagt Dermitsakis und wirkt erleichtert, dass er nun doch eine Antwort parat hat. Er gibt mir Namen und Telefonnummer, worauf ich Stella ersuche, mich sofort mit ihm zu verbinden.

Der Leiter des Flüchtlingsheims heißt Efthymis Karatsas. »Sie haben schon mit meinen Mitarbeitern gesprochen, Herr Karatsas, aber ich hätte ein paar zusätzliche Fragen.«

»Bitte sehr.«

»Hat das Gespräch, das Sie mit den Investoren geführt haben, draußen auf dem Gelände oder in Ihrem Büro stattgefunden?«

»Anfänglich draußen, aber als sie mir den Zweck ihres Besuchs nannten, habe ich sie in die Büroräume geführt.«

»Gab es Heimbewohner, die das Gespräch draußen mit angehört haben?«

»Ja, da hatte sich eine ganze Gruppe versammelt. Die meisten waren arabischer Herkunft und haben immer wieder auf Arabisch dazwischengerufen, aber die Saudis haben sie nicht beachtet.«

Ich danke ihm und beende das Gespräch. Danach wende

ich mich an meine Leute. »Wir müssen in zwei Richtungen vorgehen. Ich übernehme die Baufirma und den Ingenieur. Ihr kehrt zum Flüchtlingsheim zurück und macht die Bewohner ausfindig, die beim Gespräch dabei waren, und befragt sie. Darüber hinaus vernehmt ihr auch das Personal und fragt nach, wie man dort auf die Nachricht von dem Bauprojekt reagiert hat. Danach schaut ihr am besten noch im Aqua Fun Park vorbei. Vielleicht hat dort auch jemand etwas gesehen oder gehört.«

»O weh, schon wieder die Ochsentour durch das Verkehrschaos!«, mault Dermitsakis.

Was man nicht im Kopf hat, hat man in den Beinen, höre ich Adriani sagen.

Während sich der Einsatzstab der Mordkommission entfernt, bitte ich Stella, die Telefonnummer der Baufirma Maiandros herauszufinden und mich mit dem Bauprojektleiter zu verbinden. In der Zwischenzeit erstatte ich dem Vizepolizeipräsidenten telefonisch Bericht.

»Halten Sie es für denkbar, dass der Mörder aus dem Flüchtlingsheim stammt?«, fragt er.

»Ausschließen kann ich es nicht. Damit wäre ich aber sehr vorsichtig. Ein griechischer Mitarbeiter, der Angst hat, dass die Unterkunft schließen und er seinen Job verlieren könnte, käme als Täter eher in Frage. Sobald ich mehr weiß, rufe ich Sie an.«

Dann folgt das Telefonat mit Kosmas Roditis, dem Bauprojektleiter der Firma Maiandros.

»Herr Roditis, wir haben erfahren, dass Sie Kontakt zu einem saudischen Investor hatten, der sich für die Errichtung eines Freizeitkomplexes an der Küste von Skaramangas interessierte«, sage ich, nachdem ich mich vorgestellt habe.

»Ja, mit Herrn al Fallah.« Dann fragt er reserviert: »Es heißt, dass er umgebracht wurde. Stimmt das?«

»Leider ja. Ich würde gern mit dem Ingenieur sprechen, der ihn bei seinem Besuch in Skaramangas begleitet hat.«

»Mit Stratos Tsovas? Selbstverständlich.« Er hält kurz inne und fügt dann hinzu: »Unglaublich! Da kommt ein interessierter Investor nach Griechenland – und wir bringen ihn um. Und dann wundern wir uns, dass es mit diesem Land nicht vorangeht.«

Mein erster Impuls ist, Tsovas in mein Büro vorzuladen, aber ich verwerfe den Gedanken gleich wieder. Es ist besser, direkt die Zentrale des Bauunternehmens anzusteuern für den Fall, dass weitere Mitarbeiter befragt werden müssen.

Die Büros der Firma Maiandros liegen auf der Vassilissis-Sofias-Straße in Maroussi, nicht weit vom Präsidium, in der Nähe des Iroon-Platzes. Ich beschließe, meinen Privatwagen zu nehmen, auch um keinen Streifenwagen zu blockieren.

Die Firmenbüros sind in einem vierstöckigen Gebäude untergebracht. Anscheinend hat man die Rezeption vorgewarnt. Die junge Angestellte schickt mich gleich in die dritte Etage hoch. Als mir Roditis' Sekretärin die Tür zu seinem Büro öffnet, erblicke ich einen kahlgeschorenen Fünfzigjährigen. Er erhebt sich zur Begrüßung und deutet auf den Stuhl vor seinem Schreibtisch.

»Wir sind tief betroffen«, sagt er, sobald wir Platz genommen haben. »Zwar hatten die Verhandlungen gerade erst begonnen, und es war noch keine Kooperation vereinbart, aber das Ganze ist doch unfassbar.«

»Wie ist man auf Ihre Firma gekommen?«, frage ich.

»Durch ein britisches Bauunternehmen. Ihr Direktor kannte unseren Firmenchef, Herrn Ioannidis. Er hat ihn angerufen, und daraufhin wurde das Treffen vereinbart.«

»Soweit wir wissen, waren es drei Saudis und ein Brite.«

»Genau. Die beiden anderen Saudis waren Mitarbeiter von al Fallah. Der Brite stammte aus dem erwähnten Bauunternehmen. Er war mit dabei, um zu sondieren, ob wir eine trilaterale Kooperation auf die Beine stellen könnten.«

»Waren alle beim Ortstermin dabei?«

»Das erläutert Ihnen besser Herr Tsovas.«

Er ruft ihn dazu, und Tsovas, ein bärtiger Mann mittleren Alters, nimmt mir gegenüber Platz.

»Herr Tsovas, könnten Sie mir einen kurzen Einblick in Ihre Gespräche mit Herrn al Fallah und seinen Mitarbeitern geben? Hatten sie sich bereits für Skaramangas entschieden? Oder haben sie sich noch andere Grundstücke angesehen?«

»Nein, der Brite wusste bereits, dass das Gebiet touristisch noch nicht erschlossen war. Denkbar, dass sie sich auch einen Teil der Werftanlagen sichern wollten. Als ich ihnen sagte, dass die Zufahrt über die Landseite etwas problematisch sei, erwiderten sie, der Yachthafen sei der Dreh- und Angelpunkt ihres Vorhabens.«

»Hatten Sie den Eindruck, dass der Standort der Anlage schon feststand?«

»Ja. Die Location hat ihnen ausgesprochen gut gefallen. Dafür sprach außerdem, dass sie fernab von der Küstenstraße und dem Possidonos-Boulevard liegt. Meinen Informationen nach wollten die beiden Saudis und der Brite nach London zurückkehren. Nur al Fallah sollte in Athen bleiben, um mit uns weitere Gespräche zu führen.«

»Wissen Sie, wann sie abgereist sind?«

»Nicht genau, aber meiner Meinung nach planten die drei ihre Abreise noch am selben Nachmittag nach unserem Besuch in Skaramangas.«

»Noch zwei Fragen, dann sind Sie mich los«, sage ich zu den beiden. »Meine erste Frage: Wurden Sie beim Ortstermin auf dem Gelände durch Bewohner der Flüchtlingsunterkunft beobachtet?«

»Nein, da war niemand. Wir waren allein«, erwidert Tsovas.

»Schön, meine zweite Frage wäre: Wissen Sie vielleicht, aus welchem Grund al Fallah dorthin zurückgekehrt ist?«

»Nein, darüber habe ich mich auch gewundert«, antwortet er prompt.

»Prima, vielen Dank für die Auskünfte. Sollten sich aus den Ermittlungen weitere Fragen ergeben, setze ich mich mit Ihnen in Verbindung.«

»Wir stehen Ihnen jederzeit zur Verfügung«, meint Roditis.

Als ich in den Seat steige, versuche ich, meine Eindrücke zu sortieren. Eine Frage geht mir dabei nicht aus dem Kopf: Warum ist al Fallah noch einmal nach Skaramangas gefahren? Und mit wem? Ausgeschlossen, dass er allein hinfuhr. Er kannte den Weg nicht, und selbst mit GPS hätte er kaum hingefunden. Da ihn kein Chauffeur der Botschaft gefahren hat, könnte es doch sehr gut sein, dass ihn ein Dritter hingebracht hat, in der Absicht, ihn zu töten.

Bei einem griechischen Opfer würden wir seinen Bekanntenkreis abgrasen und irgendwo einen Anhaltspunkt finden. Aber hier haben wir es mit einem Saudi zu tun, der zum ersten Mal in Athen war.

Von Sorgen erfüllt, fahre ich los. Wenn es in dieser Gangart weitergeht, werden die Saudis bestimmt bald ungemütlich.

9

Die Pflanzen lassen in ihren Kübeln die Köpfe hängen, als würden sie ihr Schicksal beweinen. Immer wenn ich frei habe, komme ich aus dem Obdachlosenheim her, um sie zu gießen. Aber das reicht nicht. Blumen sind wie Kinder. Wenn man seine Kinder nur zu Ostern und zu Weihnachten besucht, dann absolviert man eine Stippvisite, hat aber keine Beziehung mehr zueinander. Das trifft auch auf meine Pflanzen zu. Es ist nur ein kurzer Besuch, wenn ich sonst nichts zu tun habe, aber keine Beziehung.

Anna beobachtet mich, während ich die Pflanzen mustere und die vertrockneten Blätter abrupfe.

»Das nennt man Liebe, Herr Lambros«, sagt sie lächelnd.

»Ich habe viele Jahre allein mit diesen Pflanzen verbracht, bevor ich Charitos und seine Familie kennengelernt habe und schließlich im Obdachlosenheim eingezogen bin«, erkläre ich ihr.

Aber ich bin nicht mit Anna in die Ekavis-Straße gekommen, um mich um meinen Vorgarten zu kümmern. Katerina hat mit zwei ihrer Mandanten gesprochen, die sich zu einem Treffen bereit erklärt haben.

Einerseits freute ich mich darüber, andererseits musste ich mir gut überlegen, an welchem Ort wir uns am besten treffen. Unser Obdachlosenheim kam nicht in Frage. Wenn mich jemand anschwärzt, dass ich dort mit Hilfe von Migranten die internationale Bewegung der Armen organisiere, bin ich meinen Job los. Außerdem hätte man einen Vorwand gefunden, um das Heim aus Kostengründen zu schließen.

Die andere Option war das Kafenion in der Ajias-Sonis-Straße. Aber dort weiß man, wer ich bin, und hat mich mit Charitos und anderen Heimbewohnern gesehen. Dort wollte ich nicht mit dem jungen Kourtidis und zwei Migranten auftauchen. Das hätte die Neugier der Gäste angestachelt und Fragen aufgeworfen, die sich bis zu den Heimbewohnern herumgesprochen hätten. Genauso schnell, wie Adriani über Melpo von der Armenbewegung erfahren hat, wäre unser Treffen den Übrigen zu Ohren gekommen.

Da fiel mir mein Elternhaus in Nea Filadelfia ein. Das war der geeignete Treffpunkt fernab von neugierigen Blicken. Ich rief Kourtidis an und erklärte ihm die Anfahrt zur Ekavis-Straße. Danach bat ich Anna, mitzukommen und das unbewohnte und vernachlässigte Haus ein bisschen auf Vordermann zu bringen.

Die Hälfte der Kacheln auf den Treppenstufen ist geborsten, und wir müssen uns vorsehen, um nicht zu stolpern und kopfüber neben den Pflanzenkübeln zu landen.

Drinnen riecht es unangenehm nach abgestandener Luft. Anna reißt die Fenster auf, während ich einen kurzen Kontrollgang durch meine alte Zuflucht mache. Bis auf den muffigen Geruch ist alles noch so, wie ich es zurückgelassen habe. Selbst in der Propangasflasche ist noch ein kleiner Rest übrig, so dass wir den von Anna mitgebrachten Kaffee zubereiten können.

Anna blickt sich um. »Die Häuser der Kleinasienflüchtlinge

sind alle gleich geschnitten«, sagt sie. »Gut, deins hat eine Außentreppe, die andere nicht haben. Aber drinnen findet man sich blind zurecht.«

»Meins riecht aber muffig«, halte ich ihr entgegen.

Sie lacht. »Die Häuser, die nicht muffig riechen, duften nach Essen«, antwortet sie. »Lass dir das von mir gesagt sein, ich bin mit Essensduft im Haus groß geworden.«

Ich werfe einen Blick auf meine Uhr. Ich habe Kourtidis vorgeschlagen, die beiden Migranten um elf Uhr herzubringen. So bleibt mir noch eine Stunde Zeit, und ich beschließe, mich so lange meinen Pflanzen zu widmen.

Ich gehe wieder in den Hof hinunter und klappe die Metallkiste auf, in der ich die Gartengeräte aufbewahre. Darunter finde ich ein Säckchen mit Dünger und beginne, die Kübel zu säubern und die Erde zu düngen. Ich weiß, ich mache mir was vor, da ich bald wieder gehen und alles seinem Schicksal überlassen werde, aber das Herumwerken tut mir gut.

Als ich wenig später den Kopf hebe, sehe ich, wie Kourtidis mit zwei Männern näher kommt. Ich unterbreche meine Arbeit, um sie willkommen zu heißen.

Kourtidis stellt uns einander vor. Der eine heißt Saleh und ist vermutlich aus dem Maghreb, der andere mit dem Namen Léopold kommt aus Schwarzafrika. Zusammen gehen wir über die Treppe ins Haus hoch. Anna bietet uns einen Mokka an, was alle gerne annehmen.

Ich überlege, wie ich am besten zum Zweck des Besuchs überleite, aber Léopold ist schneller als ich.

»Katerina hat uns gesagt, dass Sie mit uns sprechen wollen.« Er spricht fließend Griechisch mit ausländischem Akzent.

»Was genau hat sie euch gesagt?«, will ich wissen.

Léopold blickt seinen Freund fragend an, ob er vielleicht das Wort ergreifen möchte. Der andere bedeutet ihm, er möge fortfahren.

»Die Idee ist sehr gut, aber …«, er sucht nach dem passenden Wort, »… gefährlich.«

»Warum?«, frage ich.

»Man will uns hier nicht«, antwortet er. »Die Leute denken, dass wir ihnen den Job wegnehmen. Deshalb wollen sie uns nicht.«

Saleh fällt ihm ins Wort und redet auf Englisch los. Ein Glück, dass Kourtidis dabei ist und übersetzt.

»Saleh sagt, dass seine Landsleute schlimmer dran sind als die armen Griechen. Sie werden generell als Diebe und Drogendealer angesehen.«

Léopold ergreift wieder das Wort. »Natürlich sind nicht alle gleich. Viele von uns sind dort, wo sie leben, mit Griechen befreundet, und unsere Kinder gehen zusammen mit ihren Kindern in die Schule.« Er pausiert und geht kurz in sich. »Trotzdem ist es gefährlich, und unsere Leute haben Angst. Ich weiß nicht, wie viele da mitmachen.«

»Es muss ja nicht gleich die ganze Gemeinde kommen«, erklärt ihm Kourtidis. »Es macht nichts, wenn beim ersten Mal nur wenige dabei sind. Ihre Teilnahme wäre aber ein wichtiges Signal.«

»Wenn ihr wenige seid, können unsere Ordner euch auch einfacher schützen«, argumentiere ich.

»Wenn Frauen mit Kindern darunter sind, dann wird euch keiner etwas tun, davon könnt ihr ausgehen«, ergänzt Kourtidis.

»Ich werde mit meinen Freunden reden«, meint Léopold.

»Meine Landsleute werden nicht kommen«, sagt Saleh, übersetzt von Kourtidis. »Nicht nur, weil sie Angst haben. Einige sind aggressiv drauf und könnten randalieren. Schauen wir, wie es beim ersten Mal läuft. Dann reden wir weiter.«

»Wann und wo findet die Veranstaltung statt?«, fragt Léopold.

»Wenn du uns deine Telefonnummer hinterlässt, geben wir dir Bescheid.«

»Die habe ich schon«, meint Kourtidis zu mir.

Damit endet unser Gespräch. Nachdem wir unsere Mokkas ausgetrunken haben, brechen Saleh und Léopold auf.

Als wir allein sind, greift Kourtidis Léopolds Frage auf. »Wo findet die Kundgebung statt?«

»Es ist noch zu früh, den Syntagma-Platz oder den Omonia-Platz ins Auge zu fassen. Dafür sind wir noch zu wenig bekannt. Wir könnten auf Ablehnung stoßen. Wenn wir zu wenige sind, nimmt man uns auch nicht ernst. Der Ares-Park könnte sich für unsere erste Kundgebung eignen.«

»Gute Idee. Gleich neben dem Sitz der Griechischen Arbeitergewerkschaft. Und das Datum?«

»Lass uns zuerst den Ablauf planen und danach das Datum festlegen. Hast du die Einwanderer aus deinem Viertel angesprochen?«

»Damit lege ich heute los. Ich wollte abwarten, was beim heutigen Treffen herauskommt.«

Bevor wir gehen, werfe ich noch einen letzten Blick in die Zimmer. Anna hat die Zimmer gefegt, und es sieht wieder wohnlich aus. Dann verstaue ich die Gartengeräte, und wir machen uns auf den Rückweg.

10

Stella richtet mir aus, dass Vellidis mich sprechen wollte. Ich vermute, es handelt sich um den Zeugen, der al Fallahs Leiche gefunden hat. Und tatsächlich.

»Er heißt Tassos Koussis und ist Arzt«, berichtet Vellidis. »Du kannst ihn anrufen. Ich habe ihm klargemacht, dass er um eine offizielle Vernehmung nicht herumkommt.«

Ich bedanke mich bei Vellidis und rufe sofort die Nummer von Koussis an. »Sie haben doch den toten Saudi in Skaramangas entdeckt und die Polizei verständigt, oder?«, frage ich, nachdem ich mich vorgestellt habe.

»Genau.«

»Sie werden ins Präsidium auf dem Alexandras-Boulevard kommen müssen, Herr Koussis, damit wir Sie dazu befragen können.«

»Einverstanden, aber wenn's geht, gleich jetzt. Am Nachmittag kann ich nicht.«

»Kommen Sie ins Büro von Kommissar Charitos in der fünften Etage.« Ich ersuche Stella, seinen Besuch beim Empfang anzukündigen, damit man ihn durchlässt.

In der Zwischenzeit sind meine Mitarbeiter enttäuscht und ratlos von den Ermittlungen zurückgekehrt.

»Das einzig Neue ist, dass ein Wachmann im Aqua Fun Park ein Lied gehört hat.«

»Was für ein Lied?«

»Das weiß er nicht mehr, weil er nicht darauf geachtet hat. Er dachte, die Musik käme von irgendwelchen Strandbesuchern.«

Ich bin als Einziger nicht enttäuscht, da ich ohnehin keine weltbewegenden Erkenntnisse erwartet habe. Es ging einfach darum, die Ermittlungen im Umfeld des Tatorts abzuschließen.

»Schon gut, ihr müsst nicht gleich in Depressionen verfallen«, sage ich zu ihnen. »Es gab keinen Fang, weil wir im Trüben gefischt haben.«

Den Druck der Saudis, den der Polizeipräsident vom Minister abbekommen und an mich weitergeben wird, erwähne ich dabei nicht. Sie haben damit ja nichts zu schaffen.

Ich berichte ihnen, dass wir die Person ausfindig gemacht haben, die die Leiche gefunden hat, und sie zur Vernehmung erwarten. Da ich weiß, dass viele Zeugen auf Vernehmungsraum und Protokoll allergisch reagieren, will ich ihn zuerst in meinem Büro, aber im Beisein meines Teams befragen.

Kurz darauf wird Koussis, ein Mittvierziger, von Stella in mein Büro hereingeführt. Ich bitte ihn, mit uns am Konferenztisch Platz zu nehmen.

»Herr Koussis, können Sie uns sagen, wie Sie den Toten gefunden haben?«, frage ich ihn.

»Ich war mit dem Wagen unterwegs zum Flüchtlingsheim. Ich bin Kardiologe und arbeite bei ›Ärzte ohne Grenzen‹. Beim Vorbeifahren ist mir aufgefallen, dass jemand auf dem Bauch am Boden lag. Ich habe sofort angehalten, um Erste Hilfe zu leisten. Da habe ich die Messerstiche im Rücken gesehen. Man braucht kein Arzt zu sein, um zu begreifen, dass er tot war. Ich habe sofort den Notruf gewählt. Mehr weiß ich auch nicht.«

»Warum haben Sie das Eintreffen der Polizei nicht abgewartet?«, will Dermitsakis wissen.

»Ich war auf dem Weg zum Flüchtlingsheim, weil einer der Bewohner Herzprobleme hatte. Es galt abzuwägen, ob wir einen Krankenwagen brauchen und er ins Krankenhaus muss. Das war vordringlich. Ich kann kein Menschenleben aufs Spiel setzen, nur um auf die Polizei zu warten, der ich ohnehin nichts Substantielles zu erzählen habe. Daher habe ich den Notruf gewählt und bin weitergefahren.«

»Wieso haben Sie am Telefon keine Angaben zu Ihrer Person gemacht?«, fragt Askalidis.

»Weil man mir gesagt hätte, dass ich warten sollte. Aber ich musste dringend weiter, sonst hätte ich meine ärztliche Pflicht verletzt.«

»Ist Ihnen vielleicht ein Auto oder eine Person in der Umgebung des Tatorts aufgefallen?«

»Nein, die Gegend war wie ausgestorben. Da war keine Menschenseele.«

»Wissen Sie noch, um welche Uhrzeit Sie den Toten entdeckt haben?«

Koussis überlegt kurz. »Es war acht, als ich zu dem Patienten gerufen wurde. Von meiner Wohnung bis zum Flüchtlingsheim brauche ich ungefähr eine Dreiviertelstunde. Also muss es gegen neun gewesen sein.«

»Vielen Dank, Herr Koussis, wir haben keine weiteren Fragen«, sage ich.

Nach Koussis' Weggang schicke ich meine Mitarbeiter an ihre Plätze zurück. Momentan können wir nichts weiter zur Aufklärung des Mordes unternehmen. Daher nutze ich die Gelegenheit, mich mit dem zweiten Thema zu befassen, das mir Kopfzerbrechen bereitet.

Ich rufe Katerina an und frage, ob ihre Kanzlei für das Treffen zwischen Dervisoglou und Sissis bereitsteht. Da Katerinas Sekretärin bereits in Urlaub ist und auch sie selbst keine Mandanten erwartet, steht dem Termin nichts im Wege.

Dann ist Sissis an der Reihe. Wir vereinbaren, uns in einer Stunde in Katerinas Kanzlei zu treffen.

Zuletzt rufe ich Dervisoglou in mein Büro. Zum Glück ist er in Zivil und muss sich nicht erst umziehen. Ich erkläre ihm, dass er an der Nationalgalerie auf mich warten soll und wir von dort gemeinsam nach Pangrati fahren. Dervisoglou soll sich vor mir auf den Weg machen, damit im Büro nicht der Verdacht aufkommt, wir würden hinter dem Rücken der anderen paktieren.

Er wartet an der vereinbarten Stelle auf mich. Unterwegs skizziere ich ein kurzes Porträt von Sissis und von den Dingen, die er in seinem Leben durchgemacht hat. So weiß Dervisoglou, worauf er im Gespräch achten muss.

Sissis ist schon vor uns eingetroffen und unterhält sich mit meiner Tochter. Nachdem sich alle vorgestellt haben, lässt uns Katerina allein.

»Ist eine Kundgebung geplant?«, frage ich Sissis.

»Ja. Der Ablauf ist noch nicht festgelegt, aber wir wissen schon, wo.«

»Und das wäre?«

»Im Ares-Park.«

»Gute Idee«, sage ich. Eine Kundgebung im Ares-Park löst kein Verkehrschaos aus und lässt sich relativ leicht schützen, sollte es zu Übergriffen kommen.

»Ja, finde ich auch«, meint Sissis. »Ich weiß nur nicht, wie viele Menschen teilnehmen werden. Kann sein, dass wir über die üblichen hundert Verdächtigen nicht hinauskommen.«

»Machen Sie keinen Aufruf über Facebook?«, fragt Dervisoglou.

»Was für einen Aufruf?«, lautet Sissis' Gegenfrage.

Ich muss lachen. »Gleich und gleich gesellt sich gern«, sage ich zu Dervisoglou. »Er hat genauso wenig Ahnung von den Sozialen Medien wie ich.«

»Ich werde Kourtidis darauf ansetzen. Der kennt sich damit aus«, hält uns Sissis entgegen.

»Wer ist Kourtidis?«, fragt Dervisoglou.

»Ein junger Mann in Ihrem Alter, der uns bei den Kundgebungen unterstützt«, erläutert ihm Sissis. Dann fügt er hinzu: »Keine Angst, ich werde ihm nicht von Ihnen erzählen.«

»Ich habe weder Angst noch Zweifel«, antwortet Dervisoglou mit einem Lächeln.

»Geben Sie Lambros Ihre Handynummer«, sage ich zu Dervisoglou. »Ihr müsst vereinbaren, wie ihr euch am Telefon gegenseitig ansprecht. Ihr dürft auf keinen Fall eure Namen benutzen.«

»Wenn ich Sie anrufe, dann sage ich: ›Hier ist dein Onkel‹«, meint Sissis zu Dervisoglou.

»Und ich sage: ›Hier ist Ihr Neffe.‹«

Sissis lacht auf. »Sehr gut, da gibt es keine Verwechslungsgefahr. Mein einziger Neffe ist der Enkel deines Chefs, aber der kann noch nicht sprechen.«

Sie vereinbaren, dass Sissis Dervisoglou Zeit und Ort der Kundgebung am Telefon durchgibt.

Nachdem wir alles geklärt haben, lösen wir das Treffen auf. Sissis bricht zusammen mit Dervisoglou auf. Ich bleibe zurück, um mich von Katerina zu verabschieden.

»Richte doch deiner Mutter aus, dass ich hundemüde bin und direkt nach Hause fahre«, bitte ich sie. »Sie ist ja sicher noch bei deinem Sohn.«

»Ja, das ist sie, wir haben gerade telefoniert.«

Diese Auskunft ist ein Geschenk Gottes. Ich halte bei einer Souflaki-Bude in der Formionos-Straße an und hole mir zwei Portionen im Pittabrot mit allen Schikanen. Zu Hause angekommen, lege ich sie auf einen Teller und nehme vor dem Fernseher Platz. Fernsehen und Souflaki – was gibt es Besseres!

Meine Glückssträhne hält an. Gerade läuft die Nachrichtensendung. Die Moderatorin unterhält sich mit einem Typen, den ich noch nie gesehen habe. Er steckt in einem Anzug und trägt Krawatte. Gleich springen ihm vor lauter Ärger die Knöpfe vom Jackett.

»Ist es denn die Möglichkeit, dass wir Unternehmer umbringen, die in unserem Land investieren wollen?«, empört er sich lautstark. »Während der Krise haben wir alles darangesetzt, ausländische Investoren in unser Land zu locken. Wir haben sie angefleht und großartige Versprechungen gemacht sowie Kerzen und Votivgaben für die Muttergottes gespendet. Und jetzt, da sie endlich überzeugt sind und tatsächlich kommen, töten wir sie. Was sind das nur für Monster, die so die Zukunft des Landes vernichten?«

Er holt kurz Atem und fährt dann fort. »Ich erwarte von der Polizei eine sofortige Aufklärung des Verbrechens. Die zuständigen Behörden müssen begreifen, dass an jedem einzelnen Tag, der ohne die Verhaftung der Täter verstreicht, eine Investition verlorengeht.«

Jetzt hat er mich ordentlich auf Trab gebracht. Mir bleiben die Souflaki im Hals stecken. Morgen früh werden die Telefone heißlaufen, und ich frage mich nur noch, ob die Besprechung im Büro des Polizeipräsidenten oder gleich im Büro des Ministers stattfindet.

»Halten Sie einen Terrorakt für denkbar?«, fragt die Moderatorin.

»Dann gäbe es ein Bekennerschreiben«, erwidert der Typ vollkommen zu Recht.

»Könnten Sie sich eine Einmischung ausländischer Geheimdienste vorstellen?«, will die Moderatorin wissen.

»Warum sollten die ausländischen Geheimdienste ausgerechnet bei uns zuschlagen und nicht in anderen Ländern, wo es um viel größere Investitionen geht? In Griechenland, Frau Soti, sind wir selbst die Einzigen, die zuschlagen, und zwar ins eigene Gesicht.«

»Du hast die Gunst der Stunde genutzt, wie ich sehe«, höre ich Adrianis Stimme. Sie steht an der Türschwelle und wirft mir einen strengen Blick zu. »Ist die Katze aus dem Haus, tanzen die Mäuse auf dem Tisch«, lautet ihr Spruch diesmal. »Im Kühlschrank stehen grüne Bohnen. Warum hast du die nicht mit Feta gegessen? Das magst du doch sonst so gern!«

Der einzige Ausweg, der mir noch bleibt, ist ein gelungener Scherz.

»Ein kleiner Anfall von Patriotismus: Kein Grieche sitzt ohne Souflaki vorm Fernseher.«

»Das kannst du jemand anderem erzählen! Du wusstest doch, dass ich heute Abend koche. Aber vorher noch schnell ein paar Souflaki verdrücken ...«

»Gestern bei Katerina hast du doch auch Souflaki gegessen.«

»Ja, zu Ehren von Sissis und seiner Bewegung. Aber Heißhunger auf diesen Fraß habe ich sicher nicht.«

Sie dreht sich um und geht in die Küche. Auf dem Teller ist eine halbe Portion Souflaki liegen geblieben, die ich nach diesem Wortwechsel nicht mehr runterbringe. Ich schalte den Fernseher aus und folge ihr in die Küche. Die Essensreste werfe ich in den Mülleimer und setze mich an den Küchentisch.

»Die Souflaki waren nur die Vorspeise«, sage ich, um sie zu besänftigen. »Jetzt esse ich mit dir die grünen Bohnen mit Feta.«

Statt mir zu antworten, holt sie die grünen Bohnen aus dem Kühlschrank und wärmt sie auf. Danach deckt sie den Tisch für zwei Personen und serviert den Fetakäse.

»Wie geht es unserem Enkel?« Damit versuche ich, ihre gute Laune wiederherzustellen. »Ich habe ihn heute Abend vermisst, aber ich war wirklich erschöpft.«

Ihr Gesicht leuchtet auf. »Heute war ein großer Tag.«

»Erzähl schon.«

»Wir haben ihn auf den Boden gelegt, und er hat angefangen zu krabbeln«, sagt sie und lacht. »Melpo hat ihren

Augen nicht getraut und um Schutz für dieses außerordentliche Kind gefleht.«

»Er ist seinen Altersgenossen natürlich voraus, wenn er so brav isst.«

Sie nimmt die grünen Bohnen vom Herd und bringt sie zum Tisch. »Hör mal, zwing dich nicht zum Essen, wenn du keinen Hunger mehr hast. Ich möchte nicht, dass du mir zuliebe Magendrücken bekommst.«

»Denkst du, ich bin mit anderthalb Souflaki schon satt?«, sage ich.

Wir setzen uns zum Essen. Trotz meiner Schwäche für Souflaki muss ich zugeben, dass die grünen Bohnen köstlich schmecken.

11

Adriani sollte recht behalten. Mein Magen rumorte die ganze Nacht.

Kaum im Büro angekommen, rufe ich Dimitriou an und frage, ob er auf al Fallahs Mobiltelefon etwas entdeckt hat. Da wir keinen weiteren Anhaltspunkt haben, ist das unsere einzige Hoffnung.

»Fast alle Anrufe auf seinem Handy kamen entweder aus Saudi-Arabien oder aus Großbritannien«, meint er. »Es gab nur drei Anrufe von griechischen Mobilfunknummern, und die stammten von leitenden Mitarbeitern der Baufirma Maiandros.«

»Können wir feststellen, wer sonst noch Kontakt mit ihm hatte?«

»Wir versuchen es über die ausländischen Anbieter. In Großbritannien wird es nicht so schwierig sein. Trotzdem rechne ich damit, dass wir Amtshilfe von Scotland Yard anfordern müssen. Was Saudi-Arabien betrifft, habe ich keine Ahnung, was uns da erwartet und wie lange es dauern kann. Wenn wir überhaupt etwas herausfinden.«

»Fangen Sie mit den britischen Nummern an«, sage ich. »In der Zwischenzeit ersuche ich die saudische Botschaft um Unterstützung.«

Gerade als ich meine Mitarbeiter zu mir rufen will,

kommt mir ein Anruf des Vizepolizeipräsidenten dazwischen.

»Haben Sie gestern Abend in den TV-Nachrichten das Gespräch mit dem Präsidenten der Industriellenvereinigung gesehen?«

»Ja.«

»Dann muss ich Ihnen ja nicht erklären, dass Alarmstufe Rot herrscht. In einer Stunde haben wir einen Termin im Ministerbüro.«

Meine Antwort geht im Lärm unter, der auf dem Flur ausgebrochen ist. Ich brauche weder einen Blick nach draußen zu werfen, noch muss ich lange raten. »Gleich beginnt die Journalisteninvasion«, sage ich zum Vizepolizeipräsidenten. »Ich komme, sobald ich sie überstanden habe.«

»Halten Sie das Informationstreffen kurz.«

»Ich kann ihnen ohnehin kaum etwas Neues erzählen.«

Nach dem Telefonat trete ich auf den Korridor und bin sofort umzingelt.

»Was können Sie uns über den Mord an dem Saudi sagen?«

»Sind die Ermittlungen vorangekommen?«

Ohne meine Antworten abzuwarten, bombardieren sie mich mit einer Frage nach der anderen.

»Vorläufig sammeln wir noch die Spuren und Hinweise«, sage ich. »Ein konkreter Verdacht hat sich noch nicht ergeben.«

»Haben Sie gestern Abend das Interview mit dem Präsidenten der Industriellenvereinigung gesehen?«, will Merikas von mir wissen.

»Ja.«

»Dazu hätte ich gern Ihre Stellungnahme.«

»Der Polizei ist der Ernst der Lage bewusst. Sie unternimmt alles, um den Mord an dem saudischen Unternehmer schnellstmöglich zu klären. Dieser Erklärung habe ich nichts hinzuzufügen.«

Dann kehre ich in mein Büro zurück und warte ab, bis der Lärm abgeklungen ist, bevor ich zum Messojion-Boulevard aufbreche. Da die Besprechung auf Ministerebene stattfindet und von großer Dringlichkeit ist, nehme ich lieber einen Streifenwagen.

Zehn Minuten später bin ich da. Zunächst fahre ich zum Büro des Polizeipräsidenten hoch, doch der Beamte im Vorraum gibt mir Bescheid, dass er bereits beim Minister ist. Als ich von der Sekretärin ins Ministerbüro gelotst werde, sitzen meine beiden Vorgesetzten mit dem Minister am Konferenztisch. Mir liegt schon die Bemerkung auf der Zunge, Tische seien anscheinend nicht mehr fürs Essen, sondern nur noch für Besprechungen gedacht, doch ich schlucke sie hinunter.

»Meine Herren, der Mord an dem saudischen Unternehmer bereitet uns zu allem Überfluss noch politische Scherereien. Denn er beschädigt den Ruf unseres Landes in einer Zeit, da es Investoren dringend braucht.« Der Minister hält inne und blickt uns an. Als er sieht, dass keiner das Wort ergreift, fährt er fort. »Das gestrige Interview mit dem Präsidenten der Industriellenvereinigung hat den Druck, der auf uns lastet, auf den Punkt gebracht. Der Ministerpräsident hat mir die Aufsicht über die Ermittlungen übertragen. Daher fordere ich Sie auf, mich jederzeit auf dem Laufenden zu halten.«

Erneut hält er inne und wendet sich an mich. »Der Herr Vizepolizeipräsident hat mir gesagt, dass Sie die Journalisten empfangen haben, bevor Sie herkamen«, meint er.

»Ja.«

»Von heute an geben Sie keine Presseerklärung mehr ab, sondern verweisen auf den dafür zuständigen Pressesprecher des Innenministeriums.«

»Damit nehmen Sie eine große Last von meinen Schultern, Herr Minister«, erwidere ich.

»Schön, dann gehen wir jetzt zum Hauptgang über. Wie ist der derzeitige Stand der Ermittlungen?«

»Leider kommen wir nur im Schritttempo voran. Alles deutet darauf hin, dass der Täter al Fallah unter irgendeinem Vorwand an den Tatort gefahren hat. Höchstwahrscheinlich wollte er ihm eine bestimmte Örtlichkeit zeigen und hat bei der Besichtigung das Opfer erstochen. Dann hat er die Tat mit zwei weiteren Stichen an dieselbe Stelle vollendet.«

»Hat denn niemand das Motorengeräusch eines Wagens gehört?«, wundert sich der Minister.

»Vermutlich haben sie das Auto irgendwo abgestellt und sind zur Ortsbesichtigung zu Fuß weitergegangen.«

»Ist ein Terrorakt vollkommen auszuschließen?«

»Der Präsident der Industriellenvereinigung hat gestern die Antwort gegeben: Kein Terrorakt ohne Bekennerschreiben, Herr Minister.«

»In gewisser Hinsicht handelt es sich aber doch um Terror«, schaltet sich der Vizepolizeipräsident ein. »Der Mord an dem Saudi versetzt alle, die in Griechenland Investitionen planen, in Angst und Schrecken.«

»Was sind Ihre nächsten Schritte?«, fragt mich der Minister.

»Wir haben mit der Auswertung der Mobilfunkdaten von al Fallah begonnen, benötigen dabei aber Ihre Hilfe.«

»Gerne. Ich tue alles, was in meiner Macht steht, um den Fortgang der Ermittlungen zu beschleunigen.«

»Auf al Fallahs Mobiltelefon haben wir Anrufe von saudischen Nummern gefunden. Wir benötigen die Unterstützung der Botschaft, um die Telekommunikationsanbieter und mit deren Hilfe die Anrufer zu ermitteln. Wenn wir erst die saudische Polizei um Amtshilfe ersuchen müssen, kann uns das eine Menge Zeit kosten.«

»In Ordnung, ich kontaktiere den Botschafter und gebe Ihnen Bescheid.«

Er erhebt sich von seinem Platz, als wollte er uns sagen: »Das war's und tschüs!« Wir begreifen die Aufforderung und brechen auf.

»Kommen Sie noch schnell in mein Büro, wir müssen unser Vorgehen absprechen«, sagt der Polizeipräsident zu uns.

»Wir haben nicht genug Spuren und Hinweise, um irgendein Vorgehen abzusprechen, Herr Polizeipräsident«, erläutere ich ihm, als wir um seinen Schreibtisch Platz genommen haben. »Unsere einzige Hoffnung ist derzeit, dass sich aus den Mobilfunkdaten des Opfers konkrete Verdachtsmomente ergeben. Die Anrufe von griechischen Handynummern stammten von leitenden Mitarbeitern der Baufirma Maiandros.«

Bevor mir der Polizeipräsident antworten kann, läutet mein Handy. Auf dem Display erscheint eine Nummer unserer Dienststelle.

»Ein Anruf aus dem Präsidium, geben Sie mir eine Minute«, sage ich zu den beiden.

»Herr Kommissar, soeben hat der Wachmann aus dem Aqua Fun Park angerufen, der uns von diesem Lied erzählt hat. Er meint, es hätte mit Geld zu tun.«

»Lassen Sie ihn mit einem Streifenwagen abholen, ich bin schon unterwegs.« Dann lege ich auf und informiere meine Vorgesetzten.

»Glauben Sie, dass uns das weiterhilft?«, fragt mich der Polizeipräsident.

»Das kann ich noch nicht sagen, aber in der Not frisst der Teufel Fliegen. Sobald ich die Aussage des Wachmanns gehört habe, melde ich mich bei Ihnen zu einer gemeinsamen Einschätzung.«

Auf dem Rückweg ins Präsidium versuche ich mir auszumalen, was das Lied bedeuten könnte. Alles ist denkbar, vom simplen Partysong bis hin zu einer bewusst hinterlassenen Botschaft. Es bringt also nichts, irgendwelche Hypothesen und Theorien aufzustellen, solange ich den Wachmann nicht vernommen habe.

Als ich ins Büro komme, fühle ich mich ein wenig zuversichtlicher, da sich doch noch zwei Fensterchen aufgetan haben: die Unterstützung des Ministers bei der Eruierung der Anrufe auf al Fallahs Mobiltelefon und die Zeugenaussage des Wachmanns.

Eine knappe halbe Stunde später bekomme ich Bescheid, dass sich der Wachmann im Vernehmungsraum befindet. Ich fordere meine Mitarbeiter auf dazuzustoßen.

Er trägt einen Schnurrbart und ist mittleren Alters. Aufmerksam mustert er jeden Einzelnen von uns.

»Erzählen Sie dem Herrn Kommissar von dem Lied«, fordert ihn Dermitsakis auf.

»Ich hatte es schon mal irgendwo gehört, so viel war mir klar«, antwortet der Wachmann. »Als Sie mich im Aqua Fun Park danach gefragt haben, wusste ich noch, dass es ein bekanntes Lied war, aber ich hatte keine Ahnung mehr, welches. Seither zermartere ich mir den Kopf. Heute Morgen ist es mir endlich eingefallen: Ich habe es mal in einem Nachtlokal bei einem Konzert gehört. Der Titel kommt mir nicht mehr in den Sinn. Aber der Text lautet in etwa so: ›Was soll ich mit dem ganzen Geld?‹ … Wie's weitergeht, weiß ich nicht mehr.«

»›Was soll ich mit dem ganzen Geld, was will ich mit den Groschen?‹«, kommt ihm Askalidis zu Hilfe.

»Das ist es!«, ruft der Wachmann begeistert. »Super, Sie kennen die Hitparade besser als ich.«

»Wissen Sie noch, um welche Uhrzeit Sie das Lied gehört haben?«, frage ich ihn.

»Darauf habe ich nicht geachtet, aber es muss gegen acht Uhr abends gewesen sein.«

»War noch jemand anderer dabei?«, fragt Dermitsakis.

»Nein, ich war allein. Wir hatten gerade unseren Spätrundgang beendet, und meine beiden Kollegen waren etwas essen gegangen.«

»Wurde das Lied nur von einer Stimme gesungen? Ohne Instrumentalbegleitung?«, fragt Dervisoglou.

»Nein, da waren auch Instrumente. Es muss von einem Handy abgespielt worden sein, der Ton war nämlich ziemlich leise. Kann sein, dass ich das Lied deshalb nicht gleich erkannt habe.«

»Okay, das war's. Haben Sie kurz Geduld, Sie müssen noch Ihre Aussage unterschreiben«, sage ich zum Wachmann und deute auf Koula, die alles protokolliert hat.

Zusammen mit den anderen verabschiede ich mich von ihm, und wir setzen die Besprechung in meinem Büro fort.

»Die Uhrzeit, die der Wachmann genannt hat, passt zu Stavropoulos' Einschätzung des Tatzeitpunkts zwischen sieben und neun Uhr abends«, sage ich, als wir Platz genommen haben.

»Das Lied soll uns etwas sagen«, schlussfolgert Askalidis.

»Ja, aber es war Nacht und kein Mensch weit und breit«, hält ihm Dermitsakis entgegen. »An wen war die Botschaft gerichtet?«

»Wahrscheinlich steckte eine doppelte Absicht dahinter«, erläutere ich ihm. »Zum einen ist es eine Art Abgesang auf einen Toten, zum anderen kann jeder, der es hört, seine eigenen Schlüsse ziehen, sobald er es mit dem Mord in Verbindung bringt.« Ich halte inne und schaue meine Leute an. »Ich möchte, dass einer von euch zum Flüchtlingsheim fährt und nachfragt, ob noch jemand das Lied gehört hat.«

Es ist ein winziges Fensterchen, das sich hier aufgetan hat, ein Bullauge, mehr nicht. Allein zurückgeblieben, rufe ich den Vizepolizeipräsidenten zwecks Berichterstattung an.

»Glauben Sie, dass wir es als Bekennerschreiben werten können?«, fragt er.

»Wenn das Lied noch bei einem weiteren Mord auftaucht, dann müssen wir es zumindest als eine Art Täterbotschaft einordnen.«

»Jetzt sagen Sie bloß, dass Sie mit weiteren Morden rechnen!«, meint er besorgt.

»Ich rechne nicht damit, aber ausschließen kann ich es leider auch nicht.«

12

»Ich lag daneben. Die Zuwanderer aus dem ehemaligen Ostblock kommen doch!«, berichtet mir Kourtidis voller Freude.

»Deine Analyse war falsch«, sage ich im Tonfall eines einstigen Politkommissars. »Gut, sie haben auch zu Zeiten des Sozialismus in Armut gelebt, aber hier können sie protestieren, was dort unmöglich war. Das ist der Unterschied.«

»Man merkt, dass Sie ein alter Hase sind«, meint er. »Es ist genau so, wie Sie sagen: Ihre Motivation ist nicht der Kampf gegen die Armut, sondern die Teilnahme an einer Kundgebung. Armut ist für sie nichts Neues, öffentlicher Protest aber schon. Mein bulgarischer Nachbar etwa sagte sofort zu, nur weil er noch nie in seinem Leben an einer Demo war.«

»Bravo, gut gemacht! So bleiben wir wenigstens nicht völlig unter uns.«

»Ich habe einen Aufruf auf Facebook gepostet. Darüber kommen vermutlich auch noch Leute.«

Ich blicke auf meine Uhr, es ist elf. Wir haben die Kundgebung auf zwölf Uhr angesetzt. Dervisoglou habe ich auch erst dann bestellt, es soll niemandem auffallen, wie er in Polizistenmanier das Gelände sondiert.

»Gehen wir«, sage ich zu Kourtidis. »Besser, wir sind ein bisschen früher da. Dann können wir eingreifen, wenn es zu Misstönen kommt.«

Ich breche mit den Bewohnern aus unserem Obdachlosenheim auf. Vom Eingang auf der Evelpidon-Straße her durchqueren wir den Ares-Park bis zum König-Konstantin-Standbild.

Die Gruppe aus dem städtischen Obdachlosenasyl war schneller und ist schon vor uns da. Ich blicke mich um. Zu meiner Erleichterung kann ich Dervisoglou nicht entdecken.

»Meinst du, wir haben heute mehr Teilnehmer?«, fragt mich jemand aus dem städtischen Asyl.

»Das wird sich zeigen. Diesmal sind wir jedenfalls besser organisiert. Vielleicht kommen noch ein paar afrikanische Migranten«, sage ich, weil ich sehen will, wie er darauf reagiert.

Er zuckt mit den Schultern. »Mir ist noch nie ein reicher Afrikaner untergekommen. Alle Armen sind uns willkommen.«

Die weiteren Teilnehmer trudeln alle gleichzeitig ein, als hätten sie sich abgesprochen. Die einen kommen von der Patission-Straße, die anderen vom Alexandras-Boulevard und einige aus dem Park. Auch Dervisoglou ist da. Ich bin froh, dass er auf die Idee kam, in einem organisierten Block zu kommen. Das stärkt mein Vertrauen zu ihm. Charitos hat sich nicht in ihm getäuscht.

»Die, die von der Patission-Straße kommen, sind meine Nachbarn«, meint Kourtidis.

Ich mustere die versammelte Menschenmenge und versuche, die Anzahl der Teilnehmer grob zu überschlagen. Auf den ersten Blick müssen es mindestens dreimal so viele sein wie auf dem Attikis-Platz. Die Afrikaner kann ich nirgendwo entdecken. Vielleicht kommen sie erst nach Beginn der Kundgebung, weil sie Aufsehen vermeiden wollen.

Die Obdachlosen aus dem städtischen Asyl haben eine Rednertribüne aus Holzbrettern gezimmert. Beim Hinaufsteigen hoffe ich inständig, nicht abzustürzen, sollte mich im Verlauf meiner Rede die Leidenschaft packen. Zuerst werfe ich einen Blick auf die Menge, um die Stimmung der Zuhörer zu sondieren. Alle sind ruhig und warten auf den Beginn der Ansprache. Auf dem einzigen Transparent steht: *Vereint sind die Armen unbesiegbar!* Weit und breit ist keine Polizei zu sehen. Wahrscheinlich ist sie woanders im Park postiert.

»Auf unserer letzten Kundgebung haben wir die Linke zu Grabe getragen«, beginne ich. »Ziel der heutigen Versammlung ist es, die Armen zu einer Bewegung zusammenzuführen.«

Erst jetzt taucht die Gruppe der Afrikaner auf. Sie hält sich ganz am Rande und verfolgt von dort aus das Geschehen.

»Vergesst die Unterscheidung in links und rechts. Heute verläuft die Trennungslinie zwischen Reich und Arm. Ihr könnt sagen, das war schon immer so. Ja, aber früher war die Linke der Rettungsring für die Armen, Schwachen und Verfolgten. Heute ist die Linke tot, und die Armen müssen schwimmen lernen, da sie keinen mehr haben, der sie vertritt und für ihre Rechte einsteht. Die Armen selbst sind die Bewegung. Unsere Kundgebungen haben unter anderem das Ziel, den Armen das Schwimmen beizubringen.«

Ich unterbreche meine Rede, da eine Gruppe von etwa fünfzig Männern und Frauen den Schauplatz betritt. Ihr Äußeres lässt nicht auf Obdachlose oder Zuwanderer schließen, sie sind im sogenannt besten Alter und gut gekleidet. Nicht nur ich, sondern wir alle mustern sie erstaunt.

»Wir haben gehört, dass ihr eine Kundgebung der Armen macht. Deshalb sind wir hier!«, ruft mir einer von ihnen zu.

»Vielen Dank für eure Unterstützung«, antworte ich ihm.

»Wir sind nicht als Unterstützer hier. Wir sind gekommen, weil wir selber arm sind«, erwidert eine Frau.

»Ihr und arm? Was sollen wir dann sagen?«, bemerkt Stelios mit lauter Stimme.

Die Frau blickt ihn an und sagt: »Siehst du die Kleider, die ich trage? Das sind Restposten aus meinem Laden, den ich aufgeben musste.«

»Meine sind auch aus der Zeit, als ich noch in einer Firma angestellt war«, fügt ein anderer hinzu. »Der Betrieb wurde geschlossen. Ich bin dreiundfünfzig und kann nirgendwo Arbeit finden. Alle stellen nur junge Leute zum Mindestlohn ein, die zwölf Stunden ohne Pause durcharbeiten. Warum sollten sie Gehalt und Versicherungsbeiträge für mich bezahlen, wenn ich in fünfzehn Jahren in Rente gehe?«

»Habt ihr von der Sardinen-Bewegung in Italien gehört?«, ruft eine Frau.

Ich sehe nur fragende Blicke, und auch ich bin ratlos. Da niemand etwas davon gehört hat, erklärt sie: »Die Sardinen-Bewegung besteht aus einfachen Leuten. Mit dieser Bezeichnung wollen sie sagen, dass alle, Italiener und Flüchtlinge, wie Sardinen in derselben Konservenbüchse stecken. Wir hier in Griechenland stecken nicht in derselben Sardinenbüchse, aber wir sitzen im selben Boot. Das müsst ihr endlich begreifen!«

»Mein Vater war Gastarbeiter in Deutschland, Herr Redner!«, ruft mir ein Mann zu. »Die Deutschen haben sie willkommen geheißen, weil die Gastarbeiter die Arbeiten übernommen haben, für die sie sich selbst zu schade waren. Wir aber haben heute Angst vor den Zuwanderern, weil wir uns um dieselben Jobs prügeln.«

Mensch, Marx, sage ich mir, hast du nicht immer gesagt, das internationale Proletariat wird sich erheben? Kein Hahn kräht mehr nach dem Proletariat. An seine Stelle ist die Mittelklasse gerückt, die wir damals als reaktionäre Wasserträger des bürgerlichen Systems bezeichnet haben.

Ich sehe, wie die Afrikaner Mut fassen und sich etwas näher an die Ausläufer der Kundgebung heranwagen. Ich blicke in die Menschenmenge. Alle sind verstummt und warten auf die Fortsetzung der Rede.

»Vielen Dank, dass ihr gekommen seid«, sage ich zu den Vertretern der Mittelklasse. »Damit spendet ihr uns Mut und Kraft und macht uns klar, dass wir alle zusammengehören. Schließt euch uns an und kämpft gemeinsam mit uns.«

Nach so viel Prügel, die ich in meinem Leben einkassiert habe, schlägt mir jetzt im Alter Applaus entgegen, als ich die provisorische Rednertribüne verlasse. Ich winke die Afrikaner und die Vertreter der Mittelklasse zu mir heran.

»Ihr habt ja gesehen, dass man euch sehr freundlich empfangen hat«, sage ich zu Léopold.

»Es war gut«, antwortet er. »Vielen Dank.«

»Sprecht mit euren Landsleuten, damit beim nächsten Mal noch mehr kommen.«

»Das tun wir, und sie werden kommen.«

Dann sage ich zu den Griechen: »Aber das ist nicht genug.

In jedem Bezirk, in jedem Viertel ist unser Einsatz gefragt. Ihr müsst bei euren Bekannten anfangen und mit den Leuten reden. Ihr müsst sie überzeugen, beim nächsten Mal mit dabei zu sein, damit unsere Bewegung wächst und sich ausbreitet.«

Es ist, als kehrte ich in meine Jugend zurück, als die Partei mich nach Perama und Asyrmatos schickte, um die Arbeitslosen und Tagelöhner zu mobilisieren. Heute hingegen zählen auch die Angehörigen der Mittelklasse zu den Arbeitslosen.

Kourtidis unterbricht meine Gedanken. »Wir können am Computer Flugblätter entwerfen und ausdrucken«, meint er. »Das kann ich übernehmen.« Dann wendet er sich an die Umstehenden. »Wer gibt mir seine Handynummer? Dann kann ich euch informieren, wenn ihr sie abholen könnt.«

Eine Frau und ein Mann treten vor und nennen ihm Namen und Telefonnummern. Eine andere wendet sich an den Mann neben ihr.

»Ilias, deine Schwester ist doch mit einem Italiener verheiratet. Willst du sie nicht fragen, ob sie weiß, wie sich die Sardinen-Bewegung organisiert? Vielleicht können wir davon etwas lernen.«

»Das stimmt. Ich rufe sie heute noch an.«

Es mehren sich Abschiedsworte und gegenseitige Versicherungen.

»Wir bleiben in Kontakt.«

»Wir werden richtig viele Leute mobilisieren.«

»Das wird eine starke Bewegung.«

Mir fällt auf, dass Dervisoglou mit ein paar Leuten ins Gespräch gekommen ist und in ihrer Begleitung weggeht. Ich werde Charitos berichten, dass er sich tadellos an alle Abmachungen gehalten hat.

Stelios nähert sich ganz begeistert. »Ein Riesenerfolg!«

»Ja, aber jetzt heißt es die Ärmel hochkrempeln. Kommt, wir haben noch viel vor!«

Mit den Bewohnern unseres Obdachlosenheims gehe ich den gleichen Weg zurück, wie wir gekommen sind. Und mein Herz hüpft dabei vor Freude.

13

Sissis lacht übers ganze Gesicht – zum einen, weil die Kundgebung erfolgreich verlaufen, zum anderen, weil er mit Dervisoglous Einsatz zufrieden ist.

Wir sitzen im Kafenion in der Ajias-Sonis-Straße. Der Treffpunkt war meine Idee, um Familienmitgliedern aus dem Weg zu gehen, die allzu gern die Ohren spitzen. Danach, so einigten wir uns, wollen wir gemeinsam den kleinen Lambros besuchen.

»Er hat nicht den geringsten Verdacht erregt«, erzählt mir Sissis. »Er ist zusammen mit anderen Teilnehmern gekommen und hat die Kundgebung auch genau so wieder verlassen. Ich habe mir vor Verwunderung die Augen gerieben und mich gefragt: Was, gibt es auch solche Bullen?« Als ihm bewusst wird, dass er das Wort »Bulle« verwendet hat, rechtfertigt er sich eilig. »Tut mir leid, dass ich ›Bulle‹ gesagt habe. Ist mir so rausgerutscht!«, sagt er mit einem Lächeln.

»Das kratzt mich wenig. Wir hören es so oft, dass wir uns daran gewöhnt haben. Ein Wunder, dass wir es selbst noch nicht übernommen haben.«

»Jedenfalls wollte ich dir danken. Du hast eine ausgezeichnete Wahl getroffen«, meint er.

Ich stehe auf, da wir alles Übrige auch im Beisein der

anderen besprechen können. »Komm, lass uns endlich den Kleinen besuchen!«

Wir nehmen mein Auto und stehen kurz darauf vor Katerinas Wohnung.

Fanis öffnet uns, mit Lambros auf dem Arm, die Tür. Adriani ist am Kochen. Katerina sitzt mit Mania und Uli im Wohnzimmer. Unser Eintreffen löst zwar keine Euphorie aus, aber immerhin drücken meine Tochter und Mania uns beiden einen Kuss auf die Wange. Uli begrüßt uns mit seinem klassischen Händedruck.

Ich lasse Sissis den Vortritt, damit er als Erster mit dem kleinen Lambros schäkern kann, und wende mich an Uli. »Wie geht es deinem Vater?«

»Viel besser. Zum Glück ist er an einen tollen Kardiologen geraten, der das Schlimmste verhindert hat.« Ein listiges Lächeln stiehlt sich auf seine Lippen. »Er ist auch ein netter Mensch, wir haben uns ein wenig angefreundet.«

»Die Deutschen sind gute Mediziner«, kommentiere ich als echter Grieche, der stets eine Meinung hat, auch wenn sie auf Unwissen gründet.

»Der Arzt war kein Deutscher, sondern Grieche. Er heißt Dimakis und ist in Deutschland sehr bekannt.«

»Dimakis ist ein hervorragender Kardiologe«, bestätigt Fanis. »Ich habe ihn im Zuge meiner Facharztausbildung kennengelernt. Er war Oberarzt, ist dann nach Deutschland gegangen und hat sich dort einen Namen gemacht.«

Während die beiden weiterplaudern, gehe ich zu meinem Enkelsohn. Jetzt hält ihn Katerina auf dem Arm, während Mania ihm Grimassen schneidet. Sobald er mich erblickt, beginnt er zu lachen und mit den Ärmchen zu winken.

»Seltsam, sonst finden Jungen ihre Omas und Mädchen ihre Opas toll. Bei Lambros ist es genau umgekehrt«, bemerkt Adriani.

»Das kommt davon, weil er seinen Opa viel seltener sieht. Dich hat er ja jeden Tag vor sich«, erklärt ihr Katerina. Danach sagt sie zu ihrem Sohn: »Los, mein Junge, jetzt gibt's das Fläschchen, und dann ab ins Bettchen!«

Wir setzen uns alle zusammen ins Wohnzimmer und halten ein Pläuschchen, solange Katerina das Kind schlafen legt.

»Wie ist die Kundgebung gelaufen, Herr Lambros?«, will Mania von Sissis wissen.

»Viel besser als erwartet. Es waren nicht nur Griechen dabei, sondern auch eine Gruppe aus ehemaligen Ostblockländern wie Bulgarien, Albanien und Rumänien. Und auch der Afrikaner, den uns Katerina vermittelt hat, konnte seine Landsleute zum Kommen überreden. Aber die eigentliche Überraschung kam aus einer ganz anderen Ecke.«

»Und woher?«, fragt Mania.

»Es kamen an die fünfzig Mittelständler, denen es früher gutging. Sie haben uns erklärt, dass sie jetzt auch arm sind und sich der Bewegung anschließen wollen.«

»Welcher Bewegung?«, fragt Uli, der durch seinen Aufenthalt in Deutschland den Anschluss verpasst hat.

Nachdem Sissis ihn kurz auf den letzten Stand gebracht hat, erwidert Uli lachend: »Auf Deutsche könnt ihr bei euren Kundgebungen nicht zählen.«

»Man hat uns aber auf die italienische Sardinen-Bewegung hingewiesen«, meint Sissis.

»Davon habe ich auch gelesen«, bekräftigt Mania.

»Die Deutschen werden sagen: Tja, Griechen und Italiener, wieder mal typisch!«, bemerkt Uli.

»Wieso denn? Es gibt doch auch die Gelbjacken in Frankreich!«, hält ihm Mania entgegen.

»Diese Franzosen ... Was für Spielverderber!«, lautet Ulis Kommentar, der auf heitere Zustimmung stößt.

»Also bitte! Und ihr zeigt mit dem Finger auf uns und die Türken«, schaltet sich Fanis ein. »Deutsche und Franzosen sind nicht besser aufeinander zu sprechen. Nur verbergen sie es geschickter, während wir mit unserem südländischen Temperament immer mit der Tür ins Haus fallen.«

»Auf der Herfahrt musste ich Charitos jedenfalls recht geben«, wechselt Sissis das Thema.

»Inwiefern?«, wundere ich mich.

»Die Souflaki-Läden sind gut besucht. Es gibt kaum noch andere Esslokale. Wenn ich abends eine Runde spazieren gehe, sind sie proppenvoll. Auf der nächsten Kundgebung müssen wir wohl Souflaki als das neue Armenessen an die Teilnehmer verteilen.«

»Ihr könntet etwas anderes machen«, meint Adriani.

»Was denn?«

»Hast du nicht erwähnt, dass nicht nur Griechen, sondern auch Teilnehmer aus anderen Ländern kommen? Sagt doch jeder Gruppe, sie soll das bei ihnen typische Arme-Leute-Essen zubereiten und es dann verteilen. Nicht nur an die Demonstranten, sondern auch an die Passanten.«

In Momenten wie diesen macht mich Adriani sprachlos. Sissis springt begeistert auf.

»Eine großartige Idee! Bravo, Adriani!«, sagt er, geht auf sie zu und küsst sie.

»Dann essen die Leute auch weniger Souflaki.« Ihr spitzer Kommentar passt wie die Faust auf – in diesem Fall – mein Auge, bevor sie in die Küche geht.

Katerina hat ihren Sohn in den Schlaf gewiegt und stößt zu uns ins Wohnzimmer. »Léopold hat mich angerufen, Onkel Lambros. Er war ganz angetan«, sagt sie, sobald sie Platz genommen hat.

»Als sie um zwölf immer noch nicht aufgetaucht waren, dachte ich, die kommen nicht mehr. Aber dann, zu Beginn meiner Rede, sind sie doch noch eingetroffen.«

»Er war begeistert, wie gesagt. Er meinte, an der nächsten Veranstaltung würden noch mehr Leute teilnehmen. Wenn du ihn treffen willst, hast du jeden Sonntag bei dir im Viertel die Gelegenheit.«

Sissis blickt sie überrascht an. »Bei mir im Viertel? Wo?«

»In der Eptanissou-Straße gibt es eine katholische Kirche. Dort versammeln sie sich jeden Sonntag zur Messe.« Sie hält kurz inne, bevor sie fragt: »Von Salehs Leuten ist keiner gekommen?«

»Nein, sie hatten Angst. Das hat er mir ganz offen gesagt.«

»Verstehe, ich spreche noch mal mit ihm. Vielleicht getrauen sie sich beim nächsten Mal.«

Nachdem Mania den Tisch gedeckt hat, bringt Adriani das Essen. Sie hat Sardinen in Zitronensoße und Wildkräuterpitta gemacht.

»Frau Adriani, wie schaffst du es bloß, dich um deinen Enkel zu kümmern und gleichzeitig zwei Gerichte zuzubereiten? Da bleibt mir wirklich die Spucke weg«, sagt Fanis zu ihr.

»Ich habe Glück, lieber Fanis. Ich tue einfach genau das, was mir meine Mutter von klein auf beigebracht hat. Ich kann mich um den eigenen Haushalt kümmern und muss nicht aus Geldnot bei anderen Leuten putzen gehen!«

Fanis macht eine Flasche Weißwein auf, während wir uns an den Tisch setzen. Wie immer kommt das Gespräch beim Essen fast zum Erliegen, da wir alle beherzt zugreifen – mich eingeschlossen, obwohl ich jeden Tag in den Genuss der Köstlichkeiten meiner Frau komme.

Wir verbringen den ganzen Abend in fröhlicher Stimmung und brechen gegen elf Uhr auf.

»Du hast dir die Bemerkung über die Souflaki nicht verkneifen können«, sage ich zu Adriani, als wir in den Seat steigen.

Sie wirft mir eins ihrer Sprichwörter an den Kopf. »Getroffene Hunde bellen.« Dann blickt sie mich an. »Aber eigentlich wollte ich damit sagen, dass man durch die jeweilige Landesküche die Armut des anderen besser versteht. An den Speisen kann man nicht nur den Reichtum, sondern auch die Armut eines Landes ablesen. Denkst du, ein armer Afrikaner kann sich gegrillte Spießchen leisten, um seinen Hunger zu stillen?«

Damit hat sie mich definitiv mundtot gemacht. Schweigend wie ein Klostermönch betrete ich mit ihr zusammen die Wohnung, und wir gehen sogleich ins Bett.

Als mich das Klingeln meines Handys aus dem Schlaf reißt, springe ich auf und eile ins Wohnzimmer, um Adriani nicht zu wecken, die schon leise protestiert. Bevor ich das Gespräch annehme, schaue ich auf die Uhr. Es ist ein Uhr nachts.

»Entschuldigen Sie die späte Störung, aber wir wurden vom Polizeirevier Exarchia verständigt: ein Toter in der Koundouriotou-Straße«, höre ich Dermitsakis' Stimme.

»Und dafür weckst du mich mitten in der Nacht? Weil im Exarchia-Viertel ein Toter liegt?«, frage ich ganz außer mir.

»Wenn's kein chinesischer Unternehmer wäre, hätte ich Sie weiterschlafen lassen.«

Ich eile zurück ins Schlafzimmer und raffe meine Kleider zusammen.

14

Obwohl ich noch ganz schlaftrunken bin, gebe ich Gas. Zum Glück erreiche ich das Exarchia-Viertel ohne böse Folgen.

Beim Aussteigen erblicke ich das rote, quer über die Koundouriotou-Straße gespannte Absperrband. Dahinter ist ein verfallenes Eckhaus zu erkennen, mit einem Balkon, der durch Metallstreben gestützt wird, die auf behelfsmäßigen Eisenplatten ruhen. Der Transporter der Spurensicherung und der Krankenwagen sind bereits vor Ort. Hinter dem Absperrband steht ein Streifenwagen.

»Wo ist das Opfer?«, frage ich den Polizeibeamten, der neben dem Streifenwagen steht.

Er deutet auf einen Baum am Gehweg, der in einem Pflanzkübel vor dem vergitterten Hofeingang der Ruine steht. Ein gemalter Stierkopf mit großen Hörnern prangt dort am Gemäuer und schaut auf uns herab.

Das Opfer ist neben dem Baumstamm vornüber auf den Pflanzkübel gestürzt. Stavropoulos beugt sich gerade über den Toten und untersucht ihn. Ein Stück entfernt stehen meine Mitarbeiter, die auf mich und weitere Anweisungen warten.

»Diesmal bin ich vor Ihnen da«, triumphiert Stavropoulos.

Ich registriere das Blut auf dem Rücken des Opfers. »Wie wurde er getötet? Durch einen Messerstich von hinten?«

»Genau gesagt durch drei Stiche in die linke Schulter, exakt wie bei dem Saudi. Der erste Stich traf ihn ins Herz, und er war auf der Stelle tot. Die Tat kann höchstens zwei Stunden her sein. Die Leiche ist noch warm.«

Ich wende mich an die Beamten des Streifenwagens. »Weiß man, wer es ist?«

»Selbstverständlich. Alle kannten ihn. Es war Herr Tsang, der im Exarchia-Viertel alles, woran ein Schild klebte, aufgekauft hat.«

»Dann hat er an Chinesen weiterverkauft oder Airbnb-Unterkünfte daraus gemacht«, ergänzt der Beamte an seiner Seite.

Die Parallele zum Fall des saudischen Unternehmers drängt sich auf. Nicht nur, weil beide Taten genau gleich ausgeführt wurden, sondern auch, weil beide Opfer als Investoren nach Griechenland gekommen sind. Al Fallah hatte vor, sein Geld in ein touristisches Projekt zu stecken, Tsang tat dasselbe mit Immobilien. Was ich befürchtet habe, ist eingetreten. Es gibt ein zweites Opfer, und es ist wieder ein Investor.

Dimitriou kommt auf mich zu. »Die Tatwaffe haben wir nicht gefunden. Der Mörder muss sie mitgenommen haben.«

Ich blicke mich um. Dann deute ich auf das Haus und frage die Polizeibeamten: »Wem gehört die Ruine?«

»Das war das Wohnhaus des Dichters Napoleon Lapathiotis. Es steht schon seit Jahren leer.«

Denkbar, dass ihn der Mörder unter dem Vorwand, ihm

das Haus zu zeigen, hierhergeführt hat. Es ist eine ruhige Wohngegend ohne Autoverkehr, da man nur über eine Steintreppe zum Haus gelangt. Somit ist es der ideale Tatort, der Mörder konnte hier jedes Zusammentreffen mit Autos und Passanten vermeiden.

Dimitriou nähert sich dem Toten und beginnt, ihn zu durchsuchen. Portemonnaie, Mobiltelefon und Schlüssel – alles noch da.

»Das müssen seine Wohnungsschlüssel sein«, meint er zu mir.

»Wissen Sie, wo das Opfer wohnte?«, frage ich die Beamten. Sie blicken sich an und zucken mit den Schultern. »Finden Sie die Adresse heraus, und leiten Sie sie dem Leiter der Spurensicherung weiter. Wir müssen die Wohnung durchsuchen.« Dimitriou ersuche ich, mich anzurufen, sobald er die Adresse hat.

Die Sanitäter legen den Toten auf die Tragbahre. Stavropoulos tritt auf mich zu. »Erwarten Sie nicht allzu viel von der Obduktion«, sagt er.

»Tue ich nicht. Hier sieht man ja schon, wie es ablief.«

Meine Mitarbeiter umringen mich. »Und, was machen wir?«, will Dermitsakis von mir wissen.

Ich blicke auf meine Uhr. Es ist kurz nach drei Uhr morgens und nicht gerade die günstigste Stunde, um den Vizepolizeipräsidenten mit dieser bedrückenden Geschichte zu behelligen. Zu dieser Uhrzeit können wir uns auch nicht in der Umgebung umhören.

»Fahren wir ins Präsidium«, sage ich zu ihnen. »Dort können wir in Ruhe überlegen und die nächsten Schritte planen.«

Mein Team bricht im Streifenwagen auf und ich im Seat. Der Streifenwagen fährt voraus, ich hinterher. Der Wachmann, der gerade seinen Rundgang macht, staunt nicht schlecht, als er uns erblickt. Welcher Wahnsinnige kommt um halb vier Uhr morgens ins Büro?

»Das Verbrechen schläft nicht«, meint Askalidis zu ihm.

Wir begeben uns direkt zur Mordkommission. Ich setze mich in meinem ehemaligen Büro an den Schreibtisch, die anderen nehmen ringsum Platz.

»Erste Rückschlüsse, nachdem jetzt auch noch ein chinesischer Unternehmer dran glauben musste?«, frage ich in die Runde.

»Die erste Schlussfolgerung liegt auf der Hand«, meldet sich Dermitsakis zu Wort. »Ein einzelner oder mehrere Täter haben es auf jeden abgesehen, der nach Griechenland kommt, um Investitionen zu tätigen.«

»Mehrere Täter finde ich unwahrscheinlich«, widerspricht Askalidis. »Es gibt weder kriminelle Banden noch Terrorgruppen, die zum Messer greifen. Die setzen andere Waffen ein. Der Mörder, den wir suchen, ist ein Einzelgänger.«

Dermitsakis hat da seine Zweifel. »Stimmt schon, bei Verbrechen aus Leidenschaft oder bei finanziellen Streitigkeiten zieht man ein Messer. Dass einer aber ganz auf sich allein gestellt ausländische Investoren absticht, finde ich wenig glaubhaft.«

»Hast du nicht mitbekommen, was in England, Frankreich und Deutschland los ist?«, hält ihm Dervisoglou vor. »Da stürmen Typen auf die Straße und töten jeden, der ihnen in die Quere kommt. Und sie verwenden weder eine

Beretta noch eine Kalaschnikow, sondern ein Messer. Messer sind wieder in Mode.«

Ich merke, dass die Diskussion abgleitet, und beende sie, indem ich die Aufmerksamkeit wieder auf unseren Fall zurücklenke. »Schön, wir sind uns also einig, dass die beiden Morde auf das Konto eines Einzeltäters gehen. Vielleicht hat er, wenn's hoch kommt, noch einen Komplizen. Im Unterschied zum letzten Mal hat jedoch diesmal der Täter oder die Täterin in einer dicht besiedelten Gegend zugeschlagen. Das kommt uns entgegen. Morgen klappern wir sie ab und befragen die Anwohner. Vorrang hat aber die Durchsuchung der Wohnung des Opfers.«

»Wann legen wir los?«, fragt Dermitsakis.

»Momentan sind uns die Hände gebunden«, antworte ich ihm. »Wir haben noch nicht einmal die Adresse des Chinesen. Wir können uns jetzt kurz erholen, aber in unseren Büros. Um acht Uhr sehen wir uns wieder.«

Ich fahre in mein Büro hoch, setze mich in einen Sessel, hole mir einen Stuhl vom Konferenztisch heran und bette meine Beine darauf.

Das Läuten des Telefons weckt mich. Mein erster Blick gilt der Uhr: Es ist acht. Ich muss gute vier Stunden geschlafen haben. Dimitriou ist am Apparat.

»Das Polizeirevier Exarchia hat durchgegeben, Tsang habe in der Metsovou-Straße gewohnt. Die Spurensicherung und der Schlosser stehen aber erst in einer Stunde bereit.«

»Schön, dann um neun in der Metsovou-Straße.«

Nach einer schnellen Katzenwäsche fahre ich zu meinem Team hinunter. Dermitsakis schläft auf dem Schreibtisch, den Kopf auf die Arme gebettet. Askalidis hat, so wie ich, die Beine auf einen Stuhl gelegt und schnarcht mit offenem Mund. Dervisoglou ist als Einziger schon wach und recherchiert gerade am Laptop auf seinem Schreibtisch.

»Aufwachen!«, rufe ich und klatsche in die Hände.

Askalidis schnellt in die Höhe, während Dermitsakis nur allmählich den Kopf hebt. Dervisoglou macht den Computer aus.

»Wir haben seine Adresse. Los geht's!«

»Wie wär's mit ein paar Spritzern Wasser, damit wir die Augen aufkriegen?«, schlägt Dermitsakis vor.

»In Ordnung, habe ich gerade auch gemacht.«

In diesem Moment betritt Koula das Büro. Wie vom Donner gerührt, starrt sie uns an. »Seit wann seid ihr denn hier?« Und sogleich folgt die nächste Frage: »Ist etwas passiert?«

»Ja, Mord an einem Chinesen«, antwortet Dervisoglou.

»Sie kommen auch mit. Näheres erfahren Sie unterwegs«, sage ich zu ihr.

Diesmal lasse ich meinen Privatwagen stehen. Wir setzen uns mit zwei Streifenwagen in Bewegung, um auf alle Eventualitäten vorbereitet zu sein.

Während der Fahrt informiere ich den Vizepolizeipräsidenten, der meinen Bericht mit Grabesstimme kommentiert: »Sie hatten recht mit Ihrer Vermutung, dass der Saudi nicht das letzte Opfer sein würde. Nun also ein zweiter Mord.«

»Ja, leider Gottes. Was daraus für die Ermittlungen folgt, ist noch nicht absehbar. Sobald wir mehr wissen, melde ich mich bei Ihnen.«

Am Ende des Gesprächs bleibt jeder mit seinen Sorgen allein, ich mit der Ermittlungsarbeit und er mit der Berichterstattung beim Polizeipräsidenten.

15

Tsang wohnte in der dritten Etage eines Apartmenthauses in der Metsovou-Straße. Davor steht ein Grüppchen, das sich leise unterhält. Sobald die Anwesenden die beiden Streifenwagen erblicken, verstummen sie und blicken zu uns herüber. Danach entfernen sich zwei Männer daraus, während die übrigen drei Frauen ins Wohnhaus treten, um in ihren Apartments zu verschwinden.

Fünf Minuten später trifft Dimitrious Transporter ein. Als Erster steigt der Schlosser mit Tsangs Wohnungsschlüsseln aus. Beim zweiten Versuch springt die Haustür auf.

»Perfekt! Dann passt bestimmt einer der beiden anderen Schlüssel zur Wohnung«, sagt er zufrieden.

Das Team betritt geschlossen das Wohnhaus. Dimitriou, ich und der Schlosser steigen in den Fahrstuhl. Der Schlosser öffnet die Wohnungstür mit derselben Leichtigkeit wie zuvor die Haustür.

Es handelt sich um eine Drei-Zimmer-Wohnung. Vom Flur gelangt man ins Wohnzimmer, das in einen weiteren, offenbar als Büro genutzten Raum übergeht.

Beide Zimmer sind nur mit dem Nötigsten ausgestattet: ein Sessel, zwei Stühle und ein Couchtisch im Wohnzimmer, im Nebenraum ein Schreibtisch, ein Stuhl und ein Computer.

Das interessanteste Möbelstück im Büro ist der Tresor, der hinter dem Schreibtisch an der Wand steht. Der Schlosser geht darauf zu und probiert den dritten Schlüssel. Obwohl er passt, lässt sich der Tresor nicht öffnen.

»Er hat ein Zahlenschloss«, meint er. »Wir müssen ihn ins Labor mitnehmen, um ihn zu öffnen.«

»Ich schicke einen Geldtransporter vorbei und verständige das Revier wegen Begleitschutz«, sagt Dimitriou. »Kann durchaus sein, dass wir nützliche Hinweise darin finden.«

Mittlerweile sind auch meine Mitarbeiter eingetroffen. Wir werfen einen Blick auf das übrige Apartment. Ein kleiner Flur führt zu Küche und Bad, nebenan liegt das Schlafzimmer.

»Ich glaube nicht, dass wir irgendetwas Besonderes finden«, meint Dimitriou. »Die Wohnung war nur als kurzfristige Bleibe gedacht.« Er ruft auf der Dienststelle an, um den Geldtransporter anzufordern.

Ich bitte Koula, mit mir zusammen die direkten Nachbarn aufzusuchen. Die anderen drei sollen dasselbe bei den restlichen Bewohnern des Apartmenthauses tun.

In der darüberliegenden Wohnung im vierten Stock geht keiner an die Tür. Als wir in der zweiten Etage läuten, öffnet uns eine ältere Dame.

»Wir würden Ihnen gern ein paar Fragen zu dem Chinesen stellen, der über Ihnen wohnte«, erklärt ihr Koula.

»Zu Herrn Tsang? Kommen Sie herein.«

Sie geht beiseite, damit wir eintreten können, und führt uns ins Wohnzimmer. »Ich habe gehört, dass er getötet wurde«, sagt sie, sobald wir Platz genommen haben.

»Ja, gestern Nacht«, erwidert Koula.

»Das wundert mich gar nicht«, lautet ihr Kommentar.

»Warum nicht?«, frage ich.

»Böse Zungen behaupten, dass er durch Exarchia spaziert ist, sich Wohnungen ausgesucht und, ganz ohne Bank und Makler, sofort in bar bezahlt hat. ›Wenn mit dem Taler geläutet wird, öffnen sich alle Türen‹, so haben wir früher immer gesagt.«

»Wissen Sie, was er mit den Wohnungen gemacht hat?«, hakt Koula nach.

»Ja, klar! Er hat sie an Ausländer vermietet. Dafür gibt es einen Ausdruck auf Englisch, aber mit Fremdsprachen hatte ich es nie. In unserem Wohnhaus vermietet er auch zwei Apartments. Natürlich kriegt man da ein mulmiges Gefühl, wenn der Haustürschlüssel ständig weitergereicht wird.«

»War an Herrn Tsangs Verhalten irgendetwas auffällig?«, frage ich sie. »Hatte er Freunde? Hat er manchmal Besuch bekommen?«

»Nein, er hatte nie Besuch und auch nichts mit den anderen Hausbewohnern zu tun. Wenn er einen von uns am Hauseingang oder im Fahrstuhl getroffen hat, hat er gelächelt und auf Englisch einen guten Tag gewünscht. Das war alles.«

Koula wirft mir einen fragenden Blick zu. Da mir auch nichts weiter einfällt, erheben wir uns. Die anderen drei erwarten uns bereits am Eingang und bestätigen die Aussagen der älteren Dame.

»Alle haben den Typen als sehr zurückhaltend beschrieben. Bis auf einen Gruß hat er nichts von sich gegeben«, berichtet Dermitsakis.

»In den Wohnungen, wo wir geläutet haben, haben wir ausländische Touristen angetroffen. Das waren Tsangs Airbnb-Unterkünfte«, fügt Askalidis hinzu.

»Setzen wir die Ermittlungen am Tatort fort! Vielleicht kriegen wir dort mehr heraus«, sage ich.

Wir steigen in die Streifenwagen und schlagen den Weg zur Koundouriotou-Straße ein. Koula und ich übernehmen das Haus gleich neben dem Tatort, während die anderen die Steintreppe hinaufgehen.

Wir läuten an dem zweistöckigen Alt-Athener Haus, wo uns ein Paar um die fünfzig öffnet.

»Sie brauchen sich nicht groß vorzustellen. Sie kommen bestimmt wegen des Chinesenmordes«, sagt die Frau zu uns und lässt uns hinein.

Sie führt uns vom Eingang gleich ins Wohnzimmer nebenan. Der Raum ist, wie in diesen alten Häusern üblich, klein und mit Möbeln so vollgestopft, dass man kaum durchkommt.

Das Paar stellt sich als Anestis und Marina Papanikolaou vor. Sie nehmen in zwei Sesseln uns gegenüber Platz und warten gespannt auf unsere erste Frage.

»Haben Sie Tsang vielleicht gekannt?«

»Alle in Exarchia kannten Tsang«, antwortet Marina.

»Aber nur von weitem«, fügt ihr Mann hinzu. »Persönlichen Kontakt hatte man mit ihm nur, wenn es um eine Immobilie ging. Ansonsten hatte er, soweit ich weiß, mit niemandem näher zu tun.«

»Stimmt es, dass er in Exarchia Immobilien erwarb?«, fragt Koula.

Marina nickt zustimmend. »Er hat das halbe Viertel aufgekauft. Auch bei uns hat er angefragt. Aber es ist mein Elternhaus, und das verkaufen wir nicht.«

»Ehrlich gesagt hatten seine Ankäufe auch eine gute Seite«, fügt Anestis hinzu. »Nachdem der Wert der Immobilien in unserer Gegend aufgrund der Krise in den Keller gerutscht war, ist er durch Tsang und andere Käufer enorm gestiegen, und aus dem heruntergekommenen Exarchia ist wieder ein begehrtes Wohnviertel geworden.«

»Haben Sie mitbekommen, ob er sich für das Nachbarhaus interessiert hat?«, will ich von den beiden wissen.

»Für das Haus von Lapathiotis?«, fragt Anestis zurück. »Keine Ahnung, ob er Interesse daran hatte. Da wäre er nicht der Erste. Danach erkundigen sich viele, aber das Haus steht nicht zum Verkauf. Anscheinend überlässt man es dem Verfall, um das Andenken des Dichters zu ehren.«

»Haben Sie gestern Abend gegen Mitternacht Lärm gehört?«, fragt Koula.

»Wir waren im Kino und sind gegen elf nach Hause gekommen«, antwortet Marina. »Wir haben uns gleich schlafen gelegt, und es hat uns nichts geweckt.«

»Überall dasselbe«, kommentiert Koula, als wir wieder auf der Straße stehen.

»Stimmt, trotzdem sind die Auskünfte nützlich, um erste Rückschlüsse zu ziehen. Weder al Fallah noch Tsang hatte in Athen Bekannte oder Bezugspersonen. Dem Mörder machte das die Sache leicht, uns hingegen schwer.«

»Warum auch Bekanntschaften schließen? Dafür kommen sie nicht nach Griechenland, denen geht's nur ums Business. Die einzige Beziehung, die sie zu Griechen eingehen, führt von Geldbeutel zu Geldbeutel«, meint Koula.

Wir beschließen, auch im angrenzenden Haus nachzufragen, ob die Bewohner etwas gesehen oder gehört haben.

Eine Frau öffnet uns. Ihr Blick ist feindselig, und sie scheint nicht gewillt, uns hereinzubitten. »Wenn Sie wegen des Chinesen da sind, dann halte ich lieber den Mund«, meint sie.

»Warum?«, frage ich.

»Weil mir sonst rausrutscht, dass ihm recht geschieht«, bricht es aus ihr heraus. »Er hat uns ruiniert.«

»Ruiniert?«, will Koula wissen.

»Er hat angefangen, jede verfügbare Immobilie aufzukaufen. Dadurch sind Mietwohnungen rar geworden und die Eigentümer übergeschnappt, weil sie denken, ihre Wohnungen sollten gleich viel einbringen wie diese Fake-Hotels für Touristen. Sie erhöhen die Mieten und verlangen so exorbitante Beträge, als wäre das hier der Königspalast von Tatoi.« Sie atmet einmal tief durch. »Wir sind eine vierköpfige Familie: ich, mein Mann und unsere zwei Kinder. Ich bin arbeitslos, deshalb haben Sie mich zu Hause angetroffen. Wir sind nach Exarchia gezogen, weil mein Mann bei der Gemeinde arbeitet und die Mieten hier noch bezahlbar waren. Jetzt müssen wir nach Avlona oder Menidi raus ziehen, um uns eine Wohnung leisten zu können. Im Fernsehen hört man ständig: ›Immobilieninvestition bedeutet Wertsteigerung.‹ Aber kein einziges Wort über die Mieterhöhungen und die Vertreibung der Mieter! Meine Mutter sagte immer: Die Raubtiere vertreiben die Haustiere. Heute muss es heißen: Die Touristen vertreiben die Athener.«

Koula stellt wieder die Frage: »Haben Sie gestern gegen Mitternacht Lärm gehört?«

»Nein, da wäre ich aufgewacht. Wegen der Kinder habe ich einen leichten Schlaf.« Sie verstummt und blickt uns an. »Ich will nicht die Besserwisserin spielen, aber an Ihrer Stelle würde ich unter den frustrierten Leuten suchen, die man aus ihren Wohnungen jagt. Einer von ihnen ist wohl durchgedreht und hat zugeschlagen«, erklärt sie. Nach einer Pause fügt sie hinzu: »Ich jedenfalls halte es mit Mao.«

Wir blicken sie beide verdattert an. Koula fragt: »Was, Sie sind Maoistin und können die Chinesen nicht ausstehen?«

Die Frau blickt sie an. »Das kann ich Ihnen erklären. Früher, als es noch die maoistische KP in Griechenland gab, gingen ihre Anhänger auf die Straße, riefen Parolen und sind mit Ihren Kollegen aneinandergeraten. Uns aber haben sie in Frieden gelassen. Jetzt, da die Chinesen sich von Mao losgesagt haben, kommen sie her und nehmen uns alles weg. Da muss ich es doch mit Mao halten, oder?«

Ich frage mich, was Sissis zu diesem Standpunkt sagen würde. Bevor wir aufbrechen, notiert Koula noch ihre persönlichen Angaben.

Askalidis wartet vor dem Eingang des Lapathiotis-Hauses auf uns.

»Habt ihr was Spannendes rausbekommen?«, frage ich, als wir näher kommen.

»Das ist noch nicht raus. Am besten hören Sie sich die Aussage einer Anwohnerin von gegenüber persönlich an.«

Askalidis führt uns zu einem dreistöckigen Haus auf der gegenüberliegenden Seite des Tatorts und dann hoch in die zweite Etage. Dermitsakis erwartet uns im Wohnzimmer mit einer Dame um die siebzig.

»Frau Fotiou, erzählen Sie dem Herrn Kommissar, was Sie gestern Abend gehört haben.«

»Es muss nach Mitternacht gewesen sein, als ich aufgewacht bin. Die genaue Zeit weiß ich nicht, weil ich nicht auf die Uhr geschaut habe. Aber ich habe laut und deutlich ein Lied gehört, das ich kenne.«

»Welches Lied war es?«, frage ich.

Statt zu antworten, beginnt die alte Dame zu singen, zwar falsch und mit gebrochener Stimme, aber die erste Strophe gibt sie vollständig wieder.

Was strebst du nur nach Gold und Geld?
Häng nicht daran dein Herz.
Liebst du es dennoch allzu sehr,
bringt's nur Verdruss und Schmerz.

Sie hält inne und lächelt. »Für Schlager hatte ich immer schon eine Schwäche«, rechtfertigt sie sich.

Ich blicke meine Mitarbeiter an, und alle denken wir dasselbe. Der Täter hat wie bei al Fallah eine Botschaft in Form eines Songs hinterlassen.

»Haben Sie vielleicht gesehen, wer gesungen hat?«, frage ich. Mir ist klar, dass ich wohl kaum eine konkrete Antwort bekomme, aber einen Versuch ist es wert.

»Ich bin im Nachthemd auf den Balkon gelaufen, weil ich empört war, dass jemand um diese Uhrzeit im Viertel herumgrölt, habe aber niemanden entdecken können.«

»Kam das Lied vom Lapathiotis-Haus?«, fragt Askalidis.

»Nein, von unserer Straßenseite.«

»Wahrscheinlich von der Ecke gegenüber des Lapathiotis-Hauses«, schließt Dermitsakis.

»Ja, das könnte sein«, stimmt die Fotiou zu.

»War es nur eine Stimme oder gab es auch Instrumente dazu?«, fragt Askalidis.

»Instrumente habe ich keine gehört. Es war nur eine Stimme, aber laut und deutlich.«

»Hat der Gesang länger gedauert?«, fragt Dermitsakis.

»Nein, es war nur die Strophe, die ich Ihnen vorgesungen habe.«

Damit sind unsere Fragen erschöpft. Wir danken Frau Fotiou und begeben uns wieder auf die Straße hinunter.

An der von ihr bezeichneten Straßenecke könnte der Mörder tatsächlich gestanden haben, als er das Lied abspielte. Das heißt, dass er doch nicht über die Treppe der Koundouriotou-Straße flüchtete, sondern nach dem musikalischen Intermezzo ganz einfach die stille Straße entlanggegangen war.

»Befragt alle Anwohner hier, ob sich in den letzten Tagen jemand nach Tsang erkundigt hat, vor allem, ob jemand in Erfahrung bringen wollte, wo er wohnte und wo er sonst zu finden war.«

Während das Team meiner Anweisung Folge leistet, steige ich mit Koula in den Streifenwagen und lasse mich zum Präsidium fahren. Jetzt ist mal wieder eine Berichterstattung beim Vizepolizeipräsidenten angesagt.

16

Das Telefonat mit dem Vizepolizeipräsidenten ist kurz. Nach meiner Berichterstattung fasst er die Erkenntnisse noch mal zusammen:

»Der Täter attackiert also nicht blindlings. Bevor er zuschlägt, recherchiert er gründlich.«

»Mit Sicherheit. Daher könnte uns auch der zweite Mord, der in einem dichtbesiedelten Gebiet geschehen ist, Hinweise liefern, wie er den Bewegungsradius seines Opfers verfolgt und wie er den Tatort auswählt.«

»Wenn es so weitergeht, müssen wir der Muttergottes eine Kerze stiften, damit wenigstens sie uns Erleuchtung bringt«, lautet sein galliger Kommentar.

»Einzeltäter sind immer problematisch«, tröste ich ihn. »Aber irgendwann machen sie alle einen Fehler.«

Bevor er auflegt, äußert er noch einen Wunsch, den ich nur teilen kann. »Hoffen wir, unser Mörder tut das bald.«

Schlagartig fällt mir ein, dass ich es versäumt habe, die anderen Abteilungschefs zur Besprechung einzuladen. Ich ersuche Stella, Vellidis von der Internetkriminalität und Karabetsos von der Antiterrorabteilung herbeizurufen.

In Erwartung der beiden setze ich mich schon mal an den Konferenztisch, genau wie der Minister, als er auf mich und seine direkten Untergebenen gewartet hatte.

Vellidis trifft als Erster ein, kurz darauf Karabetsos. Nach meiner ausführlichen Darstellung ergreift Karabetsos das Wort. »Eins steht fest: Die beiden Morde sind bestimmt kein Terrorakt. Für Terroristen spielt nicht nur die Tat selbst eine Rolle, sondern auch das ganze Tamtam drumherum. Die Welt soll ja den Grund für die Ermordung erfahren. Du hast erwähnt, dass nach der Tat ein Lied zu hören war. Terrorakte mit Musikuntermalung sind mir jedoch in meinen ganzen Dienstjahren kein einziges Mal untergekommen.«

»Kein Einwand meinerseits. Ich wollte mich absichern, um keinen Fehler zu begehen.«

»So leid es mir tut, Kostas, aber du hast es mit einem Einzelgänger zu tun«, meint er.

Ich wende mich an Vellidis. »Was meinst du dazu, Klearchos?«

Vellidis zuckt mit den Achseln. »Ich kann dir nur anbieten, dass meine Abteilung die sozialen Netzwerke durchkämmt, ob man irgendeinen Hinweis auf die Taten findet. Etwas anderes fällt mir nicht ein.«

»Einverstanden. Es wird zwar nichts bringen, aber wir können uns keine Ermittlungslücken leisten.«

Unser Gespräch wird durch Koulas Anruf unterbrochen. »Herr Kommissar, das Team ist zurück und hat eine Frau zur Befragung mitgebracht.«

»Führt sie in den Vernehmungsraum. Einer bleibt bei ihr, und die anderen sollen herkommen und mich auf den neuesten Stand bringen.«

»Wenn sich etwas ergibt, melde ich mich sofort bei dir«, versichert Vellidis, bevor er den Raum verlässt.

Gleich darauf erscheinen Dermitsakis und Askalidis. »Freudengeheul oder Grabesstimmung?«, frage ich sie.

»Das steht noch nicht fest. Während der Runde, die wir durch die Läden gedreht haben, hat uns eine Frau etwas Bemerkenswertes erzählt. Ich dachte, das sollten Sie sich anhören«, erläutert mir Dermitsakis.

»Dann nichts wie los!«

Zu dritt fahren wir zum Vernehmungsraum hinunter, wo Dervisoglou mit einer Frau sitzt und auch Koula bereits mit ihrem Laptop fürs Protokoll eingetroffen ist.

»Frau Lefkaditi hat uns etwas Interessantes erzählt«, meint Dermitsakis einleitend.

»Ich höre«, ermuntere ich sie.

»Ein paar Tage vor dem Mord hat sich eine junge Frau in mehreren Geschäften nach dem Chinesen erkundigt. Sie wollte Kontakt mit ihm aufnehmen, dabei wusste sie nicht einmal seinen Namen. Sie hatte bloß gehört, dass ein Chinese Airbnb-Wohnungen vermietet. Sie interessierte sich für eine Unterkunft und wollte wissen, wo er zu finden ist. Dabei war sie auch in meinem Schönheitssalon.«

»War sie Griechin?«, frage ich.

Sie zögert, bevor sie mir antwortet. »Sie sprach perfekt Englisch, aber ihre Aussprache klang nicht wie bei einer Muttersprachlerin. Ich kann das beurteilen, weil ich zwei Jahre in Großbritannien studiert habe, bevor ich alles an den Nagel hängte. Als ich sie fragte, behauptete sie, aus England zu kommen. In dem Moment habe ich nicht länger darüber nachgedacht. Den Chinesen hatte ich sowieso nie persönlich zu Gesicht bekommen. Erst als Ihre Kollegen kamen, ist mir die Begegnung wieder eingefallen.«

»Es stimmt, was Frau Lefkaditi sagt. Sie hat überall gefragt, wir haben das nachgeprüft«, bekräftigt Dervisoglou.

»Mir ist aber noch etwas anderes aufgefallen«, sagt die Lefkaditi.

»Was denn?«, hake ich nach.

»Airbnb-Unterkünfte sucht man doch im Internet. Da grast man nicht die Geschäfte in der Umgebung ab. So geht man höchstens vor, wenn man nach einer Mietwohnung sucht.«

»Können Sie uns die Frau beschreiben?«, fragt Askalidis.

Die Lefkaditi überlegt kurz. »Sie war mittelgroß und hatte kurzes, braunes Haar. Sie trug eine Sonnenbrille, hatte eine graue Jacke an und einen Rucksack dabei.«

»Alter?«

Sie denkt nach. »Mitte bis Ende zwanzig.«

»Wir schicken Ihnen einen Streifenwagen vorbei, der Sie zum kriminaltechnischen Labor bringt. Dort wird nach Ihrer Beschreibung ein Phantombild erstellt.«

»Oje, muss das sein?«, jammert die Lefkaditi. Dann willigt sie doch noch ein. »Na gut, aber bitte vor zehn Uhr, damit ich meinen Salon rechtzeitig öffnen kann. Oder am Mittwoch- oder Samstagnachmittag, wenn wir geschlossen haben.«

»Lassen Sie uns Ihre Privatanschrift hier, dann holt Sie morgen um halb neun ein Streifenwagen ab«, sagt Dermitsakis zu ihr.

Die Lefkaditi geht mit Koula hinaus, um das Protokoll zu unterschreiben. Wir bleiben im Vernehmungsraum zurück, um erste Schlussfolgerungen zu ziehen.

»Und, was denkt ihr?«, frage ich meine Mitarbeiter.

»Der Einwand der Lefkaditi ist berechtigt. Airbnb funktioniert übers Internet. Keiner sucht die Unterkünfte von Tür zu Tür. Also hat sie keine Unterkunft gesucht, sondern wollte sich umhören«, sagt Dermitsakis.

»Das ist das eine. Das andere ist, dass sie sich als britische Touristin ausgegeben hat und dummerweise an die Lefkaditi geraten ist, die mit britischem Englisch vertraut ist«, fügt Dervisoglou hinzu.

»Aus alledem geht klar hervor, dass der Mord mindestens von zwei Personen begangen wurde«, schließe ich. »Durchaus möglich, dass da noch mehr sind. Aber selbst mit einem Phantombild wird es schwierig, diese Komplizin ausfindig zu machen.«

»Ich habe eine Idee«, meint Askalidis.

»Was denn?«, will Dermitsakis wissen.

»Wir könnten das Phantombild der Abteilung für Internetkriminalität schicken, die damit Facebook- und Twitter-Profile durchforstet.«

»Schlau«, meint Dervisoglou. »Wenn sie eine Mittäterin ist, dann hat sie zwar vermutlich ihre Spuren in den sozialen Medien gelöscht. Aber wir sollten es probieren.«

»Ja, das ist wirklich eine gute Idee«, lobe ich Askalidis. »Sobald das Phantombild fertig ist, schicke ich es Vellidis.«

Das Klingeln des Telefons unterbricht uns. »Herr Dimitriou ist hier und wartet auf Sie«, höre ich Stellas Stimme.

»Ich komme sofort.« Ich stehe auf und entschuldige mich bei meinen Leuten: »Wenn Dimitriou persönlich kommt, muss es wichtig sein.«

»Wir haben den Tresor geöffnet«, erklärt er mir, sobald wir bei mir im Büro sitzen.

»Habt ihr etwas gefunden?«

Statt zu antworten, streckt mir Dimitriou das Blatt Papier hin, das er schon die ganze Zeit in der Hand hält. Auf den allerersten Blick verschlägt es mir die Sprache. Es ist eine Liste von den Dingen, die im Tresor lagen: zweihunderttausend Euro, die Kaufverträge aller von Tsang erworbenen Wohnungen, sein Reisepass und ein Notizbuch mit Einträgen in chinesischer Sprache.

»In seinem Tresor lagen zweihunderttausend Euro?«

»Offensichtlich hatte er vor, noch die eine oder andere Wohnung zu kaufen. Er muss das Geld eingeführt haben, weil er, wie fast alle Chinesen, immer bar auf die Hand zahlte«, erklärt mir Dimitriou. »Gemäß Reisepass lautete sein vollständiger Name Tsang Jong Sun. Der letzte griechische Einreisevermerk war eine Woche alt.«

»Ich bespreche das weitere Vorgehen gleich mit dem Polizeipräsidenten. Das alles unterliegt jedenfalls strengster Geheimhaltung«, mahne ich.

»Da können Sie sich drauf verlassen.«

»Wenn ich weiß, wie es weitergeht, gebe ich Bescheid.«

Als er weg ist, greife ich nach dem Telefonhörer, doch nicht, um direkt den Polizeipräsidenten anzurufen. Lieber halte ich mich an die Hierarchie und melde mich zuerst bei seinem Stellvertreter.

»Hat sich etwas getan?«, fragt er gleich.

»Ich brauche einen Termin beim Polizeipräsidenten.«

»Dann scheint es ja wichtig zu sein«, bemerkt er.

»Wie wichtig, kann ich noch nicht abschätzen. Mit Sicherheit ist es etwas, das geheim bleiben sollte. Deshalb würde ich gern persönlich mit Ihnen darüber reden.«

»Kommen Sie sofort her.«

Ich gebe Stella Bescheid, dass ich zum Messojion-Boulevard fahre, und mache mich in meinem Privatwagen auf den Weg. Zum Glück hält mich der Verkehr nicht auf, und ich brauche nicht lange bis zum Innenministerium.

Der Vizepolizeipräsident erwartet meine Ankunft offensichtlich mit Ungeduld, denn seine Bürotür steht offen. Kaum sieht er mich, erhebt er sich und tritt in den Vorraum.

»Kommen Sie«, meint er ohne weiteren Kommentar.

Er stellt mir keine einzige Frage, denn er weiß ja, dass er gleich meinen Bericht hören wird. Ohne die üblichen Zeremonien marschieren wir direkt ins Büro seines Vorgesetzten.

»Was ist los? Ist es so ernst?«, fragt mich der Polizeipräsident, als wir eintreten.

»Setzen wir uns lieber, dann erkläre ich Ihnen alles.«

Ich beginne mit der Aussage der Lefkaditi. »In Ordnung, jetzt wissen wir, dass der Mörder eine Mittäterin hatte. Aber wieso sollte das unter Verschluss bleiben?«, wundert sich der Polizeipräsident.

»Ich bin noch nicht fertig, Herr Polizeipräsident. Die Verschlusssache kommt noch.« Ich ziehe Dimitrious Liste aus meiner Jackentasche und übergebe sie ihm.

Der Polizeipräsident liest sie durch, zieht die Augenbrauen hoch und reicht sie dann seinem Stellvertreter weiter, der genauso reagiert wie sein Chef.

»Zweihunderttausend Euro?«

»Sein Reisepass, der ebenfalls im Tresor lag, trägt einen griechischen Einreisevermerk von vor einer Woche. Offenbar plante er, weitere Wohnungen zu kaufen, und hat Bargeld mitgenommen.«

»Und was heißt das nun für uns?«, fragt mich der Polizeipräsident.

»Niemand darf erfahren, was der Tresor preisgegeben hat, nicht einmal meine eigenen Mitarbeiter. Genauso wenig darf die chinesische Botschaft eingeschaltet werden. Sie könnte uns Knüppel zwischen die Beine werfen, falls sich hinter diesen Geschäftspraktiken der chinesische Staat verbirgt. Das könnte ja sein, und dem gilt es nachzugehen.«

»Das heißt, wir müssen die Berichterstattung beim Innenminister hinauszögern«, sagt der Polizeipräsident. »Wenn er entscheidet, Kontakt zum chinesischen Botschafter aufzunehmen, kann ich ihn nicht aufhalten.«

»Anhand des Reisepasses überprüfen wir, ob er noch in andere Länder gereist ist. Der Schwerpunkt liegt jedoch auf dem Notizbuch. Wie Sie gesehen haben, sind die Einträge auf Chinesisch, und wir benötigen eine Übersetzung. Aber die sollte aus den genannten Gründen kein Übersetzer der Botschaft übernehmen.«

»Was schlagen Sie vor? Sollen wir das Übersetzungsbüro des Außenministeriums einschalten?«, fragt der Polizeipräsident.

»Nein, Sie sollten jetzt Herrn Koulakos, den Leiter der Abteilung für Wirtschaftskriminalität, einschalten. Sobald er Ihre Anordnung zur Untersuchung von Notizbuch und Pass erhalten hat, händige ich ihm die Dinge aus.«

Der Polizeipräsident lässt sich zu Koulakos durchstellen, erläutert ihm den Fall und hebt hervor, dass absolute Geheimhaltung geboten ist. Danach wendet er sich an mich.

»Er erwartet Sie, um die Lage und das weitere Vorgehen zu besprechen.«

»Immerhin geht es jetzt im Fall Tsang voran«, meint der Vizepolizeipräsident, der jede Gelegenheit nutzt, um Optimismus zu verbreiten.

Vom Seat aus rufe ich Dimitriou an und bitte ihn, Tsangs Reisepass und Notizbuch sofort in mein Büro zu bringen. Insgeheim gratuliere ich mir dazu, dass ich das Thema richtig angepackt und möglichen Blockadeversuchen vorgebeugt habe.

Im Präsidium klappt alles wie am Schnürchen. Dimitriou hat bereits das Päckchen bei Stella hinterlegt, so dass ich es nur noch Koulakos vorbeibringen muss.

»Ich fotokopiere alles höchstpersönlich, damit nichts schiefläuft, und bringe es dir dann zurück«, sagt er.

»Gibt es die Möglichkeit, einen vertrauenswürdigen Chinesischübersetzer zu finden, der unter absoluter Diskretion eine griechische Fassung des Notizbuchs erstellt?«, frage ich ihn.

Er denkt kurz nach. »Da muss ich erst nachforschen. Das ist nicht so einfach.« Er lacht auf. »Was für ein Geheimniskrämer! Hätte er seine Notizen nicht auf Englisch machen können?«

»Die zweite Aufgabe ist der Reisepass. Wir müssen alle Ein- und Ausreisevermerke überprüfen und schauen, wie oft er in Griechenland war und ob er zwischendurch andere Länder besucht hat.«

»Das sollte kein Problem sein. Die Übersetzung des Notizbuchs kann aber eine Weile dauern.«

Nachdem alles geklärt ist, kehrt Koulakos in sein Büro

zurück. Vielleicht sind wir einen Schritt weiter, aber es ist, als schwebte unser Fuß noch in der Luft. Die Frage ist, wann wir Tritt fassen. Erst dann wissen wir, in welche Richtung es geht.

17

Ich habe zwei Tische in der Cafeteria zusammengeschoben, um die herum nun alle Platz nehmen. Neben Kourtidis ist Ilias Berkas gekommen, der die Mittelklasse vertritt und dessen Schwester in Italien wohnt. Léopold ist in Begleitung eines weiteren Afrikaners dazugestoßen, den er uns als Maurice vorstellt. Der Letzte im Bunde ist der Bulgare Dimiter, der die Migranten aus den ehemaligen Ostblockländern vertritt.

»Es stellen sich uns eine ganze Reihe von Fragen«, sage ich einleitend. »Zum Beispiel: Wo halten wir die nächste Kundgebung ab?«

Alle verfallen ins Grübeln. »Gehen wir wieder auf den Attikis-Platz?«, schlägt Dimiter vor. »Diesmal werden wir mehr Publikum haben.«

»Kann sein, trotzdem macht es dort wenig Sinn«, antworte ich. »Wenn wir denselben Ort wählen, wo wir schon die Linke zu Grabe getragen haben, bleiben wir unter uns und müssen uns danach gegenseitig Trost zusprechen.«

»Dann auf dem Syntagma-Platz«, lautet Dimiters nächster Vorschlag.

Ilias springt von seinem Stuhl hoch. »Auf gar keinen Fall!«, ruft er. »Jeden zweiten Tag ist das Stadtzentrum gesperrt, und die Ladenbesitzer sind wütend. Wenn es jetzt unseretwegen gesperrt wird, dann bringen wir alle gegen uns auf.«

»Das stimmt«, sage ich zu Ilias. »Und außerdem ist der Syntagma-Platz für uns noch eine Nummer zu groß. Das hat nicht nur mit der Größe der Kundgebung zu tun, sondern auch mit dem Fehlen eines schlagkräftigen Ordnungsdienstes.«

»Warum gehen wir nicht auf den Victoria-Platz?«, wirft Maurice ein.

Mit dieser Idee können sich alle anfreunden bis auf Kourtidis, der sich auffallend zurückhält.

»Bist du dagegen?«, frage ich ihn.

Er antwortet nicht sofort. »Ich stimme den Vorbehalten gegen den Syntagma-Platz zu, aber der Victoria-Platz überzeugt mich auch nicht ganz«, meint er schließlich.

»Wieso nicht?«, will Ilias wissen.

»Die meisten Armen, die kommen werden, verdanken genauso wie ihr aus dem Mittelstand ihren sozialen Abstieg den Finanzinstituten. Ihr habt eure Geschäfte nicht nur schließen müssen, weil euch die Kundschaft fehlte, sondern auch, weil ihr den Banken eure Kredite nicht mehr zurückzahlen konntet. Die Kundgebung sollte eine Bank im Visier haben. Daher schlage ich den Platz vor der Athener Akademie auf der Panepistimiou-Straße vor, gegenüber der Griechischen Zentralbank.«

Ilias bleibt stumm, wirkt aber, genau wie ich selbst, wenig begeistert.

»Ich kann dir folgen«, sage ich zu Kourtidis, »aber dein Vorschlag passt zur Mittelklasse und lässt die anderen außen vor. Was haben die Migranten mit den Banken zu schaffen? Sind sie nach Griechenland gekommen, um Kredite aufzunehmen? Und was haben die übrigen Mittellosen und Obdachlosen, die entweder gar keine Arbeit haben oder für einen Kanten Brot schuften, damit zu tun?«

»Ich habe noch nie eine Bank von innen gesehen«, meint Léopold mit einem breiten Grinsen.

»Ich auch nicht«, stimmt Dimiter zu.

»Also stehen zwei Möglichkeiten zur Auswahl«, fahre ich fort. »Entweder nehmen wir einen neutralen Ort wie den Ares-Park, oder wir wählen einen, mit dem sich alle Demonstrierenden identifizieren können.«

»Welcher Platz könnte das sein?«, fragt Ilias.

»Der Kotsia-Platz. Dort liegt einerseits die *Ethniki Trapeza,* die älteste Bank Griechenlands, aber die Umgebung wird auch viel von Migranten nach Jobs abgeklappert, und zwischen Athinas-Straße und Vathis-Platz übernachten Obdachlose.«

»Richtig, der Kotsia-Platz ist die beste Lösung«, stimmt Ilias zu.

»Toll, Sie haben es geschafft, alle mit einzubeziehen«, sagt Kourtidis zu mir.

Sein Lob beflügelt mich wie damals die Worte meiner einstigen Genossen, wenn sie sagten: Bravo, gut gemacht.

»Kommen wir zur Mobilisierung der Teilnehmer. Diesmal müssen wir mehr Leute zusammenkriegen.« Ich wende mich an Kourtidis. »Nikitas, was ist mit unserem Flugblatt?«

»Hier ist es.«

Er öffnet seinen Rucksack und holt ein bedrucktes Blatt Papier heraus. Der Aufruf in schwarzer Schrift steht schon da: »Kommt und macht mit! Wir sitzen alle im selben Boot!« Tag, Uhrzeit und Ort der Kundgebung sind noch nicht ausgefüllt.

»In welcher Farbe sind die anderen Angaben?«

»Alles wird schwarz sein, das springt ins Auge und ist gut zu lesen.«

»Sieht prima aus. Aber können es die Migranten auch verstehen?«

»Wir, ja«, sagt Dimiter.

»Uns helfen unsere Kinder, die in die griechische Schule gehen«, erklärt Léopold.

»Wann sind die Flugblätter fertig?«, fragt Ilias.

»Wenn das Datum feststeht«, antwortet Kourtidis. »Dimiter kann ich selbst welche vorbeibringen, wir sind ja Nachbarn.«

»Könnt ihr unseren Anteil in der Kirche hinterlegen?«, fragt mich Léopold.

»Sicher, sobald sie bei uns eintreffen«, erwidere ich.

»Dann gehe ich jetzt«, sagt Kourtidis und bricht zusammen mit Dimiter auf.

Als Nächster folgt Ilias. »Ich mache mich auch auf den Weg und trommle unsere Leute zu einem Informationsabend zusammen.«

Nur Léopold und Maurice bleiben zurück. Sie stehen verlegen herum und blicken mich an. Etwas liegt ihnen auf der Zunge, aber sie wissen nicht, wie sie beginnen sollen.

»Wollt ihr mir noch etwas sagen?«, frage ich sie.

»Ja«, antwortet Léopold gepresst.

»Nur heraus mit der Sprache! Hier kommt alles auf den Tisch.«

»Wir möchten, dass Sie in unsere Kirche kommen und zu unseren Landsleuten sprechen.«

»Wo? Hier in Kypseli?«

»Ja. Wir werden die Mitglieder der Gemeinde über alles informieren, aber besser wäre, wenn sie es auch von Ihnen hören.«

»In Ordnung, aber wann?«

»Am Sonntag um elf, nach der Messe.«

Ich blicke sie an. »Seid ihr sicher, dass euer Pfarrer nichts dagegen hat?«

»Wenn wir es ihm erklären, überlässt er uns die Kirche«, erklärt Maurice.

»Einverstanden, ich komme.«

In meinem Leben habe ich immer wieder versucht, Menschen für politische Ziele anzuwerben und zu mobilisieren. Aber eine Versammlung in einer Kirche, noch dazu in einer katholischen, ist Neuland. Ach, Lenin, Stalin und Zdanow, wo seid ihr? Habt ihr nicht Religion als »Opium fürs Volk« bezeichnet? Heute würde ich es anders ausdrücken: Man lernt nie aus!

Sobald Léopold und Maurice gegangen sind, bitte ich ein paar unserer Bewohner, die Cafeteria aufzuräumen und dann alle zusammenzutrommeln, damit ich sie auf den neuesten Stand bringe. Doch davor möchte ich kurz allein sein und Dervisoglou anrufen. Eine Kundgebung auf dem Kotsia-Platz ist vielleicht eine schöne Idee, aber sie birgt auch Gefahren. Gut möglich, dass Charitos, sobald er davon hört, vorbeugende Maßnahmen für angebracht hält.

Dervisoglou geht sofort an sein Handy. »Guten Tag, Onkel.«

»Störe ich gerade?«

»Wir stehen unter solchem Druck, da ist jede Ablenkung Ihrerseits willkommen«, antwortet er.

Ich beschreibe ihm unser Treffen und meine Bedenken. »Du kannst deinen Chef informieren, wenn du meinst. Aber sagt mir Bescheid, was ihr beschlossen habt, damit ich vorbereitet bin.«

»Machen Sie sich keine Sorgen, ich halte Sie auf dem Laufenden«, erwidert er am Ende des Gesprächs.

Als ich in die Cafeteria komme, steht alles wieder am ursprünglichen Platz, und die Bewohner blicken mir erwartungsvoll entgegen. Anna lächelt mich an.

»Wie es aussieht, Herr Lambros, sind wir das erste Obdachlosenheim mit internationalen Beziehungen.«

Die Internationale des Proletariats, sage ich mir, hat sich in eine Internationale der Obdachlosigkeit verwandelt. Soll ich darüber lachen oder weinen?

18

Ich weiß, es ist idiotisch, aber ich kann meine Ungeduld kaum zügeln. Die Übersetzung des Notizbuchs wird noch lange auf sich warten lassen. Es wird nicht leicht sein, einen Chinesischkundigen zu finden, der noch dazu vertrauenswürdig ist. Beim Reisepass kommen wir schneller ans Ziel, nur wird er uns keine so aufschlussreichen Informationen wie das Notizbuch liefern.

Als könnte er Gedanken lesen, kommt Koulakos auf einen Besuch vorbei.

»Hast du jemanden für die Übersetzung des Notizbuchs aufgetrieben?«, ist meine erste Frage.

»Du hast es aber eilig! So jemanden kann ich nicht aus dem Hut zaubern«, erwidert er. »Aber ich habe ein paar andere Dinge entdeckt, die du dir anschauen solltest.« Er legt mir den Reisepass des Chinesen vor. »Tsang ist in diesem Jahr dreimal in Griechenland eingereist und im Durchschnitt zwei bis zweieinhalb Monate geblieben. Offenbar kam er immer dann, wenn er Immobilien kaufen wollte. Die Airbnb-Vermietungen konnten auch online abgewickelt werden.«

»Ist er auch in andere Länder gereist?«, frage ich. Dabei habe ich die junge Frau im Kopf, die mit der Lefkaditi gesprochen und sich als Britin ausgegeben hat.

»Nein, alle aus dem Reisepass ersichtlichen Reisen verliefen zwischen Peking und Athen. Für ihn war das wie eine Fahrt von Patissia nach Ambelokipi. Als ich bei Dimitriou nachgefragt habe, ob er in der Zwischenzeit noch etwas entdeckt hat, hat er mir die Immobilienkaufverträge aus Tsangs Tresor geschickt.« Er pausiert und blickt mich an. »Eins wird daraus deutlich, Kostas. Er hat irrsinnige Kaufsummen gezahlt.«

»Das kann ich mir denken. Bei den Ermittlungen in der Umgebung wurde das schon deutlich.« Mir fällt die Frau ein, die zur Mao-Anhängerin wurde, weil sie ihre Miete nicht mehr bezahlen kann.

»Ich glaube nicht, dass er sein Geld gedankenlos hinausgeworfen hat. Dahinter steckte Absicht«, sagt Koulakos.

Mir bleibt die Spucke weg. »Du meinst, er hat ganz bewusst überhöhte Immobilienpreise gezahlt?«

»Zum einen ist er damit als Käufer im Vorteil, denn je höher der Preis, desto weniger Interessenten können finanziell mithalten. Zum anderen treiben die steigenden Immobilienpreise auch die Mieten in die Höhe. Viele müssen ausziehen, weil sie die Miete nicht mehr bezahlen können. Das wiederum erhöht die Anzahl Wohnungen, die zum Verkauf stehen – und die schließlich vom neuen Besitzer zu teuren Ferienwohnungen gemacht werden. Wir Griechen glauben ja immer noch, dass man über Nacht reich wird, und mit Airbnb-Übernachtungen wird man es tatsächlich. Tsang besaß die meisten Ferienwohnungen in Exarchia und konnte somit die Preise diktieren.«

»Von wem hat er eigentlich die kapitalistische Denkweise gelernt? Von Mao?«, frage ich baff.

»Nein, vom heutigen Regime. Dahinter steckt ein System, das ihn sowohl finanziert als auch kontrolliert. Das Ziel der Chinesen ist nicht, die Regierungen anderer Staaten zu kontrollieren. Ihr Ziel ist, auf dem Markt Fuß zu fassen.« Koulakos steht auf. »Ich glaube, das Notizbuch wird uns mehr dazu sagen können. Sobald eine Übersetzung vorliegt, melde ich mich.«

Wenn Koulakos' Theorie zutrifft, dann finden wir im Notizbuch womöglich sogar konkrete Anhaltspunkte.

Meine Gedanken werden von Dervisoglou unterbrochen. »Herr Lambros hat mich angerufen«, sagt er, während er auf dem Stuhl Platz nimmt. »Sie bereiten eine neue Kundgebung vor.«

»Wo?«

»Auf dem Kotsia-Platz. Er hat mich gebeten, Sie zu informieren.«

»Wann?«

»Das Datum steht noch nicht fest.«

Der Kotsia-Platz liegt im Zentrum, deshalb lässt mich Sissis benachrichtigen. Die Einzelheiten erfrage ich lieber von ihm selbst.

»Gut, ich rede mit ihm, dann sprechen wir uns wieder«, sage ich zu Dervisoglou.

Ich habe es gleich mit zwei Fällen zu tun, in denen etwas geheim gehalten werden muss. Daran muss ich denken, während ich Sissis' Nummer wähle.

»Ich weiß schon Bescheid«, sage ich, sobald ich ihn an der Strippe habe. »Passt es dir, das Ganze heute Abend beim kleinen Lambros zu besprechen? Du musst mir ein paar Dinge erläutern, damit ich mir ein Bild machen kann.«

Er erklärt sich einverstanden und sagt, er mache sich gleich auf den Weg. Auch ich kann eine Atempause gebrauchen und beschließe, seinem Beispiel zu folgen. Während der Fahrt halten mich zwei Dinge auf Trab. Zum einen der Chinesenmord, zum anderen die bevorstehende Kundgebung der Armen. Diesmal soll sie an keinem harmlosen Ort stattfinden wie zuvor, sondern mitten im Zentrum. Daher müssen wir präventive Maßnahmen ins Auge fassen, damit die Sache nicht aus dem Ruder läuft. Das würde Sissis und seiner Bewegung nur schaden.

Adriani öffnet mir mit Lambros auf dem Arm die Tür. Bei meinem Anblick bricht er in Geschrei aus. Unklar ist, ob er sich freut oder mich zum Teufel schickt. Meine Frage beantwortet sich von selbst, als ich ihn auf den Arm nehme: Er lächelt mich an.

Im Wohnzimmer finde ich nur Sissis vor. Fanis und Katerina sind noch nicht da.

»Wie hast du es geschafft, vor mir da zu sein?«

Er lacht. »Wenn die Straßen verstopft sind, bin ich schneller.«

»Wie das?«

»Während alle Autos feststecken, bleibt die Trolleybusspur frei.«

Ich setze mich und sage: »Also, ich höre.«

Er zuckt mit den Schultern. »Es lagen verschiedene Vorschläge auf dem Tisch, vom Victoria-Platz bis zum Platz an der Athener Akademie an der Panepistimiou-Straße. Schließlich haben wir uns auf den Kotsia-Platz geeinigt. Er liegt zentral, ist aber ein kleineres Kaliber als der Syntagma-Platz.«

»Richtig, aber auch dort braucht man einen Ordnungsdienst.«

»Deshalb habe ich Fotis auch sofort verständigt. Ausschreitungen möchte ich um jeden Preis verhindern.«

»Ich werde die Polizei anweisen, einen Einsatzplan mit unauffälliger Präsenz aus der Distanz auszuarbeiten.«

Unser Gespräch wird durch Stimmen, die aus dem Flur zu uns dringen, unterbrochen. Kurz darauf treten Katerina und Fanis mit Einkaufstüten in der Hand ein.

»Seit wann kommt ihr gleichzeitig nach Hause? Hast du in der Kanzlei deiner Frau eine Privatpraxis eröffnet?«, frage ich Fanis.

»Nein, wir mussten noch Kleider für Lambros kaufen«, antwortet Katerina. »Er ist so gewachsen, dass ihm die alten Sachen nicht mehr passen.«

Dann bringt sie mit Fanis die Einkäufe ins Kinderzimmer und löst Adriani ab, die daraufhin zu uns stößt.

»Wie schön, dass du nicht schnurstracks in die Küche läufst, sondern uns ein bisschen Gesellschaft leistest«, meint Sissis zu ihr.

»Was soll ich in der Küche? Melpo hat mit ihren goldenen Händen schon für alles gesorgt und Hähnchenschenkel mit Hörnchennudeln gemacht. Ich muss nur noch den Salat zubereiten.«

»Also habe ich mit meiner Empfehlung ins Schwarze getroffen«, meint Sissis zufrieden.

»Kannst du mir sagen, warum eine so tüchtige Frau in einem Obdachlosenasyl landet?«, fragt Adriani ihn.

»Weil Tüchtigkeit allein kein Geld bringt«, lautet seine treffende Antwort.

Adriani erhebt sich abrupt und geht in die Küche. Tut sie das, damit das Essen rechtzeitig fertig ist oder weil ihr Sissis das Herz schwer gemacht hat?

»Glaubst du, du kannst die Demo diskret beschirmen?«, fragt Sissis, als wir zu zweit zurückbleiben.

»Ich spreche mit dem MAT-Truppführer. Er soll einen geeigneten Standort finden, wo die Sondereinheit unauffällig Position beziehen kann.«

»Obwohl ich den Ort selbst vorgeschlagen habe, muss ich zugeben, dass er mir ein bisschen Sorgen bereitet«, gesteht er mir. »Andererseits können wir nicht alle Kundgebungen im Ares-Park abhalten. Wiederholungen sind schnell langweilig, und die Leute verlieren das Interesse.«

Unser Gespräch wird erneut unterbrochen, als Katerina und Fanis mit Lambros auf dem Arm hereintreten.

»Lambros möchte euch gute Nacht sagen«, verkündet Katerina.

Wir stehen beide auf. Während ich auf meinen Enkel zugehe, hält sich Sissis diskret im Hintergrund. Der kleine Lambros ist wie immer, wenn er satt ist, guter Dinge. Er schäkert mit mir und bringt damit alle zum Lachen. Fanis trägt ihn zu Sissis.

»Komm, sag auch dem anderen Opa gute Nacht.«

In Sissis' Nähe wird der kleine Lambros noch munterer, lacht noch lauter und patscht mit dem Händchen auf Sissis' Kopf. Der schmilzt vor Freude und Rührung dahin.

»Komm, nimm du ihn auch mal«, meint Fanis zu ihm.

Sissis verkrampft sich und zögert, aber Fanis streckt ihm Lambros einfach entgegen, so dass er ihn notgedrungen festhält.

»Woher soll ich wissen, wie man mit Babys umgeht!«, rechtfertigt er sich. »Ich hatte nie ein Kind, nicht mal ein Brüderchen.« Doch als ihm Lambros immer mehr Streicheleinheiten verpasst, indem er ihm auf Kopf und Wange patscht, fasst er Mut.

Adriani macht sich ans Tischdecken, und Katerina übernimmt Lambros von Sissis. »Hopp, Zeit zum Schlafengehen«, sagt sie zum Kleinen.

Sissis strahlt vor Glück. »Ich glaube, jetzt habe ich endlich meine Scheu überwunden und nehme ihn gern wieder auf den Arm.«

Nachdem Adriani fertig gedeckt hat, bringt sie den Salat aus der Küche. Als Katerina aus dem Kinderzimmer zurück ist, steht alles bereit. Fanis übernimmt wie immer das Ausschenken des Weins.

»Also, wo findet die nächste Kundgebung statt?«, will Adriani von Sissis wissen, sobald wir den ersten Bissen gekostet haben.

Ich wechsle einen Blick mit Sissis. »Woher weißt du von unseren Plänen? Hat dir Melpo wieder etwas erzählt?«, fragt er zurück.

»Komm schon! Als du mit meinem Mann allein warst, habt ihr euch leise und verschwörerisch unterhalten. Da muss man kein Hellseher sein, um zu begreifen, dass es um die nächste Kundgebung der Armen ging.«

Alle reagieren amüsiert, während Sissis Adriani mit offenem Mund anstarrt. »Dir entgeht aber auch gar nichts, Adriani«, sagt er bewundernd.

»Ich weiß, aber hat es mir was gebracht? Ich bin als Frau auf die Welt gekommen. Aus mir hätte ein Mann werden sollen!« Sie hält kurz inne und wiederholt dann ihre Frage. »Nun, wo steigt die nächste Kundgebung?«

»Auf dem Kotsia-Platz«, antwortet ihr Sissis.

»Wird es auch ein Arme-Leute-Essen geben?«, fragt sie.

»Nein, der Katechismus hat Vorrang«, erwidert er mit einem listigen Schmunzeln.

Alle blicken ihn baff an. Keiner weiß, ob er es ernst meint oder uns auf den Arm nimmt.

»Was für ein Katechismus, Onkel Lambros?«, fragt ihn Katerina.

»Im Alter habe ich beschlossen, Missionar zu werden«, antwortet er fröhlich grinsend.

Wir starren ihn immer noch an, ohne zu begreifen, worauf er hinauswill. Nur Fanis fällt eine Erklärung ein.

»Mir scheint, du folgst dem Beispiel der ehemaligen Ostblockbewohner. Die sind doch nach dem Zusammenbruch des Sozialismus auch in die Kirchen gerannt«, meint er.

»Aber nein! Léopold, der Bekannte von Katerina, hat mich gebeten, am Sonntag in der katholischen Kirche in der Eptanissou-Straße zu den Gläubigen zu sprechen und sie zum Besuch der Kundgebung zu animieren.«

»Ach so!« Katerina schüttelt belustigt den Kopf. »Léopold ist blitzgescheit, und es ist kein Zufall, dass er der Sprecher der ganzen afrikanischen Community ist. Sein Wort ist dort Gesetz«, erläutert sie uns.

»Eine Sache will mir nicht in den Kopf, Lambros«, meint Adriani zu Sissis. »Wieso bleibst du mir sympathisch, obwohl du Dinge tust, die mir zuwider sind? Zuerst warst du Kommunist, jetzt wirst du katholischer Missionar. Du tust immer das Gegenteil von dem, was ich gut finde, und trotzdem mag ich dich wie einen Bruder!«

Fanis hebt sein Glas. »Auf das Wohl der Armen«, sagt er, bevor wir alle miteinander anstoßen.

19

Der Mensch denkt, der Minister lenkt. Gerade als ich den Leiter der MAT-Sondereinheit Alamanos anrufen möchte, um die begleitenden Maßnahmen für die Kundgebung der Armen zu besprechen, meldet sich der Vizepolizeipräsident.

»Es sieht nicht gut aus, Herr Charitos«, sagt er.

»Was heißt das?«

»Die chinesische Botschaft hat sich beim Außenministerium beschwert, dass man sie nicht über den Mord an Tsang Jong Sun informiert. Der Außenminister hat sein Mütchen an unserem Innenminister gekühlt, und der hat uns um elf Uhr vorgeladen, weil er sich an uns abreagieren will. Der Polizeipräsident möchte sich mit uns beiden vor dem Ministertermin treffen, um eine gemeinsame Linie zu besprechen.«

»In Ordnung, ich komme sofort.«

Ich gebe Stella Bescheid und ersuche sie, mir unverzüglich einen Streifenwagen zu sichern. Wenn ich mit meinem Seat fahre, bleibe ich womöglich im Verkehr stecken, und in dieser Angelegenheit kann ich mir keine Verspätung leisten. Fünf Minuten später steht der Streifenwagen bereit. Ich weise den Fahrer an, beim geringsten Anzeichen eines Staus die Sirene einzusetzen.

Ich hätte das Informationstreffen mit den Chinesen gern noch ein wenig hinausgezögert, andererseits ist mir klar, dass es nicht zu vermeiden ist. Die Frage ist, wie wir den Innenminister überzeugen können, den Chinesen gegenüber nur allgemeine Informationen herauszurücken, ohne Details preiszugeben.

Meine erste Anlaufstelle ist das Büro des Vizepolizeipräsidenten. Ich möchte ein klareres Bild gewinnen sowie seine Überlegungen zu unserem Vorgehen hören.

Schon sein erster Gedankengang enthält einen entmutigenden Einwand. »Wenn wir den Chinesen die Wahrheit sagen, darin stimme ich mit Ihnen überein, werden sie uns nur Steine in den Weg legen. Verschweigen wir aber unsere Vermutungen, kann es zu einem diplomatischen Eklat kommen.«

Offensichtlich erwartet er einen Kommentar von mir, aber ich möchte erst die Ansicht des Polizeipräsidenten hören, bevor ich meine Karten aufdecke. Als er merkt, dass eine Antwort ausbleibt, erhebt er sich.

»Lassen Sie uns mit dem Polizeipräsidenten reden«, meint er.

Als wir in dessen Büro ankommen, ist an seiner Miene abzulesen, in welcher Bedrängnis er ist.

»Wie Sie sehen, stecken wir in der Klemme«, lauten seine ersten Worte gleich nach unserem Eintreten. »Nicht nur wegen der Chinesen, auch der Innenminister setzt uns unter Druck. Die einzige Lösung ist, die ganze Wahrheit zu sagen.«

»Die Wahrheit können wir erst sagen, nachdem wir das Notizbuch gelesen haben«, halte ich ihm entschieden entgegen. »Und dass ein solches existiert, dürfen wir auf keinen Fall erwähnen. Sonst werden sie es einfordern. Wenn wir dann die von der Botschaft angefertigte Übersetzung bekommen, wissen wir nicht, was daran echt ist und was nicht. Ich bin mir sicher, dass sie die Stellen unter den Tisch fallen lassen, die wir nicht zu Gesicht bekommen sollen, obwohl gerade die für unsere Ermittlungen äußerst wichtig sein können. Das müssen wir dem Minister begreiflich machen.«

»Sie haben recht«, stimmt der Polizeipräsident zu. »Wenn wir offenlegen, dass es ein Notizbuch des Opfers gibt, werden sie uns voraussichtlich anbieten, die Übersetzung – mit allen nur denkbaren Konsequenzen – zu übernehmen. Wir müssen den Minister unbedingt überzeugen.«

»Ich sehe da eine Möglichkeit«, meint der Vizepolizeipräsident.

»Und welche?«, will ich von ihm wissen.

»Wir erklären ihm, dass uns nur die vollumfänglichen Informationen im Fall Tsang bei der Aufklärung des Mordes an al Fallah helfen. Wenn es sich um ein und denselben Täter handelt, dann sind wir auf die Hinweise aus dem Fall Tsang angewiesen. Al Fallahs Mörder ist ein unbeschriebenes Blatt. Wenn die Chinesen Teile aus dem Notizbuch unterdrücken oder verfälschen, dann laufen wir Gefahr, dass uns der Urheber beider Taten durch die Lappen geht.«

»Das ist ein ausgezeichnetes Argument«, meint der Polizeipräsident und will gerade noch etwas sagen, als das Klingeln des Telefons ihn unterbricht. »Wir werden erwartet.«

Bei unserem Eintritt blickt uns der Innenminister mit mürrischer Miene an.

»Die Geschichte mit dem Chinesen wird uns um die Ohren fliegen«, bricht es aus ihm heraus, während er am Konferenztisch sitzt und darauf wartet, dass wir Platz nehmen. »Gut, es kann natürlich vorkommen, dass ein Chinese – genauso gut wie irgendein anderer In- oder Ausländer – Opfer eines Verbrechens wird. Aber dass die chinesische Botschaft tagelang nichts davon erfährt, ist inakzeptabel.« Er hält inne und wiederholt: »Inakzeptabel!«

Er blickt uns einen nach dem anderen an und setzt eine lehrerhafte Miene auf. »China tätigt in unserem Land enorme Investitionen. Sie stecken ihr Geld nicht nur in unsere Häfen, sondern wollen ihre Aktivitäten auch auf andere Felder ausweiten. Es kann nicht angehen, dass wir die Vertreter eines Landes, das zu unserem wirtschaftlichen Aufschwung beiträgt, dermaßen im Dunkeln tappen lassen. Noch dazu in einer Zeit, da wir diese Unterstützung bitter nötig haben. Ich möchte einen vollständigen Bericht zum Fortgang der Ermittlungen hören.«

Auf die auffordernden Blicke meiner Vorgesetzten hin trage ich eine lückenlose Zusammenfassung vor. Als ich damit fertig bin, blickt der Minister etwas milder drein.

»Schön, jetzt können wir sie wenigstens detailliert in Kenntnis setzen«, meint er erleichtert.

»Dabei gibt es leider ein Problem, Herr Minister«, wendet der Polizeipräsident ein.

»Was für ein Problem?«

Der Polizeipräsident legt ihm sämtliche Vorbehalte in Bezug auf das Notizbuch dar. »Wenn die Chinesen es anfordern, weist ihre Übertragung möglicherweise Lücken auf. Dabei könnte es um wichtige Hinweise gehen, die uns verborgen bleiben. Dann müssen wir eventuell eine Zweitübersetzung anfertigen lassen, was die Ermittlungen wesentlich verzögern würde. Die beste Lösung wäre, ihnen das Notizbuch zusammen mit allen weiteren persönlichen Gegenständen und Vermögenswerten des Opfers erst auszuhändigen, nachdem wir es selbst übersetzt haben.«

Der Minister überlegt noch, als der Vizepolizeipräsident sein Grübeln unterbricht. »Wir sollten noch etwas anderes berücksichtigen.«

»Und zwar?«

»Der Mörder al Fallahs hat überhaupt keine Spuren hinterlassen. Die Anhaltspunkte aus dem Fall Tsang könnten zur Festnahme des Täters führen, der wohl für beide Morde verantwortlich ist. Wenn von den Chinesen Informationen zurückgehalten werden, würde das unsere Ermittlungen in beiden Mordfällen erheblich beeinträchtigen.«

Der Minister blickt immer noch nachdenklich drein. »Sie haben mich überzeugt«, lenkt er schließlich ein. »Die Frage ist nur, wie wir die chinesische Vertretung besänftigen.«

»Sie können, glaube ich, offen mit der Botschaft reden. Nur das Notizbuch sollten Sie nicht erwähnen, Herr Minister«, sage ich zu ihm. »Wenn sie das Geld aus dem Tresor anfordern, können wir es aushändigen. Dasselbe gilt für den Reisepass, obwohl ich ihn gern noch ein paar Tage länger behalten hätte.«

»Und was tun wir mit dem Notizbuch?«, will er von mir wissen.

»Wenn wir es übersetzt und seinen Inhalt überprüft haben, sagen wir den Chinesen, wir hätten es bei einer zweiten Hausdurchsuchung gefunden.«

»Schön, das werde ich so dem Außenministerium übermitteln. Dort ist man für die Stellungnahme gegenüber der chinesischen Botschaft zuständig.« Dann wendet er sich an mich. »Was haben Sie den Journalisten gesagt?«

»Nichts, es sind gar keine erschienen.«

»Offenbar wiegt der saudische Investor in ihren Augen schwerer als der chinesische Immobilienkäufer«, bemerkt der Polizeipräsident.

»Sollten sie trotzdem noch auftauchen, verweisen Sie sie an den Pressesprecher des Innenministeriums«, meint der Minister.

»Das hätte ich ohnehin getan«, erwidere ich.

Der Besprechungstermin hat mit heftigen Sturmböen begonnen, endet jedoch, um den Wetterbericht zu bemühen, bei heiterem Sonnenschein. Das spiegelt sich auch in den Mienen von uns dreien wider, als wir ins Büro des Polizeipräsidenten zurückkehren.

»Ich glaube, wir sind in dieser Frage geschickt vorgegangen«, meint der Polizeipräsident.

»Stimmt, nur für die Übersetzung des Notizbuchs sollten wir bald eine Lösung finden«, halte ich ihm entgegen. »Erstens, weil sich andernfalls die Ermittlungen verzögern, und zweitens, weil wir den Chinesen nicht erst in drei Monaten die Entdeckung des Notizbuchs auftischen können.«

Der Einzige, der den Mund noch nicht aufgemacht hat, ist der Vizepolizeipräsident. Mit einem Blick zu mir meint er: »Ich habe da eine Idee. Ich gebe Ihnen morgen Bescheid, ob es damit klappt.«

Sein Gesichtsausdruck macht deutlich, dass er die Sache

nicht weiter erläutern möchte, und so halte auch ich mich zurück.

Auf dem Rückweg habe ich allen Grund zur Zufriedenheit. Wir haben die Angelegenheit mit dem Innenminister geklärt und uns auf das Vorgehen gegenüber den Chinesen geeinigt. Das einzig Unklare, so sage ich mir, ist das Ergebnis der Ermittlungen.

»Dermitsakis möchte Sie sprechen«, sagt Stella, als ich im Büro eintreffe.

»Er soll hochkommen.«

Kurz darauf läutet das Telefon, und Dermitsakis ist dran. »Es wäre besser, wenn Sie zu uns runterkommen. Ich möchte Ihnen etwas zeigen und Ihre Meinung dazu hören.«

Als ich in die dritte Etage komme, scharen sich alle um eine Porträtzeichnung, die auf dem Schreibtisch liegt.

»Das ist das Phantombild der jungen Frau, die sich nach dem Chinesen erkundigt hat. Dimitriou hat es geschickt«, erläutert mir Dermitsakis.

Ich werfe einen Blick darauf und stelle fest, dass es der Beschreibung entspricht, die uns die Lefkaditi geliefert hat. Ich sehe eine junge Frau vor mir mit kurzem, braunem Haar, Sonnenbrille, grauer Jacke und einem Rucksack auf dem Rücken.

»Was tun wir jetzt?«, fragt mich Dermitsakis.

»Druckt das Phantombild aus und zieht damit durchs Exarchia-Viertel. Wir müssen herauskriegen, mit wem sie noch gesprochen hat, wonach sie gefragt hat und ob sie etwas geäußert hat, das uns nützlich sein könnte.«

»Sollen wir auch in der Metsovou-Straße nachhaken?«, will Askalidis wissen.

»Ja, und bei den Bewohnern in Tsangs Wohnhaus. Ob sie seine Anschrift tatsächlich eruiert hat, ist ein wichtiger Punkt. Aber wir müssen sehr diskret vorgehen. Wenn sie Britin sein sollte, wie sie der Lefkaditi erzählt hat, dann kann es sein, dass sie sich ins Ausland absetzt, bevor wir sie aufspüren und befragen können.«

Mit dem Gefühl, dass der heutige Tag erfolgreich verlaufen ist, fahre ich nach oben in mein Büro. Nachdem so weit alles reibungslos gelaufen ist, beschließe ich, den Polizeischutz für Sissis' Kundgebung zu organisieren, damit auch dieses Thema vom Tisch ist.

Ich rufe Alamanos in mein Büro und erläutere ihm die Situation. Er hört mir aufmerksam zu, wirkt dabei aber entspannt.

»Machen Sie sich keine Sorgen«, sagt er, als ich fertig bin. »Alle Ausgänge zur Stadiou-Straße und an der unteren Seite des Platzes zur Athinas-Straße hin sind schmale Gassen. Die einzige Fluchtmöglichkeit besteht in Richtung Omonia-Platz. Die Überwachung bereitet also keine großen Probleme und kann diskret durchgeführt werden. Ich lege Ihnen den vorbereiteten Einsatzplatz dann vor. Wann soll die Kundgebung stattfinden?«

»Das steht noch nicht fest.«

»Dann können wir uns ja in Ruhe darauf vorbereiten.«

Zum dritten Mal an diesem Tag kann ich aufatmen. Ich denke, dass es an der Zeit ist, meinen Morgenkaffee zu trinken und mein Croissant zu verspeisen. Lieber spät als nie.

20

Abgesehen von der Übersetzung des Notizbuchs und der Phantombildsuche nach der jungen Frau, die meine Geduld auf eine harte Probe stellen, muss ich mich jetzt zu allem Überfluss auch noch mit Adriani herumschlagen.

Gestern Abend verkündete sie mir, sie würde am Sonntag in die katholische Kirche gehen, um Sissis' Ansprache zu hören.

Ich war baff. »Seit wann gehst du in die katholische Kirche?«, fragte ich.

»Rein gehe ich ja nicht, sondern nur zur Versammlung im Vorhof. Ich möchte hören, was Lambros den afrikanischen Migranten zu sagen hat.«

»Bist du sicher, dass Sissis damit einverstanden ist?«

»Melpo hat mit ihm gesprochen. Er hat nichts dagegen«, lautete ihre Antwort.

»Ist dir bewusst, dass es für mich brenzlig wird, wenn dich jemand erkennt?«

Sie schimpfte wie ein Rohrspatz. »Was redest du für unsinniges Zeug! Woher sollen die Afrikaner denn ahnen, dass ich deine Frau bin? Die Einzigen, die es wissen, sind Lambros und Melpo. Sind wir je bei Afrikanern zu Hause zu Besuch gewesen?«

Ich gab klein bei. Wenn sich Adriani etwas in den Kopf setzt, dann kann man es ihr unmöglich wieder ausreden.

Ich trete, wie morgens üblich, mit Kaffee und Croissant in mein Büro und hoffe, dass mich der Vizepolizeipräsident nicht lange auf die Folter spannt. Und tatsächlich: Der gute Draht zwischen uns funktioniert, denn schon beim ersten Schluck läutet das Telefon.

»Um zwölf bekommen Sie Besuch von Herrn Tsu«, kündigt er mir an.

»Warten Sie kurz, ich notiere mir den Namen. T-s-u haben Sie gesagt?«

»Ja, er ist Arzt für Akupunktur und ein Freund meines Schwiegervaters. Kurz nach Maos Sturz hat er China verlassen und ist nach Griechenland gekommen, wo er sich eine goldene Nase verdient hat. Er hat meinen Schwiegervater behandelt, als der sich das Rauchen abgewöhnen wollte. Seitdem sind sie befreundet und tauschen sich über den Sozialismus aus. In der Zwischenzeit behandelt er nur noch ausgewählte Patienten, daher hat er Zeit.«

»Mir fällt ein Stein vom Herzen, Herr Vizepolizeipräsident!«, sage ich erleichtert.

»Hoffentlich kommen wir so unserem Ziel bald näher.«

Sogleich rufe ich Koulakos an und bitte ihn, mir die Kopie des Notizbuchs zu bringen.

»Wenn die Übersetzung gelingt, sind wir gerettet!«, ruft dieser beflügelt.

Der Aufruhr vor Stellas Büro übertönt seine Begeisterung. Die Reportermeute ist eingefallen, das ist nicht zu überhören. In der Gewissheit, dass unser Zusammentreffen nur kurz dauern wird, trete ich ihnen gutgelaunt entgegen.

»Was können Sie uns zum Chinesenmord im Exarchia-Viertel sagen, Herr Kommissar?«, fragt mich die Kurze mit den rosa Strümpfen, sobald ich auftauche.

»Presseerklärungen darf in dem Fall nur der Sprecher des Innenministeriums abgeben. Wenden Sie sich bitte an ihn.«

»Uns liegt aber eine Erklärung der chinesischen Botschaft vor«, meint Merikas. »Sie droht, die chinesischen Investitionen in Griechenland zu überdenken, falls der Mord nicht sofort aufgeklärt werde. Und Sie sind der Zuständige für die Ermittlungen.«

Da ich gestern mit Sissis' Kundgebung beschäftigt war, blieb mir keine Zeit für die Nachrichten. »Ein Grund mehr, sich an den Pressesprecher zu wenden! Das Thema Investitionen fällt nicht in meinen Zuständigkeitsbereich.«

Ich mache kehrt und gehe in mein Büro zurück. Langsam ebbt das Genörgel der Reporter ab, bis schließlich Ruhe eintritt.

Mit einem amüsierten Auflachen betritt Stella mein Büro. »Sie haben zwar gemurrt und gemeint, Ihr Verhalten sei unmöglich, schließlich seien Sie der zuständige Beamte, aber gegangen sind sie doch«, sagt sie.

Ich kündige ihr den Besuch von Tsu an, damit sie ihn direkt zu mir vorlässt. Gleichzeitig erscheint Koulakos mit der Kopie in einem Dossier.

»Denkst du, ich sollte dabei sein?«, fragt er.

»Lass mich erst allein mit ihm reden. Je nachdem, wie das Gespräch verläuft, melde ich mich bei dir.«

Tsu erscheint pünktlich zum Termin. Um Schlag zwölf öffnet Stella die Bürotür und führt ihn herein. Er ist mittelgroß, weißhaarig und bestimmt über siebzig.

»Herr Efthymiou hat mir erzählt, dass Sie meine Hilfe brauchen«, sagt er.

Ich vermute, der Schwiegervater des Vizepolizeipräsidenten heißt Efthymiou. »Sie haben ja eventuell von der Ermordung eines Chinesen in Exarchia gehört.«

»Ja, das habe ich.« Er lächelt. »Als ich nach Athen kam, gab es hier bis auf die Mitarbeiter der Botschaft keine Landsleute von mir. Jetzt ist Athen voll mit Chinesen.« Nur sein Akzent verrät, dass er Ausländer ist, ansonsten spricht er tadellos Griechisch.

Ich hole die Kopie aus dem Aktenordner. »Unter Tsangs Sachen haben wir auch dieses Notizbuch gefunden. Wir hoffen, dass uns sein Inhalt weiterhilft. Aber wir möchten es von einer Vertrauensperson übersetzen lassen.«

»Verstehe«, erwidert er und nimmt es zur Hand. Sein Lächeln spricht Bände. »Dabei gibt es nur ein Problem.«

»Ihre Zeit?«, frage ich.

»Nein, ich kann nicht gut Griechisch schreiben. Ich würde die Übersetzung lieber jemandem diktieren, der sie am Computer niederschreibt.«

Ich ärgere mich, dass ich nicht früher an so ein Hindernis gedacht habe. Nach kurzer Überlegung fällt meine Wahl auf Koula. Sie ist für diese Aufgabe perfekt geeignet. Ich rufe sie in mein Büro.

Als sie Tsu beim Eintreten bemerkt, wirft sie mir einen fragenden Blick zu. »Soll ich den Laptop holen?«

»Nein, wir nehmen keine Aussage auf. Die Spurensicherung hat bei Tsang ein Notizbuch gefunden, und Herr Tsu ist bereit, es für uns zu übersetzen. Sie übernehmen die Niederschrift von Herrn Tsus Diktat.«

»Wo soll das stattfinden?«, fragt Koula.

»Ich habe immer noch meine Praxis«, sagt Tsu. »Dort können wir in Ruhe arbeiten, und es wird aussehen wie der Besuch einer Patientin. Kommen Sie in die Argolidos-Straße 10 in Ambelokipi.« Er gibt uns auch seine Handynummer.

»Vielen herzlichen Dank, Herr Tsu. Das ist ein wirklich großzügiges Angebot«, sage ich.

»Wann fangen wir an?«, will Koula wissen.

»Heute Nachmittag um fünf, wenn Sie möchten.«

Nach einem herzlichen Händedruck verlässt Tsu mit der Kopie das Büro, und ich bleibe allein mit Koula zurück.

»Die Übersetzung unterliegt absoluter Geheimhaltung. Nicht einmal die Mordkommission darf etwas davon wissen, bis das Notizbuch vollständig übersetzt zur Auswertung vorliegt. Wir haben beschlossen, es vor der chinesischen Botschaft zurückzuhalten, bis wir es selbst gelesen haben. Deshalb darf niemand von seiner Existenz erfahren.«

»Machen Sie sich keine Sorgen, es wird kein Sterbenswörtchen nach außen dringen«, beruhigt mich Koula. »Das Kennwort meines Laptops weiß außerdem nur ich.«

»Schön, dann fangen Sie heute an. Ich möchte, dass Sie mich fortlaufend informieren.«

Sobald Koula gegangen ist, gebe ich Koulakos telefonisch Bescheid. Zunächst herrscht Schweigen in der Leitung, dann fragt er besorgt: »Entschuldige, aber bist du wirklich sicher, dass nichts durchsickert?«

»Mach dir keine Gedanken, für Koula lege ich meine Hand ins Feuer.«

»Dann zappelt uns hoffentlich bald ein dicker Karpfen an der Angel.«

»Ich wäre schon mit einer kleinen Forelle zufrieden«, antworte ich.

Schon halte ich den Hörer in der Hand, um den Vizepolizeipräsidenten zu informieren, lasse ihn aber wieder auf die Gabel sinken. Besser, ich berufe zuerst eine Teamsitzung ein, um zu hören, ob sich durch das Herumzeigen des Porträts durchs Viertel etwas ergeben hat.

Aus dem breiten Lächeln meiner Mitarbeiter schließe ich, dass es richtig war, zuerst das Team einzubestellen. »Positive Neuigkeiten?«, frage ich.

»Mit leeren Händen sind wir ausgezogen und kommen reich beladen zurück«, sagt Dermitsakis zu mir.

»Schieß los.«

»Also, die junge Frau hat das ganze Viertel gründlich ausgeforscht. Auch über den Exarchia-Platz hinaus hat sie sämtliche Läden abgeklappert. Überall hat sie Englisch gesprochen, auch in einem Dessousgeschäft an der Ecke Stournari- und Bouboulinas-Straße. Nur, dass dort die Besitzerin kurz darauf beobachtet hat, wie sie ein Taxi angehalten und dem Fahrer durchs Fenster auf Griechisch ihr Ziel genannt hat: Ecke Evelpidon- und Paxon-Straße in Kypseli. Die Ladenbesitzerin meinte, es hätte eher nach griechischer Provinz als nach London geklungen.«

»Dann müssen wir unbedingt die Umgebung ihres Fahrtziels durchkämmen, ob sie dort jemand wiedererkennt«, sage ich.

»Schon erledigt, niemand hat sie dort gesehen«, meint Askalidis.

»Zumindest hat sich der Verdacht der Lefkaditi bestätigt. Jetzt wissen wir nicht nur, dass sie keine Britin, sondern dass sie Griechin ist«, fügt Dervisoglou hinzu.

»Die Abteilung für Internetkriminalität hat sie in den sozialen Medien noch nicht aufspüren können«, meint Askalidis.

»Vielleicht sollten wir dem Revier Exarchia nahelegen, Streifenpolizisten auf sie anzusetzen«, schlägt Dermitsakis vor. »Wenn sie noch einmal auftaucht, haben wir sie am Schlafittchen.«

»Tut das für alle Fälle, aber sie taucht bestimmt nicht auf. Tsang ist tot, ihr Job ist erledigt«, erläutere ich ihm.

Nichtsdestotrotz sind wir alle zufrieden. Entsprechend beschwingt rufe ich den Vizepolizeipräsidenten an, erzähle ihm von Tsu und der Zusammenarbeit mit Koula. Er stellt mir dieselbe Frage wie Koulakos.

»Sind Sie sicher, dass dabei nichts nach außen dringt?«

»Seien Sie unbesorgt. Koula genießt mein absolutes Vertrauen.« Danach erzähle ich ihm von der jungen Frau.

»Eine Griechin?«, ruft er aus. »Dann haben wir ja zumindest die Mittäterin des Mörders!«

»Es wird aber nicht einfach sein, sie ausfindig zu machen«, erkläre ich ihm. »Nach dem Mord ist sie bestimmt untergetaucht. In den sozialen Medien gibt es keine Spur von ihr. Wir schicken extra Streifenpolizisten durch Exarchia, aber große Hoffnungen mache ich mir nicht.«

»Jedenfalls sind wir einen Schritt weiter. Ich sage dem Polizeipräsidenten sofort Bescheid«, sagt er und legt auf.

Okay, wir sind einen Schritt weiter. Nur in welche Richtung es geht, wissen wir immer noch nicht.

21

Ich hatte dringend Schlaf und Erholung nötig. Gestern Abend bat ich Adriani, möglichst leise aufzustehen, wenn sie am Morgen zu Sissis in die katholische Kirche gehen würde.

Es ist bereits nach zehn, als ich die Augen aufschlage. Adriani ist fort, und in der Wohnung herrscht vollkommene Stille. Ich trete ins Bad, greife jedoch nicht nach meinem Rasierzeug. Seit Jahren schon nehme ich mir sonntags einen Urlaubstag vom Rasieren.

Meine nächste Station ist die Küche, wo der Mokka für mich bereitsteht. Adriani hat das Schnabelkännchen auf der Herdplatte stehenlassen, damit ich es aufwärmen kann. Kurz geht mir durch den Kopf, den Fernseher einzuschalten, doch ich verwerfe den Gedanken wieder. Lieber trinke ich in aller Ruhe meinen Mokka. Da wahrscheinlich selbst Chinesen am Samstagabend ausgehen, um sich abzulenken, gibt's wohl keine Nachricht von Bedeutung.

Beim letzten Schluck höre ich den Schlüssel in der Tür gehen. Kurz darauf erscheint Adriani in der Küche.

»Bist du jetzt erst wach geworden?«, fragt sie erstaunt.

»Ja. Endlich habe ich mal wieder ausgeschlafen. Den Kaffee habe ich schon getrunken, aber du kannst gern noch einen für uns beide aufsetzen und mir erzählen, wie es war.«

In Erwartung der Neuigkeiten nehme ich am Küchentisch Platz. Als wir beide ein Mokkatässchen in der Hand halten, beginnt sie zu berichten.

»Ich habe Lambros zum ersten Mal in der Öffentlichkeit reden hören und muss sagen, ich war vollkommen baff.«

»Wieso?«

»Er hat zu den Afrikanern gesagt, dass es nichts zu bedeuten habe, dass sie Ausländer sind. Die Armut treffe Griechen und Migranten gleichermaßen, sie vereine sie sogar. Also müssten alle zusammen dagegen kämpfen, ohne Angst. Er hat das so schön ausgedrückt, ich war ganz gerührt.« Sie hält inne und blickt mich an. »Sprechen alle Kommunisten so?«, fragt sie.

»Woher soll ich das wissen? Glaubst du, mein Vater, der Gendarmerieoffizier, hätte mich zu Kundgebungen der Linken mitgenommen? Wäre ich aus Neugier selbst hingegangen, hätte er bestimmt an der Polizeischule für meinen Rauswurf gesorgt.«

»Die Migranten waren jedenfalls begeistert. Alle haben ihm dankbar die Hand gedrückt. Heute habe ich einen ganz anderen Lambros kennengelernt.« Sie steht auf und geht zum Kühlschrank. »Ich mache etwas zu essen, aber du darfst nichts Besonderes erwarten«, warnt sie mich.

»Lass doch das Kochen bleiben, und wir gehen irgendwo essen!« Ich fühle mich erholt und guter Dinge. »Wir könnten ins Vlassis in der Michalakopoulou-Straße gehen.«

»Gute Idee! Soll ich die Kinder fragen, ob sie mitkommen wollen?«

»Unbedingt! Hoffentlich haben sie nichts anderes vor.«

Sie ruft Katerina an und verabredet sich mit ihr um ein

Uhr. »Katerina reserviert einen Tisch«, vermeldet sie zufrieden.

Adriani macht sich ausgehfertig. Als ich doch noch kurz den Fernseher anmachen möchte, erreicht mich Sissis' Anruf.

»Die Kundgebung findet am Dienstag um zwölf statt«, meldet er mir.

»Schön, ich notiere mir das. Aber sag, wie hast du es geschafft, meine Frau mit deiner Ansprache vor den Afrikanern so tief zu beeindrucken?«

Er antwortet nicht sofort. »Wie schön, dass meine Rede Adriani gefallen hat. Dann ist sie auch bei den Migranten angekommen.«

»Adriani ist doch keine Migrantin.«

»Aber ein Meinungsbarometer, sie erfasst sofort das Wesentliche.«

Das kannst du laut sagen, denke ich mir. Ständig fährt sie mir mit ihrer Meinung über den Mund.

Kaum haben wir aufgelegt, tritt Adriani ein. »Wer war am Telefon?«

»Sissis. Er hat mir ausgerichtet, dass die Kundgebung am kommenden Dienstag stattfindet.«

»Stimmt, das hat er auch in seiner Rede gesagt.«

Wir machen uns im Seat auf den Weg zur Michalakopoulou-Straße. Es herrscht kaum Verkehr. Trotzdem finde ich sofort einen Parkplatz. In Athen schließt normalerweise das eine das andere aus. Wenn einen der Verkehr zum Wahnsinn treibt, findet man leicht eine Parklücke, weil alle unterwegs sind. Wenn es ruhig ist auf den Straßen, parken die Autos in zweiter Reihe.

Erst als wir schon seit einer halben Stunde in der Taverne Vlassis sitzen, treffen Katerina, Fanis und unser Enkel ein.

»Entschuldigt die Verspätung, aber ich musste Lambros noch füttern«, erklärt Katerina.

»Sonst hätten wir keine ruhige Minute gehabt«, fügt Fanis hinzu.

Adriani bestellt Seezunge im Ofen, ich Kalbsgulasch im Tontopf, Fanis entscheidet sich für Kotelett und Katerina für Schweineragout mit grünem Sellerie.

Als wir die Bestellung aufgegeben haben, tut Adriani ihre Bewunderung für Sissis noch mal kund.

»Ich habe genau das Gleiche auch von Léopold gehört«, fällt Katerina ihr ins Wort.

»Welcher Léopold?«

»Der Senegalese, den ich Onkel Lambros vermittelt habe, um die Afrikaner zu mobilisieren. Er war ganz begeistert und meinte, wenn sie im Senegal jemanden wie Onkel Lambros gehabt hätten, wären sie nicht ausgewandert. Dann hätten sie sich in ihrer Heimat gegen das Unrecht erhoben.«

Die Speisen werden serviert. Während wir uns dem Essen zuwenden, verliert der kleine Lambros die Lust am Spielen und versinkt in tiefen Schlaf.

»Dieses Lokal war ein prima Vorschlag. Das Essen ist hervorragend«, sagt Fanis zu mir. Danach meint er zu seiner Frau: »Gib mir mal die Zeitung.«

Katerina öffnet ihre Handtasche und holt eine Zeitung hervor, die mir Fanis weiterreicht. »Auf Seite sieben oder acht steht ein Artikel, den du lesen solltest.« Als ich mich anschicke, die Zeitung aufzuschlagen, hält er mich zurück. »Nicht jetzt, mach das lieber zu Hause und in aller Ruhe.«

Wir sind ohnehin schon beim Nachtisch, und Katerina hat es eilig, nach Hause zu kommen, um Lambros ins Bettchen zu bringen. So brechen wir kurzerhand auf. Nach wechselseitigen Umarmungen steigen wir in den Seat.

»Da bin ich ja gespannt, was in der Zeitung steht«, meint Adriani zu mir.

»Das wird dich kaum interessieren.«

»Wieso denn nicht?«

»Weil dich meine beruflichen Sorgen kaltlassen und es bestimmt mit den beiden Morden zu tun hat. Wenn es um die Kundgebung ginge, hätte Fanis es laut vorgelesen.«

Zu Hause angekommen, gehe ich ins Wohnzimmer und schlage das Wirtschaftsblatt auf. Der Artikel steht auf Seite acht und trägt den Titel: *Sind wir denn verrückt geworden?*

Wir haben eine Finanzkrise erlebt, die uns an den Rand des Abgrunds getrieben hat. Unsere Partner in der Europäischen Union wollten nichts mehr von uns wissen. Alle haben mit Fingern auf die griechischen Zustände gezeigt und uns als abschreckendes Beispiel gebrandmarkt.

Dank der großen, aber auch folgenschweren Opfer der griechischen Bevölkerung haben wir schließlich das Tal der Tränen durchschritten. Es ist uns gelungen, die Krise zu überwinden und einen Weg in Richtung Normalität einzuschlagen.

Diese Rückkehr zur Normalität kann jedoch nicht ohne Investitionen gelingen. Das haben alle Grie-

chen – von den Politikern bis hin zu den einfachen Leuten – begriffen. Investitionen bringen nicht nur Aufschwung, sondern auch Arbeitsplätze, was Griechenland braucht wie ein Kranker seine Vitamine, wenn er sich erholen und wieder auf die Beine kommen will. Primäre Zielsetzung einer jeden Regierung sollte es sein, Investoren in allen Wirtschaftsbereichen anzuziehen.

Obwohl dies für jedermann nachvollziehbar ist, beginnt nun plötzlich ein Verrückter Investoren zu töten, die nach Griechenland kommen. Hier reden wir nicht von ein paar Randalierern, die Molotowcocktails werfen, sondern von jemandem, der die Zukunft des Landes und damit auch unser aller Zukunft zerstört.

Der Pressesprecher des Innenministeriums hat gestern vor Journalisten gesagt, die Polizeikräfte seien mobilisiert und unternähmen jede erdenkliche Anstrengung, um den Täter zu finden.

Daran zweifelt niemand, nur sollten Regierung und Polizei bedenken, dass jeder Tag, der ohne seine Festnahme verstreicht, mehr und mehr Investoren dazu veranlasst, Griechenland den Rücken zu kehren. Wie sollen wir dann unseren Partnern in der EU *klarmachen, dass wir nicht selbst an unserem Schicksal schuld sind!*

Die Antwort auf all diese Fragen liegt auf der Hand, nur die ursprüngliche Frage bleibt: Sind wir denn verrückt geworden?

Jetzt begreife ich, warum mir Fanis den Artikel ans Herz gelegt hat. Ob alle Griechen, wie der Kolumnist behauptet, der Wahnsinn reitet, kann ich nicht sagen. Innerhalb der Polizei sind wir – quer durch die Hierarchie – mit Sicherheit auf dem besten Weg, verrückt zu werden.

Fast hätte ich den Vizepolizeipräsidenten angerufen, aber gerade noch rechtzeitig fällt mir ein, dass Sonntag ist, und ich verschiebe es auf morgen früh. Das wird ein wunderbarer Wochenstart!

22

Investition, die: *»Kapital (langfristig in Sachgütern) anlegen«: Das Verb wurde in der Bed. »feierlich mit den Zeichen der Amtswürde bekleiden« (= »in ein Amt einführen«) aus mlat. investire (lat. in-vestire »einkleiden, bekleiden«) entlehnt.*

Etymologisch gibt es eine Verbindung zwischen »Investition« und »Weste«. In Griechenland tragen wir gerne ärmellose Westen, obwohl wir uns gerade in Krisenzeiten besonders warm anziehen sollten. Jetzt aber, da es bei uns wieder aufwärtsgeht, sieht es so aus, als würden Investoren den griechischen Markt aufpäppeln und unserer bescheidenen Weste ein paar lange Ärmel spendieren. Genau darüber schrieb gestern auch der Journalist und stellte fest, dass wir ja verrückt wären, diese Ärmel gewaltsam wieder abzutrennen.

Kaum im Büro angekommen, rufe ich Koula zu mir.

»Wie läuft's? Kommen Sie voran?«, frage ich.

»Morgen sind wir voraussichtlich durch.«

»Sind Ihnen interessante Passagen aufgefallen?«

Sie blickt mich zerknirscht an. »Ähm, ich konzentriere mich vollkommen auf das Diktat von Herrn Tsu, damit mir nichts Wesentliches entgeht. Da fällt es mir schwer, es gleichzeitig auszuwerten. An einigen Stellen spricht er über seine Beziehung zur Botschaft. Die könnten meiner Meinung nach etwas hergeben. Aber ich kann mich auch irren.«

Das Klingeln des Telefons setzt unserem Gespräch ein Ende, und Koula kehrt an ihren Platz zurück.

»Gestern hat eine Wirtschaftszeitung einen Artikel zu unserem Fall gebracht«, sagt der Vizepolizeipräsident, nachdem er mir einen guten Morgen gewünscht hat.

»Ja, hab ich gelesen.«

»Dann wissen Sie ja, dass uns das gehörig Dampf macht.«

»Nun ja, wissen nicht, aber ich gehe davon aus.«

»Wir sollten bei uns vor Ort besprechen, was uns als Blitzableiter dienen könnte. Über unseren Köpfen braut sich gerade ein gewaltiges Donnerwetter zusammen.«

Bei diesen Worten geht mir der Hut hoch, so sympathisch mir der Vizepolizeipräsident auch ist. »Hören Sie, wir können die Ermittlungen weder darauf ausrichten noch daran anpassen, was Journalisten oder Botschaften sagen. Wie Sie wissen, basieren Ermittlungserfolge auf dem Sammeln und Auswerten von Hinweisen. Druck von außen beschleunigt das Auffinden von Hinweisen normalerweise nicht. Schön wär's!«

»Sie haben recht«, antwortet er beschwichtigend. »Dass äußerer Druck die Ermittlungen von der richtigen Fährte abbringt, wollen wir ja genau vermeiden.« Danach fügt er hinzu: »Sie können sicher sein, dass bei den Ermittlungen die Kontrolle und das letzte Wort bei Ihnen liegen.«

Diese Rückenstärkung beruhigt mich ein wenig. Trotzdem habe ich es satt, jeden zweiten Tag alles stehen- und liegenzulassen, um zwischen Präsidium und Ministerium hin- und herzupendeln. Andererseits kann ich meine Vorgesetzten nicht im Regen stehenlassen. Ich schlucke daher meinen Ärger hinunter und mache mich in meinem Auto auf den Weg zum Ministerium. Es hat keinen Sinn, einen Streifenwagen für ein nicht wirklich dringendes Treffen zu blockieren.

Meine Entscheidung erweist sich als richtig, da ich bis auf einen kleinen Stau an der Biegung zum Messojion-Boulevard problemlos durchkomme. Zielstrebig gehe ich zum Büro des Vizepräsidenten, der sich bei meinem Anblick erhebt.

»Ich weiß, Sie kommen kaum zum Atemschöpfen, aber wenn wir uns jetzt keine Verteidigungsstrategie überlegen, dann haben wir es bald mit dem ganzen Ministerrat zu tun, und der wird uns unter Druck setzen und uns vorschreiben, wie wir vorzugehen hätten.«

Er hat recht, das gebe ich zu, aber jedem sind seine eigenen Sorgen am nächsten. Meine größte Sorge sind die Ermittlungen, die an einem seidenen Faden oder, genauer gesagt, an einem Notizbuch hängen.

»Schön, dann lassen Sie uns mal sehen, vielleicht finden wir ja eine Lösung«, sage ich trotz meiner Bedenken.

Während wir zum Büro des Polizeipräsidenten wandern, denke ich, dass ich mein Büro an den Messojion-Boulevard verlegen sollte, um mir die zeitaufwendige Anfahrt zu ersparen.

»Dieser Fall entwickelt sich zu einem Politikum«, meint der Polizeipräsident, als wir bei ihm eintreffen.

»Wir sollten uns auf eine Abwehrstrategie einigen, bei der wir nichts, was die Ermittlungen beeinträchtigen könnte, an die Öffentlichkeit dringen lassen«, sagt der Vizepolizeipräsident. »Letztlich liegt es im Interesse der politischen Führung, dass der Fall schnellstmöglich aufgeklärt wird.«

»Was sagen Sie dazu?«, wendet sich der Polizeipräsident an mich.

»Ich stimme dem Herrn Vizepolizeipräsidenten zu«, erwidere ich. »Momentan ruhen alle unsere Hoffnungen auf Tsangs Notizbuch. Wenn wir dort Anhaltspunkte finden, stehen die Chancen gut, den gordischen Knoten zu lösen und die Ermittlungen voranzutreiben. Ob die potentiellen Hinweise aber für eine Pressemeldung geeignet sind, kann ich jetzt noch nicht sagen.«

»Wie kommt die Übersetzung voran?«, fragt mich der Vizepolizeipräsident.

»Heute Morgen hat mir meine Mitarbeiterin berichtet, dass die Übersetzung morgen Nachmittag abgeschlossen ist. Allerdings ist sie so mit der Niederschrift des Diktats beschäftigt, dass sie inhaltlich noch keine Einschätzung abgeben konnte. Erst wenn wir den Text ausgewertet haben, können wir entscheiden, welche Informationen daraus veröffentlicht werden können und welche nicht.«

»Wenn der Minister Sie kontaktiert, sollten Sie ihm erklären, dass der Fortgang der Ermittlungen vorläufig Priorität hat, unabhängig von journalistischem oder diplomatischem Druck«, verdeutlicht ihm der Vizepräsident. »Der Pressesprecher des Ministeriums sollte sich auf allgemeine Aussagen beschränken, bis etwas Konkretes vorliegt.«

»Um seine Laune zu verbessern, können Sie dem Minister auch sagen, dass wir uns konkrete Informationen aus dem Notizbuch erhoffen«, sage ich.

Der Polizeipräsident lächelt. »Gut, das sage ich ihm. Ich werde ihn auch um ein paar Tage Geduld bitten, bis wir genauer wissen, welche Erkenntnisse das Notizbuch bringt. Zumindest Zeit gewinnen wir so auf jeden Fall.«

»Herr Tsu ist ein Glückstreffer«, sage ich zum Vizepolizeipräsidenten, als wir auf den Korridor hinaustreten. »Ich weiß nicht, wie lange wir für die Übersetzung gebraucht hätten, wenn Sie uns diesen Retter in der Not nicht geschickt hätten.«

»Kennen Sie das Sprichwort ›Operation gelungen, Patient gestorben‹?«, fragt er mich. »Im Fall von Herrn Tsu hoffe ich, dass die Operation gelingt und der Patient überlebt.«

Beim Auseinandergehen danke ich dem Schicksal, dass es mir einen Vizepolizeipräsidenten beschert hat, mit dem ich auf einer Wellenlänge bin.

Als ich ins Büro zurückkehre, gibt mir Stella Bescheid, dass mich der Leiter der MAT-Sondereinheit Alamanos sprechen will. Ich bitte sie, ihn mir gleich zu schicken.

Alamanos tritt lächelnd und mit einer Landkarte unterm Arm ein. »Wir haben den Einsatzplan ausgearbeitet, alles ist unter Kontrolle«, verkündet er. Dann breitet er die Landkarte auf meinem Schreibtisch aus, die sich als Stadtplan des Athener Zentrums entpuppt.

»Die Athinas-Straße riegeln wir natürlich wie jedes Mal zwischen Omonia-Platz und Evripidou-Straße ab«, erläutert er mir. »Ebenfalls gesperrt werden die Zufahrtswege von der Stadiou-Straße zum Kotsia-Platz. Meine Leute werden sich in der Klisthenous-Straße hinter dem Rathaus und in den Querstraßen, also der Sofokleous und der Lykourgou, aufstellen. So werden wir, glaube ich, kein ernsthaftes Problem bekommen.«

»Ich kann also ruhig schlafen.«

»Es besteht kein Grund zur Sorge, wir haben die Kundgebung im Griff«, versichert er mir.

Als er wieder weg ist, rufe ich Dervisoglou zu einem Informationsaustausch und erläutere ihm das von Alamanos geplante Vorgehen.

»Ich glaube auch nicht, dass etwas passiert«, meint er. »Die letzte von mir beobachtete Veranstaltung ist friedlich verlaufen, und die Menschenmenge war jederzeit unter Kontrolle. Wenn es zu einem Zwischenfall kommt, dann kann das nur außerhalb der Kundgebung passieren, und die Sondereinheit wird das schnell bereinigen.«

»Wenn Sie irgendetwas Verdächtiges bemerken, rufen Sie mich sofort an, ich möchte immer auf dem Laufenden sein. Und ich verständige dann Alamanos«, sage ich.

»Keine Sorge, ich habe alles im Blick«, bekräftigt er, und ich vertraue darauf.

Mir bleibt nichts anderes übrig, als mich doppelt in Geduld zu üben – zum einen, was Sissis' Kundgebung, zum anderen, was Tsangs Notizbuch betrifft.

23

Schon auf den ersten Blick ist klar, dass die Kundgebung größer ist als beim letzten Mal. Es sind mehr Leute aus der Mittelschicht und mehr Afrikaner gekommen, und zum ersten Mal kann ich auch junge Leute in der Menge ausmachen. Bei den ersten beiden Veranstaltungen waren – bis auf Kourtidis – gar keine jüngeren Semester aufgetaucht.

Dervisoglou hat sich unter die Migranten aus den ehemaligen Ostblockstaaten gemischt. Da mich Charitos gestern über die Maßnahmen der Polizei informiert hat, fühle ich mich einigermaßen sicher.

»Diesmal beehrt uns auch die Jugend«, sage ich zu Kourtidis.

»Die habe ich mobilisiert!«, antwortet er stolz. »Ich habe die Veranstaltung auf Facebook gepostet und ihnen erklärt, dass sie die nächsten Opfer der Armut sein werden. Wenn sie lernen wollen, wie man sie bekämpft, sollten sie jetzt damit anfangen.«

»Bravo, es ist dir gelungen, sie aufzurütteln!«

Kourtidis ist ein wahrer Schatz. Er beweist nicht nur Engagement, sondern auch Organisationstalent. Er hat uns auf dem Kotsia-Platz so positioniert, dass ich die *Ethniki Trapeza,* die älteste Bank des Landes, im Rücken habe und die Blicke der Zuhörer auf sie gerichtet bleiben. Seine urspüngliche Idee, die Protestveranstaltung an der Panepistimiou-Straße gegenüber der Griechischen Zentralbank durchzuführen, hat er so auf andere Art in die Tat umgesetzt.

Ilias Berkas kommt mit einem Pärchen auf mich zu. Der Mann muss an die fünfzig sein, die Frau ist etwas jünger. »Herr Lambros, darf ich Ihnen meine Schwester Angeliki und ihren Mann Giovanni vorstellen?«, sagt er. »Beide haben an Veranstaltungen der Sardinen-Bewegung in Italien teilgenommen. Sie sind gerade in Athen zu Besuch und wollen sehen, was wir hier auf die Beine stellen.«

Berkas' Schwester drückt mir mit den Worten »Sehr erfreut, tolle Veranstaltung!« die Hand, während ihr Mann zur Begrüßung *»Molto …«* und noch etwas sagt, das ich nicht mitbekomme. Berkas bemerkt meine Ratlosigkeit und lächelt.

»Er hat ›Sehr erfreut‹ auf Italienisch gesagt«, erläutert er mir.

»Danke, gleichfalls. Ich freue mich, dass Sie zu unserer Kundgebung gekommen sind«, antworte ich ihm. »Wir sollten langsam anfangen«, sage ich danach zu Kourtidis, der neben mir steht.

Ich steige auf das Podium, das nach demselben Muster wie im Ares-Park zusammengezimmert wurde. Augenblicklich wird es still. Alle warten auf die Rede.

»Ich spreche hier zu Ihnen, weil ich mich mein Leben lang für die Linke engagiert habe«, beginne ich.

»Warum hast du sie dann zu Grabe getragen?«, ertönt eine Stimme aus der Menge.

»Das kann ich erklären. Wir Linken glaubten damals, es gebe nur eine Art von Armut, die für alle Betroffenen gleich sei: für die Proletarier, für die mittellosen Tagelöhner und für die Halbpächter in der Landwirtschaft. Dank euch habe ich entdeckt, dass es heutzutage nicht nur eine Sorte von Armut gibt, sondern viele. Die Armut der Tagelöhner ist anders als die der Arbeitslosen, die händeringend nach einem Job suchen. Die Armut der Obdachlosen ist anders als die der jungen Leute, die nach jahrelangem Studium und trotz ihres Abschlussdiploms keine Stelle finden. Die Armut der Mittelschicht ist anders als die der Einwanderer. Jeder durchlebt seine eigene, jeweils andere Form von Bedürftigkeit. Der gemeinsame Kampf für die Überwindung der Armut sollte uns alle verbinden und zusammenschweißen. Dabei spielt es keine Rolle, dass sie für jeden anders aussieht. Das Wichtigste ist, unsere Kräfte zu bündeln.«

»Was redest du da, du rote Socke!«, höre ich eine Stimme von ganz hinten.

»Das ist typisch für euch! Nach dem Krieg wolltet ihr uns die Kommunisten ins Land holen. Nachdem ihr das nicht geschafft habt, wollt ihr das Land heute mit Migranten überschwemmen«, fügt eine zweite Stimme neben ihm hinzu.

Die Stimmen kommen aus der Gruppe der jungen Leute. Offenbar haben sich ein paar Neonazis daruntergemischt, die Unruhe stiften wollen. Die Zuhörer drehen sich um, um zu sehen, woher das Störfeuer kommt. Gleichzeitig bemerke ich, wie sich Dervisoglou diskret entfernt.

»Wir werden für unsere eigenen Armen kämpfen und nicht für die Ausländer, die uns das Brot stehlen. Die sollen ihre Armut schön wieder mit nach Hause nehmen!«, meint der erste Sprecher.

Ich sehe, dass die Afrikaner drauf und dran sind, die Flucht zu ergreifen. Während sich ihre Reihen lichten, fällt mein Blick auf Katerina, die mit Nachdruck auf Léopold einredet. An ihrer Seite steht Adriani mit Lambros' Kinderwagen.

Mir fährt der Schreck in die Glieder, da mir die beiden ihr Kommen nicht angekündigt haben. Am liebsten würde ich vom Podium klettern, um sie in Sicherheit zu bringen. Doch eine Stimme hält mich zurück.

»Was redet ihr da!«, ruft einer aus dem Block der Obdachlosen. »Ihr tut nur so, als würdet ihr euch für eure griechischen Landsleute einsetzen, aber ihr habt für uns nicht mal den kleinen Finger gerührt! Ihr benutzt uns nur, um euch in Pose zu werfen!«

Die beiden Typen gehen drohend auf ihn zu und wollen ihm offenbar an den Kragen. Gleichzeitig nähern sich von der Athinas-Straße drei Männer der Sondereinheit, packen die beiden Faschos und drängen sie vom Platz.

»Beim nächsten Mal machen wir euch fertig, ihr Arschlöcher!«, ruft der eine noch, bevor ihn ein MAT-Polizist dazu bringt, endlich abzuziehen.

Als wieder Ruhe einkehrt, bleiben auch die Afrikaner auf ihren Plätzen. Hinter ihnen stehen Katerina und Adriani mit dem Kinderwagen.

»Ich danke euch, dass ihr so friedlich auf die Störung unserer Kundgebung reagiert habt«, sage ich zu den Teilnehmern, während Ilias Berkas nach vorne zum Podium kommt.

»Giovanni möchte gern etwas sagen, geht das?«, fragt er mich.

»Natürlich.«

»Angeliki wird übersetzen.«

Während Berkas Giovanni heranwinkt, kehrt Dervisoglou an seinen Platz zurück.

»Unser Freund Giovanni ist aus Italien gekommen, um an unserer Kundgebung teilzunehmen, und möchte zu uns sprechen«, kündigt er den Zuhörern an.

Ich überlasse dem Paar das Podium. Giovanni wirft zunächst einen Blick auf die Menge. Erwartungsvolles Schweigen hat sich breitgemacht.

Zunächst sagt er auf Griechisch *»Kalimera«.* Die Menge erwidert seinen Gruß. Danach beginnt er auf Italienisch zu sprechen, und seine Frau dolmetscht. »Ich bin Italiener, und meine Frau ist Griechin. Wir sind Teil der Sardinen-Bewegung in Italien, von der ihr vielleicht schon gehört habt. Ich bin kein geübter Redner, daher will ich euch eine Geschichte erzählen, die euch, wie ich glaube, gefallen wird.

Ein Mann steht nach seinem Tod an der Himmelstür, wo Petrus zu ihm sagt: ›Du warst in deinem Leben ein guter Mensch und hast dir das Recht erworben, selbst auszuwählen, ob du ins Paradies oder in die Hölle willst. Schau dir beides an, bevor du deine Entscheidung triffst.‹ Der Mann geht zuerst in die Hölle. Dort sieht er Swimmingpools mit sonnenbadenden Menschen, Musikbands und tanzende Feen. Danach schaut er sich das Paradies an. Dort sieht er Menschen, die unter Bäumen sitzen, Brot und Oliven essen und sich flüsternd unterhalten. Als er zu Petrus zurückkehrt, meint er: ›Ich möchte in die Hölle, keine Frage!‹ Und Petrus antwortet ihm: ›Tu das, bitte sehr!‹ Als der Mann in die Hölle zurückkehrt, sieht er diesmal riesige Fleischkessel, in denen brüllende Menschen über dem Feuer schmoren, er sieht Teufel, die mit ihren Dreizacken andere in die Kessel zwingen, und alte Hexen, die alle in Angst und Schrecken versetzen. Da läuft er zum Himmelstor zurück und sagt: ›Heiliger Petrus, beim ersten Mal habe ich etwas ganz anderes gesehen!‹ Und Petrus antwortet ihm: ›Ja, beim ersten Mal hast du einen Werbespot der Hölle gesehen.‹ Solche Werbespots der Hölle verbreiten auch die rechtsextremen Parteien, die eure Kundgebung stören wollten. Sie haben sich in ganz Europa breitgemacht. Ich bin froh, dass ihr ihnen nicht auf den Leim gegangen seid und sie habt abblitzen lassen. Ihre Werbespots führen ins Verderben. Hier hilft einzig und allein unser Engagement – in Griechenland, in Italien, auf der ganzen Welt. Lasst uns gemeinsam kämpfen!«

Lauter Beifall brandet auf, gekrönt von Bravorufen. Was ich im Verlauf meiner Rede mühsam in Worte zu fassen suchte, hat Giovanni mit einer gelungenen Pointe allgemein verständlich gemacht!

Das Ehepaar mischt sich wieder unter die Menge, und ich besteige erneut das Podium. »Ich möchte mich bei Giovanni für seine Worte bedanken. Ihr seht, wir sind nicht allein. Menschen in anderen Ländern setzen sich für dasselbe Ziel ein wie wir. Wir schicken einen kämpferischen Gruß an unsere italienischen Mitstreiter! Und auch wir werden bald wieder zu einer Kundgebung zusammenkommen.«

Giovanni wartet auf mich, um mir die Hand zu drücken. »Glückwunsch!«, sagt er mir mit Hilfe seiner Frau. »Ich werde meinen Mitstreitern sagen, dass wir nicht die Einzigen sind. Das wird sie freuen!«

»Wann ist die nächste Demo?«, will Berkas von mir wissen.

»Nikitas gibt euch Bescheid. Vielen Dank, dass du deine

Schwester und deinen Schwager mitgebracht hast. Sie haben uns Mut zum Weitermachen gegeben.«

Mir fällt auf, dass Adriani und Katerina genauso still und heimlich weggehen, wie sie gekommen sind. Dann treten Kourtidis und Stelios auf mich zu.

»Ein Volltreffer!«, sagt Kourtidis begeistert.

Stelios reagiert etwas zurückhaltender. »Ja, aber bei der nächsten Kundgebung brauchen wir einen Ordnungsdienst. Gut möglich, dass sich noch mehr von diesen Galgenvögeln unter uns mischen und genau jetzt, da wir an Einfluss gewinnen, einen MAT-Einsatz und die Auflösung unserer Kundgebung provozieren wollen.«

»Immer eins ums andere! Wir wissen ja noch gar nicht, wo und wie die nächste Veranstaltung steigt. Die Sicherheitsmaßnahmen diskutieren wir erst, wenn das feststeht.«

Als Letzter tritt Léopold auf mich zu. »Katerina hatte recht, als sie darauf bestanden hat, dass wir kommen sollen«, sagt er freudig. »Beim nächsten Mal, glaube ich, werden wir noch mehr sein.«

Alle sind rundum zufrieden, und in meiner Erinnerung wird die Parole aus alten Zeiten wieder wach: »Das Volk steht auf unserer Seite, Genosse!« Mein Herz will vor Freude fast zerspringen.

24

Dervisoglou sitzt mir lächelnd gegenüber und erstattet Bericht über den Verlauf der Kundgebung.

»Gab es weitere Zusammenstöße oder Komplikationen?«, hake ich zur Sicherheit nach.

»Nein, sonst ist nichts passiert. Die drei Kollegen der Sondereinheit sind sofort eingeschritten und haben die Unruhestifter weggewiesen«, bestätigt er mir. Dann lacht er auf. »Der Auftritt des Italieners danach war ein richtiger Glückstreffer.«

»Welcher Italiener? Gab es auch Teilnehmer aus Italien?«

Er beginnt, von Giovanni zu erzählen und von dessen griechischer Ehefrau und dass sich das angereiste Paar in einer ähnlichen Bewegung in Italien engagiere.

»Anstelle einer vorbereiteten Rede hat er eine witzige Geschichte erzählt, die sehr gut angekommen ist«, erläutert er. Danach wird er ernst und blickt mich verlegen an. Offensichtlich hat er noch etwas auf dem Herzen, weiß aber nicht, wie er es mir beibringen soll.

»Gibt's noch etwas?«, frage ich.

»Hm, ja … Ihre Tochter war auch auf der Demo«, antwortet er stockend. »Ich habe nach dem Treffen mit Herrn Lambros in ihrer Kanzlei wiedererkannt. Sie war mit einer anderen Dame zusammen, die den Kinderwagen schob.«

»Welchen Kinderwagen?«

»Den Ihres Enkels, vermute ich«, erwidert er mit verkniffener Miene.

Ich umklammere die Armlehnen meines Sessels, um nicht spontan aufzuspringen. »Können Sie mir die andere Dame beschreiben?«, frage ich, während ich versuche, meine Aufregung zu unterdrücken. Insgeheim wünsche ich mir, dass er Melpo beschreibt. Doch vergebens, er zeichnet das exakte Abbild von Adriani.

»In Ordnung, Fotis. Vielen Dank«, sage ich, da ich ihn schnell loswerden will, um mich zu beruhigen.

Ich kann's nicht glauben, dass meine Frau und meine Tochter auf der Kundgebung waren und – damit nicht genug – auch noch meinen siebenmonatigen Enkel dieser Feuertaufe unterzogen haben. Klar, wenn sich meine Frau etwas in den Kopf setzt, können sie keine zehn Pferde davon abbringen. Aber hat meine Tochter denn gar kein Gespür für die Gefahren, die eine solche Protestkundgebung birgt?

Keine Frage, die beiden haben sich hinter meinem Rücken verschworen. Sie wussten, dass ich Himmel und Erde in Bewegung setzen würde, um sie von dieser Idee abzubringen. Aber dass keine der beiden über ihre eigene Nasenspitze hinaus gedacht hat! Sie hätten doch ahnen können, dass ich in Erklärungsnöte komme, wenn man sie erkennt und mich der dadurch ausgelöste Klatsch und Tratsch in Teufels Küche bringt.

Gut, der Vizepolizeipräsident zeigte Verständnis für meine Freundschaft mit einem Kommunisten, weil sein Schwiegervater Kommunist ist. Aber ich kann mir nicht vorstellen, dass die Frau des Vizepolizeipräsidenten auf Demos geht.

Die Sache regt mich so auf, dass es mich nicht länger im Präsidium hält. Ich gebe Stella Bescheid, dass ich für heute Schluss mache, steige in den Seat und schlage den Weg zu Katerinas Wohnung ein.

Zunächst einmal brennt mir die Frage auf den Nägeln, wie sie überhaupt auf die Idee kamen, an Sissis' Kundgebung teilzunehmen. Zweitens will ich einer Wiederholung vorbeugen und ihnen klarmachen, dass mich ihr Verhalten in Schwierigkeiten bringt.

Gleichzeitig versuche ich, meine Nerven im Zaum zu halten. Es macht keinen Sinn, mich mit den beiden anzulegen. Wir sollten das Ganze in aller Ruhe erörtern, damit sie meine Einwände nachvollziehen können.

Als ich läute, empfängt mich Adriani mit Lambros, während aus dem Wohnzimmer Gelächter ertönt.

Ich nehme Lambros auf den Arm in der Überzeugung, dass mich dieser Körperkontakt beruhigen wird, und merke, wie ich mich tatsächlich entspanne. Katerina und Fanis sind im Wohnzimmer und empfangen mich mit einem Lächeln.

»Schön, dass ihr so gut gelaunt seid«, sage ich, während ich Lambros seiner Oma zurückreiche. »Worüber habt ihr denn gerade geplaudert? Über die Rede des Italieners auf der Kundgebung?«

Allen dreien bleibt die Spucke weg, und sie starren mich an. »Woher weißt du, dass wir auf der Kundgebung waren? Hat es dir Onkel Lambros erzählt?«, fragt mich Katerina.

»Nein, mit Sissis habe ich nicht gesprochen.«

»Woher weißt du es dann?«, fragt Adriani.

»Es ist mein Job als Polizist, mich über verschiedene Quellen zu informieren«, antworte ich.

Das darauffolgende verlegene Schweigen ist mir von Berufs wegen vertraut. Alle Schuldigen schweigen am Anfang. Erst danach löst sich ihre Zunge, und es kommt zur erleichternden Beichte.

»Darf ich erfahren, warum ihr zur Demo gegangen seid?«

»Ich wollte Léopold treffen«, sagt Katerina. »Ich wollte sehen, wie es ihm mit seinen Landsleuten dort ergeht, und mit ihm darüber sprechen.«

»Du? Oder vielleicht dein Sohn? Warum hattest du dein Kind dabei?«

Erneut folgt Schweigen. Diesmal wende ich mich an Adriani. »Und wieso warst du dort?«

»Ich habe dir doch erzählt, dass ich Lambros im Vorhof der Kirche gehört hatte und ganz begeistert war. Deshalb wollte ich ihn auch auf der Kundgebung hören«, erwidert sie.

»Und warum habt ihr mir nichts davon gesagt?«

»Du hättest uns diese Idee doch sofort ausgetrieben«, lautet ihre Antwort. »Und Lambros haben wir nichts erzählt, damit wir ihn in keinen Gewissenskonflikt stürzen.«

»Und stattdessen habt ihr mich in einen noch viel größeren gestürzt. Habt ihr nicht daran gedacht, dass ich als – noch dazu hochrangiger! – Polizeibeamter durch eure Teilnahme bei einer Protestveranstaltung in Schwierigkeiten komme, wenn etwas schiefläuft?«

Katerina schweigt und überlässt Adriani den Konter.

»Ehrlich gesagt, verstehe ich deine Reaktion nicht«, meint sie. »Schließlich waren wir weder auf einer KP-Kundgebung noch bei den Anarchisten. Wir waren auf einer Kundgebung der Armen. Zu denen gehören wir doch auch. Selbst wenn du und Fanis eine feste Anstellung im öffentlichen Dienst habt, ist das für Katerina oder unseren Enkel noch lange nicht die Rettung. Hast du vergessen, dass wir in der Krise immer gemeinsam gegessen haben, weil das Geld nicht ausreichte, um zwei Familien zu ernähren? Hast du vergessen, dass du mit dem Trolleybus zur Arbeit gefahren bist, weil wir uns das Benzin nicht leisten konnten? Was ist so schlimm daran, dass wir zu einer Kundgebung der Armen gegangen sind? Die Armut lauert doch an der nächsten Ecke! Was hätte ich tun müssen, dass du mich zur Versammlung gehen lässt? Die Scheidung einreichen?«

»Okay, ihr wart also dort. Aber wozu habt ihr Lambros mitgenommen? Drei Randalierer, hat man mir gesagt, haben sich unter die Menge gemischt. Stellt euch mal vor, was passiert wäre, wenn es nicht drei, sondern hundertdrei gewesen wären und die Sondereinheit massiv eingeschritten wäre! Glaubt ihr, dass solche Krawalle Lambros' Entwicklung zuträglich sind?«

»Aber sicher«, antwortet mir Fanis gelassen. »Es geht ja um die Welt, in die er hineingeboren wurde. Die Anzahl der Armen steigt jeden Tag. Komm mal zu uns ins Krankenhaus, dann siehst du, was ich tagtäglich zu Gesicht bekomme. Lambros soll schon früh lernen, für seine Rechte einzustehen.«

Die Türklingel hält mich ab zu antworten. Katerina geht öffnen und kehrt mit Mania und Uli zurück.

»Wir haben gerade eine Auseinandersetzung mit Papa über die Frage, ob wir zur Kundgebung hätten gehen sollen oder nicht. Noch dazu mit dem kleinen Lambros«, sagt sie zu Mania. »Was denkst du darüber?«

»Ich finde es gut, dass ihr dort wart«, meint Mania. »Ich wäre auch gern dabei gewesen, aber ich hatte einen Termin, den ich nicht verschieben konnte. Und es ist sogar sehr gut, dass ihr Lambros mitgenommen habt.« Sie wendet sich an mich. »Lambros wird doch in einer Welt aufwachsen und leben, die jeden Tag ärmer wird, Herr Charitos. Egal, ob er in Griechenland bleibt oder ins Ausland geht, um Arbeit zu finden, er muss kämpfen lernen. Je schneller, desto besser für ihn.«

Mich überkommt das Gefühl, dass ich in meiner eigenen Familie plötzlich in der Rolle des bösen Cops bin. Uli ist mein letzter Rettungsanker.

»Was denkst du darüber?«, frage ich ihn.

Er blickt mich an und lächelt. »Sie sind wie der Feuerwehrmann, dem das eigene Haus abbrennt«, meint er.

Alle müssen lachen bis auf mich, da für mich böser Cop und unfähiger Feuerwehrmann auf dasselbe rauskommt.

Fanis kommt zu mir und setzt sich neben mich. »Deine Tochter ist Anwältin«, sagt er mit gesenkter Stimme. »Du solltest ihr vertrauen. Wie alle Anwälte weiß sie, wie man sich wehrt. Sie hat mir versprochen, am Rand der Kundgebung an der Straße zu bleiben und beim geringsten Zwischenfall zu gehen.«

Ich gebe auf, denn ich sehe, dass ich auf einsamem Posten stehe. Dennoch schätze ich mich glücklich, eine gute Beziehung zu meiner Tochter zu haben, auch wenn Bullen und Strafverteidiger üblicherweise nicht die allerdicksten Freunde sind.

Katerina erhebt sich. »Melpo hat Lauchpitta gemacht. Ich bin gespannt, ob sie schmeckt«, meint sie.

»Davon kannst du ausgehen. Sie ist eine großartige Köchin«, erwidert Adriani.

Kurz darauf sitzen wir alle am Esstisch und plaudern über Gott und die Welt. Uli erzählt, dass es seinem Vater bessergeht und er daran denkt, seine Eltern nach Griechenland zu holen und uns vorzustellen. Katerina beschreibt, wie der kleine Lambros auf die Kundgebung reagiert hat.

»Haben ihn der Lärm und die lauten Stimmen nicht erschreckt?«, will Mania von ihr wissen.

»Beim ersten Applaus hat er kurz geweint, aber dann hat er sich daran gewöhnt und sogar mitgemacht. Immer wenn er Stimmen und Klatschen hörte, hat er laut gebrabbelt und mit den Ärmchen gewinkt.«

Alle bemühen sich, die unangenehme Stimmung, die durch mein Eintreffen entstanden ist, zu vertreiben. Auch ich gebe mein Bestes, obwohl ich immer noch verstimmt bin.

»Über eine Sache wundere ich mich«, sage ich zu Adriani auf dem Nachhauseweg.

»Und das wäre?«

»Früher hast du dich ständig mit deiner Tochter gezankt und mir vorgehalten, dass sie ganz nach mir gerät. Wie kommt es, dass ihr auf einmal die besten Freundinnen seid?«

Sie wirft mir einen verächtlichen Blick zu. »Als Mann kannst du Frauen einfach nicht verstehen.«

Ich strecke die Waffen.

25

Koula erscheint mit einem Dossier und legt es vor mich auf den Schreibtisch.

»Fertig! Hier ist das vollständige Notizbuch«, sagt sie.

Es ist ein dicker Papierstapel. Schon bei dem Gedanken, dass mich das Durchlesen einen ganzen Tag kostet, wird mir schwindelig. Koula bemerkt meine Panik und lächelt.

»Gestern Nachmittag, als ich und Herr Tsu fertig waren, hat mich die Neugier gepackt. Bis Mitternacht hatte ich das ganze Dossier durchgelesen. Na ja, es war nicht nur Neugier, sondern auch die Angst, dass mir etwas entgangen sein könnte.« Sie holt ein Blatt Papier aus ihrer Jackentasche und wirft einen Blick darauf. »An Ihrer Stelle würde ich die Seiten zwölf, fünfundzwanzig und den Schluss lesen. Der springende Punkt befindet sich meiner Meinung nach auf den letzten zehn Seiten. Aber lesen Sie auch die anderen Stellen, und bei Gelegenheit können Sie ja dann den Rest noch anschauen.«

»Vielen Dank, Koula. Das ist eine große Hilfe!«

Sobald ich allein bin, gebe ich Stella Bescheid, dass ich weder von Anrufern noch von Besuchern gestört werden möchte. Dann schlage ich das Dossier auf und suche Seite zwölf.

Jedes Mal, wenn ich nach Athen komme, lebe ich in Angst. Die chinesischen Behörden lassen mich kein Bankkonto eröffnen. Es ist gefährlich, mit dem ganzen Bargeld in der Jackentasche unterwegs zu sein. Obwohl ich mir einen Tresor zugelegt habe, fürchte ich mich. Mit B. habe ich auch darüber gesprochen, aber er lehnt eine Kontoeröffnung ab. Er will vermeiden, dass man unseren Geldverkehr verfolgen kann und bekannt wird, wie viele Häuser und Wohnungen wir kaufen. Sie möchten, dass alle in bar bezahlt werden. Erst jetzt habe ich begriffen, dass es auch den Griechen so lieber ist. Denn sie geben im Kaufvertrag einen geringeren Preis an, erhalten den Rest in bar und zahlen weniger Steuern. Alle sind zufrieden, nur ich nicht.

Aus diesem Eintrag schließe ich Folgendes: erstens, dass das Geld nicht Tsang gehörte, als Mittelsmann hat er nur Anweisungen ausgeführt. Und zweitens, dass die Chinesen, die sich im Außenhandel betätigen, so engmaschig kontrolliert werden, dass sie keinen Schritt ohne die Zustimmung der Regierung tun können. Unsere Ermittlungen bleiben von beiden Optionen aber weitgehend unberührt.

Ich blättere weiter und halte auf Seite fünfundzwanzig inne. Hier bricht der Schreiber fast in Jubel aus.

Was für ein erstaunlicher Erfolg! Bald haben wir unser Ziel erreicht und kontrollieren das ganze Viertel. Und dann werden wir über Preise, über Nutzung, einfach über alles bestimmen können. Ich weiß noch, wie sehr wir uns im Kommunismus nach Privateigentum ge-

sehnt haben. Hier müssen wir gar nicht auf die Eigentümer zugehen, sondern sie kommen von sich aus und bieten uns ihre Häuser und Wohnungen zum Kauf an. Hätten wir Chinesen uns auch so verhalten, wenn uns Privateigentum gestattet gewesen wäre?

Dann blättere ich zu den letzten zehn Seiten, wo ich auf eine Goldader stoße.

Das Haus, das mir der Makler gezeigt hat und das einem großen griechischen Dichter gehört haben soll, könnte sich als Glücksgriff erweisen. Das Haus selbst ist zwar eine Ruine, aber wenn wir es renovieren, könnte uns der Name des Dichters dazu verhelfen, es zu Höchstpreisen zu vermieten. Der Makler meinte, die Erbschaftsangelegenheit sei kompliziert, aber er wolle sehen, was er tun kann.

Ich muss kein Wahrsager sein, um zu erraten, dass es überhaupt keinen Makler gibt. Der ›Makler‹ war der Mörder. Er hat sein Opfer mit dem Angebot des Lapathiotis-Hauses angelockt, und alles Weitere ergab sich von selbst. So erklärt sich auch der Eifer, mit dem die junge Frau nach dem Chinesen suchte. Sie wollte wissen, wo er sich für gewöhnlich aufhielt, damit der ›Makler‹ mit ihm Kontakt aufnehmen konnte. Auch seine Anschrift hat sie wohl herausbekommen. Ein Besuch des falschen Maklers in Tsangs Wohnung wäre ein zu großes Wagnis gewesen, da ihn später ein anderer Hausbewohner hätte wiedererkennen können. Meine Theorie wird durch den folgenden Eintrag bestätigt:

Der Makler kam in Begleitung einer der Erbinnen zu unserem Treffen. Die junge Frau war Lapathiotis' Urenkelin. Ich wollte das Innere des Hauses sehen, um die Kosten der nötigen Renovierung einzuschätzen und abzuwägen, ob sich das Ganze für uns rentiert. Sie hat mir erklärt, dass sie nicht befugt sei, das Haus ohne Zustimmung der anderen Erben zu öffnen. Da fragte der Makler, ob sie ihm die Schlüssel überlassen wolle, damit wir das Haus nachts unbemerkt betreten könnten. Die Idee gefiel mir, und ich stimmte zu. Ob sich eine Instandstellung lohnt, kann ich auch im Schein einer Taschenlampe beurteilen.

Das war die Falle, die sie ihm stellten. Der Täter lockte ihn nachts unter dem Vorwand einer nur dann möglichen Hausbesichtigung hin und tötete ihn. Obwohl ich aus meiner Teillektüre bereits Schlüsse ziehen kann, sollte jemand das gesamte Notizbuch noch einmal durchforsten.

Zunächst einmal bestätigt sich die Annahme, dass eine Komplizin existiert. Die junge Frau hat nicht nur Auskünfte über Tsang eingeholt, sondern sie hat auch an dem Mord mitgewirkt. Daher müssen wir Himmel und Erde in Bewegung setzen, um sie zu finden. Momentan ist sie die einzige Person, die den Mörder kennt.

Die zweite Erkenntnis ist, dass wir das Notizbuch vor den chinesischen Behörden zu Recht geheim gehalten haben. Sie hätten versucht, ihre Beteiligung an Tsangs Immobilienkäufen im Exarchia-Viertel zu verschleiern, und uns nur eine unvollständige Übersetzung abgeliefert.

Ich rufe den Vizepolizeipräsidenten an und präsentiere

mein Resümee. »Wir sollten dringend unsere weitere Vorgehensweise besprechen«, sage ich abschließend.

»Kommen Sie sofort her. Ich sage dem Polizeipräsidenten Bescheid.«

Ich ersuche Stella, mir einen Streifenwagen zu sichern. Nicht nur, weil ich es eilig habe, sondern auch, weil ich mir vor dem Treffen meine Überlegungen und Schlussfolgerungen noch einmal durch den Kopf gehen lassen will. Doch auf der Fahrt kommt mir nichts weiter in den Sinn, als dass wir sowohl beim Notizbuch als auch bei unserer Argumentation gegenüber dem Minister richtig lagen.

Mit der Übersetzung unterm Arm trete ich ins Büro des Vizepolizeipräsidenten.

»Müssen wir noch etwas unter uns klären, bevor es zum Polizeipräsidenten geht?«, fragt er.

»Nein. Ich wollte Ihnen nur sagen, dass Herr Tsu tolle Arbeit geleistet hat. Er hat uns die Augen geöffnet«, antworte ich.

Er lacht. »Es lohnt sich doch, mit den Linken zu sprechen. Ich meine nicht Tsu, natürlich, sondern meinen Schwiegervater. Irgendwann habe ich ihn gefragt, worüber sie sich eigentlich unterhalten. Er hat mir geantwortet, dass Tsu auf den Kommunismus schimpft und er ihn verteidigt.«

Guter Dinge brechen wir zum Büro des Polizeipräsidenten auf. Und auch der Dritte im Bunde ist gut gelaunt.

»Na bitte, das Notizbuch haben wir richtig eingeschätzt. Es hat uns weitergebracht.«

»Auch mit den Vorbehalten, die wir dem Minister erläutert haben, lagen wir richtig«, ergänzt der Vizepolizeipräsident.

Ich hole das Notizbuch aus dem Dossier und überreiche es dem Polizeipräsidenten zusammen mit der griechischen Übersetzung, wo die zentralen Stellen mit Klebezetteln markiert sind. »Ich würde vorschlagen, Sie behalten die Kopie des Notizbuchs, die auch in dem Dossier zu finden ist, und übergeben die Übersetzung dem Minister zum Beweis, dass wir ihm keine Märchen erzählt haben«, rate ich ihm.

Daraufhin liefere ich ihm eine ausführliche Inhaltsangabe meiner Lektüre. »Ich werde natürlich das Notizbuch noch genauer studieren, aber das sind vermutlich die wichtigsten Punkte.«

Der Vizepolizeipräsident schaut mich an. »Jedenfalls hatten Sie recht. Die Hinweise, die sich hieraus ergeben, werden den Ermittlungen auf die Sprünge helfen.«

Plötzlich schießt mir, völlig aus dem Nichts, ein Gedanke durch den Kopf. Am liebsten würde ich meine Stirn gegen die Wand schlagen. »Rufen Sie sofort die saudische Botschaft an und fragen Sie nach, in welchem Hotel al Fallah wohnte«, sage ich zum Polizeipräsidenten.

Meine beiden Vorgesetzten blicken mich überrascht an. »Warum?«, fragt mich der Polizeipräsident. »Was hat Tsang mit al Fallah zu tun?«

»Nicht Tsang, sondern die junge Frau«, erkläre ich ihm. »Es könnte sein, dass der Täter die junge Frau auch bei al Fallah als Köder eingesetzt und ihm ein erotisches Abenteuer in Aussicht gestellt hat. Dazu hätte er doch wohl kaum nein gesagt.«

Weitere Erläuterungen erübrigen sich. Der Polizeipräsident lässt sich sofort mit dem saudischen Gesandten verbinden. Als er ihn in der Leitung hat, fragt er, in welchem Hotel al Fallah logierte.

»Im Hilton«, erläutert er uns am Ende des kurzen Gesprächs.

Ich rufe Dermitsakis an. »Geht mit dem Phantombild ins Hilton und recherchiert, ob und, wenn ja, wann sich die junge Frau mit al Fallah getroffen hat. Verliert keine Zeit, es ist dringend! Koula soll bei der Lefkaditi anrufen und fragen, ob die junge Frau hübsch war. Auf dem Phantombild wirkt sie attraktiv, aber sie hat sie in echt gesehen.«

Als ich mein Telefon wieder weggesteckt habe, wende ich mich an meine beiden Vorgesetzten. »Wenn sich mein Verdacht bestätigt, dann wissen wir, dass die Täter zu zweit waren. Die Frau hat als Lockvogel fungiert, und der Mann hat die Tat ausgeführt.«

»Das Notizbuch hat uns also einen großen Schritt weitergebracht«, meint der Polizeipräsident.

»Möglicherweise sogar noch einen zweiten, wenn wir nachweisen, dass die Mittäterin auch an al Fallahs Ermordung beteiligt war«, füge ich hinzu.

Nach der Besprechung kehre ich im Streifenwagen ins Büro zurück. Wie erwartet sind meine Mitarbeiter noch nicht wieder zurück. Um nicht untätig herumzusitzen, rufe ich Koula zu mir.

»Ich habe mit der Lefkaditi gesprochen«, sagt sie und lächelt. »Ihrer Meinung nach trügen die jungen Frauen heutzutage alle dasselbe, so dass man schwer sagen könne, welche hübsch sei und welche nicht. Aber wenn sich die junge Frau richtig weiblich kleiden würde, meint Frau Lefkaditi, dann wäre sie bestimmt sehr anziehend.«

Ich lasse Koula gehen und versuche, meine Gedanken zu ordnen. Wenn sich die Bekanntschaft der jungen Frau mit al Fallah bestätigt, dann haben wir es bei beiden Morden auf jeden Fall mit einem Paar zu tun. Aber es wäre auch denkbar, dass die junge Frau dem Täter bloß einen freundschaftlichen Gefallen getan hat, ohne zu wissen, dass er einen Mord plant. So weit hergeholt diese Hypothese auch sein mag, ganz ausschließen können wir sie nicht.

Da höre ich Stimmen vor meinem Büro, und gleich darauf erscheint mein Mitarbeitertrio. Sie bleiben vor mir stehen und blicken mich an. Da wohl eine längere Sitzung ins Haus steht, stehe ich auf und begebe mich zum Konferenztisch.

»Also, was habt ihr herausbekommen?«

»An der Rezeption und im Café ist er immer allein aufgetaucht«, antwortet Dermitsakis. »Aber der Barkeeper hat sich erinnert, dass er ihn an einem Abend mit einer jungen Frau gesehen hat, mit der er sich auf Englisch unterhalten hat. Als wir ihm das Phantombild gezeigt haben, meinte er, es sehe ihr ähnlich, aber die Frau an der Bar hätte wesentlich mehr Sex-Appeal gehabt.«

»War sie anders gekleidet?«, frage ich.

»Vielleicht lag es daran«, meint Dervisoglou. »Er sagte uns, sie sei stark geschminkt gewesen, hätte enge Leggings und ein weit ausgeschnittenes Oberteil getragen.«

»Dann war sie es. Aber um euch das zu erklären, muss ich kurz ausholen«, sage ich zu ihnen.

Sie hören mir aufmerksam zu, während ich die Geschichte von Tsangs Notizbuch darlege – wie wir es in seinem Tresor entdeckt haben und wie wir es schließlich übersetzen konnten. Danach lese ich ihnen den letzten Abschnitt über das Lapathiotis-Haus vor.

»Kein Zweifel, es ist ein und dieselbe Person!«, ruft Askalidis.

»Bei beiden Morden hat er sie als Lockvogel benutzt.«

»Genau«, stimme ich zu. »Jetzt wissen wir, dass es mindestens zwei Tatbeteiligte gibt.«

»Schön, wir sind einen wichtigen Schritt weiter. Aber wie gehen wir jetzt vor?«, fragt Dermitsakis.

»Es gibt noch etwas anderes, das noch nicht geklärt ist.«

»Und was?«, fragt er mich.

»Wir wissen noch nicht, ob der Täter al Fallah selbst zum Tatort gebracht hat oder ob ihn die junge Frau hingelockt und der Täter dort auf ihn gewartet hat, um ihn zu töten. Bis jetzt sind wir vom ersten Fall ausgegangen, aber mit der zweiten Tatbeteiligten ergibt sich eine weitere Option.«

»Und was machen wir?«, will Askalidis von mir wissen.

»Das Einzige, was wir jetzt tun können, ist ein weiterer Besuch im Flüchtlingsheim und im Aqua Fun Park. Vielleicht ist die Mittäterin beim ersten Besuch von al Fallah in der Nähe gewesen, um sich ein persönliches Bild von ihm zu machen. Ich hege zwar keine großen Hoffnungen, aber Nachfragen schadet nicht, solange wir sonst nicht viel in der Hand haben.«

»Das übernehme ich«, bietet Askalidis an.

»Ihr geht alle drei, damit wir sowohl den Aqua Fun Park als auch das Flüchtlingsheim abhaken können.«

»Könnte es sein, dass die junge Frau bei der Baufirma arbeitet und al Fallah dort kennengelernt hat?«, fragt sich Dermitsakis.

»Die Angestellte einer Baufirma treibt sich doch nicht den ganzen Tag in Exarchia herum, um nach dem Chinesen zu suchen«, hält ihm Dervisoglou entgegen.

Hier endet auch die Diskussion. Meine Mitarbeiter kehren in ihre Büros zurück, und ich rufe den Vizepolizeipräsidenten zwecks Berichterstattung an. »Die Tatbeteiligung der jungen Frau darf auf keinen Fall in den Medien verbreitet werden«, sage ich warnend.

»Keine Sorge, es wird nichts nach außen dringen.«

Zumindest wissen wir jetzt, dass es höchstwahrscheinlich ein Täterduo war. Alles Übrige liegt noch im Dunkeln. Damit müssen wir uns begnügen.

26

Schon während unserer Rückkehr ins Obdachlosenheim war die Begeisterung groß, und sie ist auch heute Morgen noch nicht verraucht. Jeder hat etwas zu sagen, doch die meisten erzählen, was ihnen den größten Eindruck gemacht hat. Den Sieg trägt dabei regelmäßig Giovanni mit seiner Rede davon. Die drei Unruhestifter hingegen werden als Hooligans eingestuft. Nicht, dass ich viel von Fußball verstünde. Ich ziehe bloß aus den Kommentaren der Experten meine Schlüsse.

Melpo macht sich auf den Weg zu meinem kleinen Namensvetter. »Glückwunsch, Herr Lambros. Ein Riesenerfolg!«, sagt sie im Hinausgehen zu mir.

Ich begleite sie zum Eingang des Obdachlosenheims. »Hat dir Katerina gesagt, dass sie mit Adriani zur Kundgebung will?«, frage ich sie, als wir unter uns sind.

Sie blickt mich überrascht an. »Sie waren bei der Kundgebung? Nein, sie haben mir nichts davon gesagt. Das höre ich zum ersten Mal.« Mit einem Lächeln fügt sie hinzu: »Ich denke, es hat ihnen gefallen.«

»Mir aber ganz und gar nicht!«, halte ich ihr entgegen.

»Warum nicht?«

»Weil wir keinen richtigen Ordnungsdienst haben. Zwei mit Demos unerfahrene Frauen, noch dazu mit Baby, sind wehrlose Opfer.«

»Hat der Kommissar davon gewusst?«, will sie von mir wissen.

»Keine Ahnung, ich habe nicht mit ihm gesprochen.« Ich sage ihr nicht, dass ich das gleich noch tun werde, denn sie soll Adriani oder Katerina gegenüber nicht ausplaudern, dass ich die beiden verpetzen möchte.

»Soll ich sagen, dass ich weiß, dass sie da waren, und fragen, wie es für sie war?«

»Ja, und sag ihnen, du wüsstest es von mir.«

Nachdem Melpo gegangen ist, kehre ich auf meinen Platz zurück. Alle blicken mich an und warten darauf, dass ich etwas sage.

Als Anna sieht, dass ich stumm bleibe, beschließt sie, mich direkt zu fragen. »Was unternehmen wir als Nächstes, Herr Lambros?«

»Heute Morgen habe ich eine Sitzung, bei der wir darüber sprechen, wo und wie die nächste Kundgebung stattfindet.«

Ich habe mit Kourtidis vereinbart, dass er die Vertreter der Mittelständler und Migranten einlädt, um Ort und Datum der nächsten Veranstaltung festlegen zu können. Man muss das Eisen schmieden, solange es heiß ist. Unser Asyl hat die Absprache mit den übrigen Obdachlosenheimen übernommen.

Dann rufe ich Charitos an. »Ich muss etwas klarstellen: Ich hatte keine Ahnung, dass Adriani, Katerina und mein Namensvetter zur Kundgebung kommen. Auch Melpo wusste nichts davon. Hätten sie es mir gesagt, ich hätte sie zurückgehalten. Oder zumindest überzeugt, Lambros zu Hause zu lassen.«

»Ich wusste auch von nichts. Ich habe es von Dervisoglou erfahren, denn er hat Katerina erkannt.«

»Hast du mit ihnen gesprochen?«

»Ja, aber alle waren gegen mich«, erwidert er.

»Wenn es dir heute Abend passt, komme ich und rede mit ihnen. Vielleicht kann ich sie durch meine Erfahrung leichter überzeugen.«

Er klingt erleichtert, als er abschließend sagt: »Schön, dann treffen wir uns heute Abend bei Katerina.«

Zum Glück ist die Cafeteria leer, als Kourtidis eintrifft. So können wir uns in aller Ruhe unterhalten. Ich warte, bis er seinen Laptop, den er wie immer dabeihat, aufgeklappt hat. Noch bevor ich etwas sagen kann, dreht er den Bildschirm zu mir und sagt: »Das hier sollten Sie lesen.«

»Was ist das?«

»Ein Artikel, der auf einem Blog veröffentlicht wurde und von uns handelt.«

Ich weiß nicht, was ein Blog ist, und es interessiert mich auch nicht. Trotzdem beginne ich zu lesen.

Nicht genug mit den Protestkundgebungen der einzelnen Berufszweige, nicht genug mit den Demonstrationen, die wegen jeder Kleinigkeit stattfinden, jetzt gibt es auch noch die Bewegung der Armen. Offenbar sind ein paar Griechen auf die Gelbjacken in Frankreich und auf die Sardinen-Bewegung in Italien neidisch geworden und haben sich gesagt: Das können wir auch! Was sie tun, ist im Grunde copy-paste.

»Was bedeutet dieser englische Ausdruck?«

»*Copy-paste?* Das heißt, man nimmt eine Stelle aus einem Text heraus und fügt sie woanders ein.«

»Kopieren, also. Warum sagt er das nicht gleich auf Griechisch?«, wundere ich mich und lese weiter.

All die Leute, die gegen ihre Armut protestieren – egal, ob Franzosen, Italiener oder Griechen –, haben nicht begriffen, dass es die moderne Technologie ist, die alles revolutioniert und verändert hat. Sie erledigt jetzt die Arbeit, die früher Menschen geleistet haben. Diese Entwicklung reduziert nicht nur die Arbeitsplätze, sondern auch die Kosten. Die zweite Innovation ist, dass viele Arbeitnehmer selbständig übers Internet von zu Hause aus arbeiten. Betroffen von dieser Entwicklung sind auch all jene, die verarmt sind, weil sie ihre Ladengeschäfte schließen mussten. Kauf und Verkauf werden mittlerweile digital abgewickelt. Wer einkaufen gehen will, macht keinen Schaufensterbummel mehr. Die Leute sitzen vor ihrem Computer, finden alles, was sie kaufen wollen, im Internet exakt abgebildet und beschrieben, bestellen es und kriegen es bequem nach Hause geliefert.

Den Organisatoren der Bewegung gegen Armut und Arbeitslosigkeit würde ich raten, lieber eine Bewegung für Weiterbildung zu initiieren, damit ihre Anhänger unter den geänderten Bedingungen Jobs finden. Ansonsten wird man neben der Statistik für Arbeitslose bald auch eine für Anpassungsunwillige einführen müssen.

»Wer schreibt das?«, frage ich Kourtidis.

»Ein gewisser Spyros Kaliassis.«

»Hm, wieder so ein Welterklärer.«

Kourtidis muss lachen. »Werden Sie jetzt vorschlagen, dass wir uns nicht mehr gegen die Armut, sondern für Weiterbildung einsetzen sollen?«

»Warte, bis alle da sind, dann verstehst du, was ich meine.«

Die anderen lassen nicht lange auf sich warten. Als erster erscheint Dimiter, dann Berkas, Léopold und Saleh sowie die Vertreter der anderen Obdachlosenheime. Anna bietet ihnen, wie immer, Kaffee an.

»Nikitas hat einen Text mitgebracht, den ein gewisser … äh …«

»Spyros Kaliassis«, springt mir Kourtidis bei.

»… genau, Kaliassis, verfasst hat. Er wird ihn euch vorlesen, bevor wir die nächste Kundgebung besprechen.«

Kourtidis trägt den Artikel vor. Als er fertig ist, folgt kurzes Schweigen, dann bricht lautes Stimmengewirr aus.

»Was soll denn das?«, ruft Berkas außer sich. »Der Trottel liest einfach, was in den Wirtschaftszeitungen steht, und macht dann genau das, was er uns unterstellt: *copy-paste*!«

Anders als Berkas bricht der Vertreter eines Obdachlosenheims in Gelächter aus. »Dass mir die Idee nicht gekommen ist!«, bemerkt er. »Mich auf dem Vathis-Platz, wo mein Schlafplatz lag, mit einem Laptop im Internet selbständig zu machen!«

Léopold wendet sich an Kourtidis. »Könntest du den Verfasser etwas fragen, falls du mit ihm in Kontakt trittst? Sollen wir die Weiterbildung, von der er spricht, hier oder im Senegal machen?«

»Nein, in Indien!«, erwidert Kourtidis. »Dort leben die Topstars unter den Computerspezialisten.«

Allgemeine Heiterkeit bricht aus. Selbst Berkas muss trotz seiner Empörung einstimmen.

»Okay, hört mal zu! Ich würde euch gern eine Idee unterbreiten!«, rufe ich in die Runde. Da verstummen alle und blicken mich an.

»Es hat keinen Sinn, auf der Kundgebung mit Worten auf seine Argumente zu reagieren«, erläutere ich ihnen. »Wir sollten ihm mit einer Aktion antworten.«

»Mit was für einer Aktion?«, will Berkas wissen.

»Wir organisieren eine Kundgebung ohne Ansprachen, dafür aber mit Essen.«

»Mit Essen?«, fragt Dimiter baff.

»Ja, mit einer Armenspeisung. Jede Gruppe bereitet das Essen zu, das in ihrer Heimat bei den Armen zu Hause auf den Tisch kommt – bei uns Griechen, bei den Bulgaren, bei Léopold und seiner Gemeinschaft. Ihr, Ilias, kocht die Speisen, die von der verarmten Mittelschicht gegessen werden. Und wir gehen zu den Obdachlosen und fragen sie, wovon sie sich ernähren.«

»Eine glänzende Idee! Bravo, Herr Lambros!«, sagt Kourtidis, und alle pflichten ihm bei.

»Und wo soll die Kundgebung stattfinden?«, fragt Berkas.

»Wieder auf dem Kotsia-Platz, aber diesmal wenden wir uns auch an die Passanten.«

»An die Passanten?«, fragt Dimiter ängstlich. »Das geht nach hinten los.«

»Wir hängen ein Transparent auf, auf dem steht: ›Kommt und probiert das Armenessen‹. Und ein zweites mit der Aufschrift: ›Die Armen laden ein‹. Dann stellen wir, ganz ohne Reden oder Ansprachen, einfach Bänke mit Kochtöpfen auf.«

»Du bist unschlagbar!«, sagt Berkas zu mir.

Ich war eben in all meinen Jahren in der Partei nicht untätig, aber das sage ich ihm nicht.

»Wann steigt die Aktion?«, fragt Kourtidis.

»Zuerst einigt sich jede Gruppe darauf, was sie zubereitet und bis wann sie damit fertig ist. Wenn wir das wissen, legen wir Tag und Uhrzeit der Veranstaltung fest.«

Damit geht unser Treffen zu Ende. Alle wirken zufrieden – diejenigen, die sich verabschieden, und auch ich, der zurückbleibt. Jetzt steht nur noch das abendliche Treffen mit Charitos' Familie aus. Dabei muss ich Katerina und vor allem Adriani den Wind aus den Segeln nehmen und zugleich Charitos besänftigen. Durch meine langjährige Parteizugehörigkeit weiß ich, wie schwierig es ist, das Gleichgewicht zu wahren.

27

Gestern verzichtete ich auf den Besuch bei meinem Enkel und beschäftigte mich bis spätabends mit Tsangs Notizbuch, das wir heute den Chinesen zusammen mit Tsangs Geld übergeben müssen. Am Ende der Lektüre gab ich Koula recht. Bis auf die von ihr markierten Stellen handelte es sich nur um geschäftliche Termine und Vermerke.

In dieser Lage tröstet es mich, dass Sissis mich versteht und mich nicht als Starrkopf betrachtet, der überall nur Probleme sieht. Außerdem bin ich froh über sein Angebot, mit Adriani und Katerina zu reden. Wenn sie die Bedenken vom Organisator der Kundgebung selbst hören, wird es sie mehr überzeugen, als wenn ein Bulle sie warnt, auch wenn's der eigene Ehemann und Vater ist.

Ich vermelde dem Vizepolizeipräsidenten, Geld und Notizbuch stünden bereit zur Übergabe an die chinesische Botschaft.

»Schön, ich stimme mich mit dem Polizeipräsidenten ab und gebe Ihnen Bescheid, wo die Übergabe erfolgen soll«, antwortet er mir am Telefon.

Plötzlich fällt mir ein, dass ich Koulakos von der Abteilung für Wirtschaftskriminalität nicht mit einbezogen habe und er die zentralen Punkte aus dem Tagebuch nicht kennt. Ich bitte Stella, ihn herzubestellen.

»Zum Glück haben wir das Notizbuch zurückbehalten«, meint er nach der Lektüre der ausgewählten Stellen. »Im besten Fall hätte man uns die allerletzten Seiten übersetzt, wo es um den Makler geht.«

»Jetzt aber müssen wir es ihnen aushändigen.«

Er zuckt mit den Schultern. »Hauptsache, wir behalten unsere Sicherheitskopie, die brauchen wir als allfälliges Beweismittel.«

Der Anruf des Vizepolizeipräsidenten unterbricht unser Gespräch. »Schicken Sie alles zu mir. Der Polizeipräsident hat einen Termin beim Minister und wird ihm berichten.«

Sofort rufe ich Dimitriou an, damit er das Original und Tsangs Geld dem Vizepolizeipräsidenten in einem versiegelten Umschlag persönlich überbringen lässt.

»Meinst du, das Notizbuch bringt die Lösung?«, fragt mich Koulakos, während er sich erhebt.

»Es bringt uns einen Schritt weiter. Die Komplizin, die wir noch finden müssen, ist jedenfalls die Schlüsselfigur.«

Koulakos kehrt in sein Büro zurück. Und ich übe mich in Geduld und hoffe, dass meine Mitarbeiter bald gute Neuigkeiten aus dem Flüchtlingsheim oder dem Aqua Fun Park zu vermelden haben.

Erst nach einer geschlagenen Stunde erscheint Dermitsakis schließlich allein und nimmt mir gegenüber Platz.

»Dem Mitarbeiter im Aqua Fun Park, der al Fallah und den Bauingenieur über das Gelände geführt hat, ist eine junge Frau aufgefallen, die sich in der Nähe aufgehalten hat. Ob es die Frau auf dem Phantombild ist, kann er aber nicht mit Sicherheit sagen, weil es zu lange her ist. Askalidis und

Dervisoglou sind noch im Flüchtlingsheim, dort dauern die Befragungen noch an.«

»Gut, dass sie auch dort nachhaken. Aber wenn sich die Anwesenheit der Frau im Aqua Fun Park bestätigt, dann kann sie nicht gleichzeitig beim Flüchtlingsheim gewesen sein.«

»Könnte uns denn jemand anderes bestätigen, dass sie im Aqua Fun Park war?«

»Vielleicht der Bauingenieur«, erwidere ich.

Ich ersuche ihn, mir einen Ausdruck des Phantombilds zu bringen. In der Zwischenzeit rufe ich die Firma Maiandros an und verlange nach Ingenieur Tsovas. Ich habe Glück, denn er ist im Büro.

»Wenn Sie kurz Zeit hätten, würde ich gern vorbeikommen und Ihnen etwas zeigen«, schlage ich vor.

»Gern, aber Sie müssten gleich kommen. Am Nachmittag bin ich unterwegs«, antwortet er.

Ich breche sofort auf, doch der Verkehr auf dem Kifissias-Boulevard ist eine Tortur. Selbst vor der Unterführung am historischen Athener Altenheim herrscht Stau, doch nach der Abfahrt in Richtung Chalandri kann ich durchatmen.

Der Pförtner am Eingang weiß Bescheid und schickt mich gleich in die dritte Etage hoch. Bei meinem Eintreten erhebt sich Tsovas zur Begrüßung.

»Ich werde Sie nicht lange aufhalten. Ich brauche nur eine Auskunft«, sage ich.

»Bitte sehr.«

Dann zeige ich ihm das mitgebrachte Phantombild. »Können Sie sich vielleicht erinnern, ob Sie an dem Tag, als

Sie al Fallah im Aqua Fun Park herumgeführt haben, dieser jungen Frau begegnet sind?«

Tsovas greift nach dem Phantombild und mustert es. »Ich bin mir sicher, dass ich eine junge Frau gesehen habe, die ihr ähnlich sieht. Aber ich weiß nicht mehr genau, wo. Das Ganze liegt ja schon eine Weile zurück.«

»Nehmen Sie sich Zeit. Sie sollten sich Ihrer Sache möglichst sicher sein.«

Tsovas' Blick ruht immer noch auf dem Phantombild. »Ich habe sie gesehen, aber nicht im Aqua Fun Park«, sagt er schließlich.

»Wo dann?«

»Außerhalb des Parks. Dort, wo wir den Wagen abgestellt hatten. Sie stand an ein Motorrad gelehnt und hat zu uns herübergeschaut. Es sah aus, als hätte sie eine Spritztour gemacht.« Wieder fühlt er sich zu einer Rechtfertigung genötigt. »Natürlich kann ich es nicht mit absoluter Gewissheit sagen, es ist ja nur ein Phantombild und keine Fotografie. Aber mit neunzigprozentiger Sicherheit war sie es.«

»Wissen Sie vielleicht noch, wo Sie geparkt hatten? Können Sie mir die Stelle auf einer Landkarte zeigen?«

»Dafür ist keine Landkarte nötig«, erwidert er prompt. »Wir hatten genau an der Stelle geparkt, wo al Fallah tot aufgefunden wurde. Und wo das war, wissen Sie ja.«

»Haben Sie sich zufällig das Nummernschild des Motorrads gemerkt?«

Tsovas lächelt. »Das ist ein bisschen viel verlangt«, antwortet er. »Unsere Aufmerksamkeit war auf al Fallah gerichtet. Auf die Frau und ihr Motorrad haben wir nicht geachtet.«

»Vielen Dank, Herr Tsovas. Sie haben uns wertvolle Hinweise geliefert«, sage ich.

»Hoffentlich kriegen Sie ihn«, erwidert er. »Wie ich höre, gab es ein weiteres Opfer.«

»Ja, ein Chinese. Und natürlich wollen wir den Täter fassen, bevor er noch einmal zuschlägt.«

»Tja, entweder gebieten Sie dem Mörder Einhalt, oder die ausländischen Investoren ziehen sich aus Griechenland zurück«, bemerkt er zum Abschied.

Jetzt wissen wir Bescheid: Offenbar hat die Komplizin das Gespräch mit angehört und dem Täter übermittelt. Danach hat er al Fallah unter einem Vorwand zu derselben Stelle gelockt und ihn dort getötet.

Kaum bin ich zurück im Präsidium, erhalte ich von Koula Bescheid, dass Askalidis und Dervisoglou eingetroffen sind, und rufe das Team in mein Büro.

»Die Mittäterin war nicht im Flüchtlingsheim. Keiner hat sie wiedererkannt«, berichtet mir Askalidis.

»Das ist nicht mehr wichtig. Inzwischen wissen wir, wo die junge Frau war«, sage ich und erzähle von meinem Treffen mit Tsovas. Den anderen verschlägt es die Sprache.

Dermitsakis hat den gleichen Gedanken wie ich. »Das ist die Erklärung, warum er ihn an dieser Stelle getötet hat. Die junge Frau hat dem Mörder den Inhalt des mitgehörten Gesprächs berichtet.«

»Die Frage ist, ob sie selbst an der Tat beteiligt war«, fügt Dervisoglou hinzu.

»Das wissen wir nicht. Es ist aber auch nicht ausschlaggebend«, erwidere ich. »Wir müssen die junge Frau um jeden Preis finden. Diese Suche hat Vorrang.«

»Sie war mit einem Motorrad unterwegs, sagten Sie?«, fragt Askalidis. Ich nicke. »Dann sollten wir das Archiv der Verkehrspolizei nach Frauen mit Motorradführerschein abfragen. Darüber könnten wir sie finden.«

»Das ist vielleicht vergebene Liebesmüh«, antworte ich.

»Wieso?«, fragt Dervisoglou.

»Erstens, weil nicht feststeht, ob sie überhaupt einen Führerschein hat. Zweitens, weil sie ihn auch im Ausland erworben haben kann. Ich habe Tsovas gefragt, ob er auf das Nummernschild geachtet hat, aber er hat mich angestarrt, als käme ich vom Mars.«

»Wir sollten es auf jeden Fall bei der Verkehrspolizei versuchen«, meint Dermitsakis. »Vielleicht finden wir sie doch über ihre Datenbank. Ich spreche noch mit Koula darüber.«

Hier endet unser Gespräch, und das Team verlässt mein Büro. Ich blicke auf meine Uhr. Es ist schon sechs. Höchste Zeit, Schluss zu machen und zu Katerina zu fahren.

28

Auf dem Weg zu Katerinas Wohnung kämpfen zwei Themen in meinen Gedanken um die Vorherrschaft. Einerseits die beiden Morde und die Beteiligung der unbekannten Mittäterin und andererseits die bevorstehende Aussprache mit Sissis, meiner Frau und meiner Tochter. Da meine Gedanken sich in der Mordsache nur im Kreis drehen, konzentriere ich mich auf das zweite Thema. Ich weiß, dass Sissis große Erfahrung mit Protestveranstaltungen hat. Daher wird er bessere Argumente vorbringen können als ich. Ich hingegen habe nur eins: die Einschüchterungstaktik des Bullen. Was mir Sorgen bereitet, ist Adrianis Sturheit. Vielleicht gelingt es Sissis, sie aufzuweichen. Aber ich habe so meine Zweifel.

Adriani empfängt mich wie üblich mit Lambros im Arm, doch im Wohnzimmer erwartet mich eine Überraschung. Adriani setzt den Kleinen auf den Boden – und er kriecht los!

»Kann er wirklich schon krabbeln? Dann war es wohl kein einmaliges Phänomen«, stelle ich verblüfft fest.

»Erst sieben Monate alt, aber in allen Dingen frühreif«, erklärt sie mir stolz.

Lambros strahlt vor Glück. Er zieht seine Kreise und klopft dabei mit der Hand auf den Boden. Dann packt er das Sesselbein. Opa und Oma wagen sich vor lauter Bewunderung nicht zu rühren.

»Was sehe ich denn da? Gehen wir auf Wanderschaft?« Als wir uns umdrehen, erkennen wir, dass Katerina den kleinen Ausflug ihres Sohnes amüsiert verfolgt. »Übst du jetzt schon für Demos?«

Na toll, sage ich mir. Zu den spitzen Bemerkungen meiner Frau kommen jetzt auch noch die meiner Tochter. Aber ich schlucke jede Reaktion hinunter, um die Stimmung nicht zu verderben, bevor Sissis kommt.

Als Adriani unseren Enkel hochhebt, um ihn ins Kinderzimmer zu bringen, protestiert Lambros weinend.

»Lass ihn doch noch ein bisschen hier. Fanis soll ihn auch krabbeln sehen«, meint Katerina zu ihr.

Nur trifft als Nächster nicht Fanis ein, sondern Sissis. Der kleine Lambros lässt sich nicht stören und robbt weiter durch die Gegend. Zunächst starrt Sissis ihn verblüfft an. Dann kniet er sich vor ihn hin. Lambros hält mit dem Krabbeln inne und blickt ihn an.

»Komm, jetzt spielen der kleine und der große Lambros miteinander«, sagt Sissis zu ihm.

Er greift nach dem Gummibällchen, das auf dem Sessel liegt, und lässt es auf den Kleinen zurollen. Lambros der Jüngere verfolgt es mit dem Blick, rührt es jedoch nicht an.

»Sagt man nicht, im Alter wird der Mensch wieder zum Kind?«, ertönt Fanis' Stimme.

Sissis versucht aufzustehen, schafft es aber nicht. Ich packe seinen Arm und helfe ihm auf die Beine. Lambros verfolgt, wie sich Sissis aufrichtet, und kriecht dann weiter. Katerina lässt ihn noch kurz weitermachen, damit ihn auch sein Papa bewundern kann. Danach nimmt sie ihn auf den Arm.

»Zeit zum Essen und Schlafen!«, meint sie.

Bis auf Adriani setzen sich alle ins Wohnzimmer. »Ich gehe nachsehen, was Melpo diesmal zubereitet hat«, verkündet sie und verschwindet in die Küche.

»Dein Sohn ist fleißig unterwegs«, meint Sissis zu Fanis.

»Der Apfel fällt nicht weit vom Stamm«, erwidert Fanis. »Der Opa jagt Mördern hinterher, die Mama eilt zum Gericht und der Papa zu den Patienten. Da hat er sich was abgeguckt!«

»Melpo hat Riesenbohnen und Ofensardinen an Zitronensoße gemacht«, gibt Adriani bekannt. Dann meint sie zu mir: »Ich bin ihr ein Geschenk schuldig, weil sie mir das tagtägliche Kochen erspart.«

»Du bist nur noch zum Tischdecken eingeteilt«, füge ich hinzu, als ich die Teller in ihrer Hand erblicke.

Ich frage mich, wann Sissis das Thema endlich anspricht. Als Katerina auftaucht, bekomme ich die Antwort.

»Okay, er schläft. Wir können essen!«

»Bevor wir zu Tisch gehen, möchte ich etwas mit euch besprechen«, sagt Sissis.

Katerina reagiert überrascht und blickt ihn neugierig an, beschränkt sich jedoch auf ein »Gerne«.

»Ich möchte wissen, warum ihr mir nichts von eurer Teilnahme an der Kundgebung gesagt habt«, meint er ruhig.

»Hätten wir es dir sagen müssen?«, wundert sich Katerina. »Daran haben wir nicht gedacht, gebe ich zu. Ich bin wegen Léopold hingegangen, weil ich ihm zur Teilnahme geraten habe und sehen wollte, ob sich alles so abspielt, wie er es sich erhofft hat.«

»Hätten wir es dir gesagt, dann hättest du es uns, genau wie mein Mann, bestimmt ausreden wollen«, sagt Adriani frei von der Leber weg.

»Bestimmt hätte ich nicht zugelassen, dass ihr Lambros mitnehmt«, hält ihr Sissis entgegen. »Mit dem Kinderwagen unternimmt man keinen Ausflug auf den Kotsia-Platz, wenn dort eine Kundgebung stattfindet. Abgesehen davon ist der Volkspark Pangrati sowieso viel schöner.«

Fanis wiederholt das Argument, das er auch mir gegenüber geäußert hat. »Ist doch gut, wenn er sich jetzt schon dran gewöhnt.«

»Wäre es zu Zusammenstößen und einem Einsatz der Sondereinheit gekommen, hätte er so einen Schreck gekriegt, dass er in seinem ganzen Leben auf keine Demo mehr gegangen wäre«, lautet Sissis' Gegenargument.

Dann wendet er sich an meine Frau und meine Tochter. »Hättet ihr mich in euer Vorhaben eingeweiht, hätte ich euch zu eurem eigenen Schutz einem Block zugeteilt.«

»Einem was?«, fragt Adriani.

»Einem Block. Eine Kundgebung ist kein Spaziergang und auch keine Karfreitagsprozession«, predigt Sissis weiter. »Bei jeder Kundgebung gibt es verschiedene Abschnitte, also Blocks. Ich hätte euch gesagt, in welchem Block ihr sicher seid, falls etwas passiert. Wenn man eine Kundgebung durchführt, muss man die Teilnehmer auch schützen.« Mit einem Blick auf mich fügt er hinzu: »Und zwar nicht nur vor der Polizei.«

Damit hat er nicht nur die beiden, sondern auch mich

zum Schweigen gebracht. Ich kann es kaum glauben, dass sie mehr auf ihn hören als auf mich, aber schließlich wird mir klar, warum: Ich stehe auf der Seite der MAT-Sondereinheit, Sissis auf der der Demonstranten. Da wir unterschiedlichen Lagern angehören, haben wir auch verschiedene Argumente. In diesem Fall sind seine überzeugend und meine nur heiße Luft.

Sissis wendet sich an Adriani. »Wenn du willst, kannst du zur nächsten Kundgebung kommen, aber als Köchin.«

»Als Köchin?« Adriani traut ihren Ohren nicht. Sissis ist ganz offensichtlich der einzige Mensch, dem Adriani nicht über den Mund fährt.

»Ja, du hast mich doch, und zwar genau hier, auf die Idee mit dem Armenessen gebracht. Bei der Sitzung für die nächste Kundgebung hat uns Kourtidis einen Artikel mitgebracht, in dem stand, wir hätten einfach nicht begriffen, dass sich die Zeiten und das Arbeitssystem geändert haben. Man bräuchte keine Kundgebungen gegen die Armut, sondern für Weiterbildung. Sonst könnten wir bald Arme und Anpassungsunwillige nicht mehr auseinanderhalten. Da habe ich mich an deine Idee erinnert und vorgeschlagen, auf der nächsten Veranstaltung sollte es keine Reden geben, sondern eine Art der Armenspeisung. Jede Teilnehmergruppe soll ein typisches Gericht zubereiten und an die Passanten verteilen.«

»Weißt du noch, wie der Autor des Artikels heißt?«, fragt Fanis ihn.

»Ja, Spyros Kaliassis.«

»Der hat auch den Artikel geschrieben, den ich dir gegeben habe«, ruft mir Fanis in Erinnerung.

»Einverstanden, ich komme und koche Bohnensuppe«, ruft Adriani begeistert. Sissis ist es doch tatsächlich gelungen, ihr die bittere Pille zu versüßen!

»Wenn du willst, kannst du sie auch an die Leute verteilen«, sagt er.

»Na, und ob!« Herausfordernd sagt sie zu dann mir: »Da hast du hoffentlich nichts dagegen.«

»Absolut nicht. Ich komme sogar vorbei, um zu prüfen, ob sie auch schmeckt«, antworte ich und habe die Lacher auf meiner Seite.

Adriani erhebt sich, um das Essen zu bringen, ebenso Katerina, um noch einen Blick ins Kinderzimmer zu werfen und dann ihrer Mutter zur Hand zu gehen.

»Du hast den Nerv getroffen, den ich verfehlt habe«, sage ich zu Sissis, als wir uns zu Tisch setzen und aufs Essen warten.

»Er hat nicht nur geschafft, Frau Adriani zu überzeugen, sie war auch noch hellauf begeistert«, ergänzt Fanis.

Sissis lächelt zufrieden, hält sich aber mit Kommentaren zurück.

Mit dem Appetit, den die Eintracht stiftet, nachdem alle Gegensätze überwunden sind, widmen wir uns dem Essen.

»Genau genommen ist das heutige Abendessen eine Kombination«, sagt Fanis.

»Eine Kombination?«, fragt Katerina.

»Aus den Riesenbohnen der Armen und den Sardinen der unteren Mittelschicht.«

»Gute Idee, ich werde Berkas vorschlagen, Sardinen zu servieren«, meint Sissis.

»Wer ist Berkas?«, frage ich.

»Der mit dem italienischen Schwager, dessen Rede so gut angekommen ist«, erläutert mir Katerina.

Die Stimmung auf der Rückfahrt ist ganz anders als beim letzten Mal.

»Anscheinend versteht Sissis Frauen besser als ich«, sage ich zu Adriani.

Sie blickt mich ernst an. »Lambros hat mein Weltbild völlig verändert. Ich habe die Kommunisten von klein auf gehasst. Jetzt aber habe ich einen klugen, verständnisvollen Linken kennengelernt, der das Herz auf dem rechten Fleck hat.«

Ab und zu gibt es doch Dinge, bei denen wir uns einig sind.

29

Speisung, die: *das Speisen, Gespeistwerden: die S. der Armen; Abl. von* ***speisen:*** *»essen, dinieren; zu essen geben, nähren; versorgen«, dazu die Zusammensetzung* ***abspeisen:*** *»jemanden mit weniger als erhofft abfertigen, kurz abweisen«, die Präfixbildung* ***verspeisen:*** *»aufessen, verzehren« und das Substantiv* ***Speisung:*** *»Verköstigung«, auch im Sinne von »Proviant«.*

Hier höre ich auf zu lesen, da mich die übrigen Bedeutungen nicht weiter interessieren. Dass »speisen« mit »abspeisen« in Verbindung steht, leuchtet mir ein. Sissis' Speisung richtet sich ja auch an all jene, die im Leben mit »weniger als erhofft abgefertigt werden«.

Als ich schließlich im Büro sitze, gehen mir verschiedene Ideen durch den Kopf, die unsere Ermittlungen ankurbeln könnten. Doch meine Gedanken enden – genauso wie die Ermittlungen – in lauter Sackgassen. Daher rufe ich mein Team zusammen, in der Hoffnung, dass wir gemeinsam einen Ausweg finden.

Meine Mitarbeiter erscheinen vollzählig inklusive Koula, die im Internet nach den Daten der Komplizin gesucht hat.

»Ich habe keine guten Neuigkeiten«, sagt Koula. »Oder,

besser gesagt, überhaupt keine, da wir nichts gefunden haben.«

»Vermutlich hatten Sie recht, und sie hat ihren Führerschein nicht in Griechenland gemacht«, meint Askalidis.

»Selbst das ist nicht sicher«, entgegnet ihm Koula. »Das Problem ist, dass mit einem Phantombild keine Identifizierung möglich ist. Mit einer Fotografie wäre es einfach. Ein Phantombild stimmt teils überein, teils nicht. Das ist ein enormer Unsicherheitsfaktor. Die Leute schießen doch aus jedem nichtigen Anlass Fotos mit ihren Smartphones. Hätte da nicht jemand auch mal die junge Frau fotografieren können?«

»Wir stecken fest. Und ich sehe nicht, wie wir da rausfinden«, meint Dermitsakis.

»Das Schlimme in solchen Fällen ist: Man ist darauf angewiesen, dass der Täter einen Fehler macht. Aber so ein Fehler kann ihm leider erst bei seiner nächsten Tat passieren. Entweder wurden unsere beiden Morde perfekt geplant, oder wir sind mit Blindheit und Blödheit geschlagen.«

Der Anruf des Vizepolizeipräsidenten unterbricht die Diskussion. »Sie müssen dringend herkommen, Herr Kommissar. Der Minister hat einen Termin mit dem chinesischen Botschafter, und unsere Anwesenheit ist unabdingbar. Offensichtlich haben sich die Chinesen zuerst ans Außenministerium gewandt, und dieses hat sie dann an den Innenminister weiterverwiesen.«

Er braucht mir nicht zu erklären, dass wir gegen die Chinesische Mauer anrennen müssen. Das liegt auf der Hand. Ich schicke meine Mitarbeiter fort und mache mich im Streifenwagen auf den Weg zum Messojion-Boulevard.

Der Vizepolizeipräsident sitzt auf glühenden Kohlen. »Der Minister hat uns vor dem Eintreffen der Botschaftsvertreter zu einem Vorgespräch in sein Büro beordert. Der Polizeipräsident ist bereits bei ihm«, verkündet er mir.

Die beiden unterhalten sich lebhaft, als wir eintreten. Wir nehmen ebenfalls am Konferenztisch Platz und sind gespannt darauf zu erfahren, was der Minister uns zu sagen hat.

»Das Außenministerium lässt uns die Kastanien aus dem Feuer holen«, meint er lakonisch.

»Die Frage ist, was wir den Chinesen gegenüber offenlegen können und was wir zurückhalten sollten«, bemerkt der Polizeipräsident.

»Ich glaube nicht, dass sie sich für den Gang der Ermittlungen interessieren. Sonst wären sie wie die Saudis direkt zu uns gekommen. Das Notizbuch brennt ihnen auf den Nägeln. Deshalb haben sie sich ans Außenministerium gewandt«, erwidere ich.

Das Gespräch wird durch das Eintreffen der ausländischen Delegation unterbrochen. Sie besteht aus Botschafter, Gesandtem und Dolmetscher. Es folgen die übliche Vorstellungsrunde, Händeschütteln, kurzer Smalltalk.

»Kommissar Charitos leitet die Ermittlungen und wird Sie über die bisherigen Ergebnisse informieren«, sagt der Minister schließlich zum Botschafter.

Ich erstatte ausführlich Bericht und erzähle auch, dass eine Komplizin das Bindeglied zwischen den beiden Morden ist. Die Chinesen hören mir aufmerksam zu, aber es ist offensichtlich, dass es sie nicht groß interessiert, was ich zu sagen habe.

»Zweifellos wird es Ihnen gelingen, die Täter zu finden«, sagt der Botschafter, als ich fertig bin. Dann wendet er sich an den Minister. »Es gibt aber ein anderes heikles Thema, das ich mit Ihnen besprechen wollte.«

»Worum geht es?«

»Um das Notizbuch von Tsang Jong Sun.«

»Das haben wir Ihnen zusammen mit der Geldsumme übergeben. Wir haben bloß seinen Reisepass einbehalten, und auch den erhalten Sie bei Abschluss der Ermittlungen.«

»Ja, das ist sehr zuvorkommend Ihrerseits. Wir möchten aber gern wissen, ob Sie eine Abschrift des Notizbuchs zurückbehalten haben.«

»Wir haben eine Kopie für die Ermittlungen angefertigt«, erwidert der Polizeipräsident.

»Die müssen Sie uns auch übergeben. Im Notizbuch stehen Informationen zum Verhältnis zwischen Tsang Jong Sun und den chinesischen Behörden. Dieses Verhältnis unterliegt der Geheimhaltungspflicht, daher dürfen sich solche Dokumente nicht in Archiven von Drittländern befinden.«

»Das Notizbuch enthält Informationen, die für die Ermittlungen von maßgeblicher Bedeutung sind«, erläutert der Polizeipräsident dem Botschafter.

»Der einzige für die Ermittlungen interessante Part ist der Schlussteil, wo es um das Haus geht, das Tsang erwerben wollte«, erwidert der Gesandte. »Diesen Abschnitt können wir Ihnen in Übersetzung überlassen.«

»Das Notizbuch wird aber nicht nur für die Ermittlungen und die Vernehmungen benötigt, sondern auch vor Gericht. Somit sind wir verpflichtet, die Kopie einzubehalten«, hält ihm der Polizeipräsident entgegen.

Der Botschafter wendet sich an den Minister. »Unsere Beziehungen mit Griechenland sind ausgezeichnet, Herr Minister, und wir möchten sie weiter ausbauen. Aber die Einmischung Griechenlands in das Verhältnis des chinesischen Staates zu seinen Bürgern – und sei es nur auf der Basis eines privaten Dokuments wie dieses Notizbuchs – könnte das gute Klima zwischen unseren Ländern trüben. Das kann sich auch auf die großen Investitionen auswirken, die wir in Griechenland planen. Daher fordere ich Sie auf, uns die Kopie in Ihrem Besitz auszuhändigen, damit die guten Beziehungen, die wir aufgebaut haben, keinen Schaden nehmen.«

Schon wieder die Investitionen, sage ich mir. Wozu erfinden die mächtigen Länder tagtäglich neue Waffensysteme, von Raketen bis hin zu Kampfflugzeugen, wo doch Investitionen die wirksamste Waffe sind! Auf einmal wird mir bewusst, dass der gesuchte Mörder die effektivsten Soldaten der mächtigen Länder ausschaltet: die Investoren.

Die Stimme des Ministers bringt mich wieder in die Realität zurück. »Momentan kann ich dazu weder Stellung nehmen noch Ihnen die Kopie des Notizbuchs überlassen, Herr Botschafter. Dazu muss ich mich erst mit meinen Ministerkollegen aus dem Bereich Justiz und Auswärtiges kurzschließen. Ihre Anfrage übersteigt meine Befugnisse und muss auf Regierungsebene besprochen werden.«

Diese Antwort erhöht meine Hochachtung vor dem Minister, befriedigt die Besucher aber offensichtlich wenig. Als sie sich zum Gehen wenden, ist ihr Abschiedsgruß weitaus kühler als der warme Händedruck bei ihrer Ankunft.

»Chapeau, Herr Minister! Sie haben glänzend pariert«, meint der Polizeipräsident, und der Vizepolizeipräsident und ich schließen uns seiner Meinung an.

»Was ich sagte, waren weder Ausflüchte noch leere Rechtfertigungen. Ich kann wirklich nicht allein und ohne die Zustimmung der Ministerkollegen entscheiden.« Nach einer kurzen Pause folgt die Frage an den Polizeipräsidenten: »Können wir nicht, wie die Chinesen vorgeschlagen haben, nur mit dem für die Ermittlungen relevanten Ausschnitt weitermachen? Die übrigen Einträge haben ja, wie Sie mir sagten, keinen unmittelbaren Bezug zu den Ermittlungen.«

»Das geht nicht, Herr Minister«, erwidert ihm der Polizeipräsident. »Wie Sie dem Botschafter sagten, wird der Ermittlungsrichter mit Sicherheit das Notizbuch anfordern, sowohl im Original als auch in Übersetzung. Selbst wenn es die Staatsanwaltschaft im Prozess nicht verwenden sollte – der Verteidiger des Angeklagten wird es bestimmt anfordern. Verstehen Sie die Problematik, mit der wir konfrontiert sind?«

»Ihre Argumente leuchten ein. Zumindest der Justizminister wird auf meiner Seite sein, sollte der Außenminister Einwände haben.«

»Es gäbe da noch eine schlaue, aber nicht ganz vorschriftsgemäße Möglichkeit«, sage ich zum Minister.

Alle Blicke ruhen auf mir. »Und die wäre?«, will der Polizeipräsident von mir wissen.

»Niemand hindert uns daran, den Chinesen eine Kopie zu überlassen, aber noch eine zweite zu behalten. Wenn die

Vorlage des Notizbuchs durch den Ermittlungsrichter oder das Gericht formell angefordert wird, dann wenden wir uns, auch ganz formell, an die chinesische Botschaft. Sollte die Botschaft die Herausgabe ablehnen, händigen wir unsere Zweitkopie zusammen mit der Übersetzung aus. Das wird den Chinesen möglicherweise nicht gefallen. Aber es bleibt uns eben keine andere Möglichkeit, wenn es auf dem offiziellen Weg nicht klappt.«

»Eine wunderbare Idee!« Der Minister ist ganz angetan. »Ich werde sie dem Justizminister vorlegen.«

Durch seine Zustimmung ermuntert, gehe ich noch einen Schritt weiter. »Eigentlich könnte man sogar so vorgehen: Wir übergeben ihnen einen Abzug, und gleichzeitig fordert das Justizministerium eine offizielle Kopie für die Ermittlungen an. Rückt die Botschaft sie heraus, ist alles gut. Falls nicht, haben wir dennoch unser Ersatzdokument.«

»Das ist die Lösung! So machen wir es«, pflichtet mir der Minister bei.

Moralisch gestärkt, begeben wir uns zu dritt ins Büro des Polizeipräsidenten.

»Bravo! Wie sind Sie nur auf diesen Ausweg aus dem Labyrinth gekommen?«, fragt mich der Polizeipräsident.

»Aufgrund einer Berufskrankheit, Herr Polizeipräsident.«

»Ach ja?«

»Bei Verbrechen muss man den Täter oft in eine Falle locken. Und eine Falle habe ich jetzt hier auch aufgestellt.«

»Jedenfalls haben Sie das Wohlwollen des Ministers erregt und Ihre offizielle Beförderung somit in der Tasche«, meint der Vizepolizeipräsident amüsiert.

»Man soll den Tag nicht vor dem Abend loben, Herr Vizepolizeipräsident. Sie wissen genauso gut wie ich, dass eine Beförderung nicht nur von Wohlwollen abhängt.«

»Das ist leider wahr«, stimmt der Polizeipräsident zu.

»Jetzt können wir nur abwarten, was die Minister entscheiden«, bemerkt der Vizepolizeipräsident.

»Ich schicke Ihnen jedenfalls eine Kopie des chinesischen Originals, falls der Minister darauf zurückgreifen möchte«, sage ich zu ihm. »Wir verwenden ohnehin nur die Übersetzung.«

Nachdem wir uns auf dieses Vorgehen geeinigt haben, gehen wir zufrieden und in gehobener Stimmung auseinander.

Im Auto denke ich: Mein Vater, der Gendarmerieoffizier, wäre stolz gewesen, dass sein Sohn den Kommunisten eine Falle stellt. Nur hätte er mir dafür zuallererst meine Freundschaft mit Sissis verzeihen müssen.

Im Büro rufe ich sogleich Dimitriou an und bitte ihn, dem Polizeipräsidenten eine Kopie von Tsangs Notizbuch zu schicken.

»Soll ich gleich zu ihm fahren oder zuerst zu Ihnen kommen?«

»Warum zu mir? Gibt's was Neues?«

»Wir haben die Verbindungsliste von al Fallahs Handy, die sollten wir gemeinsam durchgehen.«

»Fahren Sie zuerst zum Vizepolizeipräsidenten und kommen dann im Anschluss zu mir«, sage ich.

Der Ertrinkende klammert sich an jeden Strohhalm. Genauso wie ich jetzt an al Fallahs Anrufliste.

30

Ich warte eine geschlagene Stunde, bis Dimitriou eintrifft. Als er mir endlich gegenübersitzt, holt er die Verbindungsübersicht von al Fallahs Mobiltelefon aus seiner Tasche und legt sie vor mich hin.

»Das müssen Sie mir aufdröseln, ich blicke da nicht durch«, sage ich.

»Im Prinzip geht es um zwei Dinge«, antwortet er. »Erstens gibt es keinerlei Gespräche mit griechischen Handynummern, abgesehen von zwei Telefonaten mit dem Direktor und dem Bauprojektleiter der Firma Maiandros. Alle anderen Anrufe gehen an saudische oder britische Nummern.« Er pausiert für den Fall, dass ich etwas fragen möchte, und fährt dann fort. »Zweitens gibt es eine Kurznachricht, die interessanter ist als alle Anrufe. Die können Sie gleich lesen, wenn Sie wollen. Sie ist auf Englisch.«

Er checkt die Liste und findet das Gesuchte. Die Nachricht lautet: *»Sorry, I will be half an hour late. I will be at the hotel at 7:30 pm.«*

»Wann wurde die SMS abgeschickt?«, frage ich.

Er blickt mich an. »Am Tag vor seiner Ermordung.«

»Gibt es eine Unterschrift?«

»Nein, sie ist anonym.«

»Es geht darin um ein Rendezvous mit al Fallah.« Ich

erzähle ihm von der Komplizin, die al Fallah erst am Strand von Skaramangas und dann im Hilton an der Bar getroffen hat.

»Gut möglich, dass sie nach dem Besuch in Skaramangas ins Hotel gefahren ist und ihn dort kennengelernt hat«, schließt Dimitriou. »In der stark besuchten Lobby wird keiner auf die beiden geachtet haben.«

»Sehr wahrscheinlich, aber nicht weiter wichtig. Viel bedeutender ist, was ihr zu ihrem Handy herausgefunden habt.«

»Es hat eine britische Nummer. Wir haben uns mit Scotland Yard in Verbindung gesetzt und warten auf den Namen des Vertragsinhabers.«

»Schön, das ist eine gute Nachricht! Vielleicht schaffen wir es, sie auf diesem Weg ausfindig zu machen.«

»Ich melde mich, sobald ich Näheres weiß.«

Sofort lade ich mein Team zum Briefing. Ich berichte ihnen von Dimitrious Erkenntnissen zu al Fallahs Mobiltelefon und von dem Treffen der Unbekannten mit dem Saudi.

»Bald wird sie keine Unbekannte mehr sein. Der Handyvertrag wird uns ihre Identität offenlegen«, freut sich Askalidis.

»Das hoffen wir zumindest!«, bemerkt Dervisoglou.

»Was meinst du damit?«, will Dermitsakis von ihm wissen.

»Schließlich sind Vertragsinhaber und Nutzer nicht unbedingt ein und dieselbe Person«, erklärt Dervisoglou.

Ich setze der fruchtlosen Diskussion ein Ende. »Das sind alles ungelegte Eier. Sobald wir den Vertragsinhaber kennen, ziehen wir unsere Schlussfolgerungen.«

Zwei Stunden später gibt Dimitrious Anruf Dervisoglou recht. »Ursprünglich lief der Vertrag auf eine Nigerianerin, aber jetzt funktioniert es als Prepaid-Handy.«

»Einer Nigerianerin?«, wundere ich mich.

»Ja, sie haben mir auch ihren Namen genannt.« Er hält kurz inne, dann liest er ihn mir vor. »Naima Nihal. Scotland Yard sagte mir, man würde versuchen, sie zu finden. Aber wie lange das dauert, ist schwer zu sagen.«

Es folgt eine weitere Teamsitzung, an der auch Koula teilnimmt. »Sie hatten recht. Es handelt sich um ein Prepaid-Handy«, sage ich zu Dervisoglou und lege allen Dimitrious Erkenntnisse vor.

Alle starren mich sprachlos an. »Was soll eine Nigerianerin mit der ganzen Sache zu tun haben?«, wundert sich Askalidis.

»Offenbar ist ihr Mobiltelefon als Prepaid-Handy in die Hände der Gesuchten gelangt«, erwidert ihm Dermitsakis.

»Ja, aber wie? Wer gibt hier bei uns denn sein Handy einfach her?«, beharrt Askalidis. »Da muss die Mittäterin schon ein besonderes Vertrauensverhältnis zu der Nigerianerin aufgebaut haben.«

»Ihr habt beide halb recht«, antworte ich. »Es ist unwahrscheinlich, dass sie diese Nihal in Griechenland kennengelernt und ihr das Handy mit der britischen Nummer überlassen hat. Daraus folgt, dass sie sich aus England kennen. Diese Möglichkeit wird auch von den Aussagen all derer gestützt, die bezeugen, dass die Frau, nach der wir suchen, perfekt Englisch spricht. Gut möglich, dass sie an derselben Uni studiert und sich dort angefreundet haben.«

»Okay, aber warum überlässt die Nigerianerin der Griechin vor deren Rückkehr in die Heimat einfach so ihr Handy?«, hakt Askalidis noch mal nach.

»Vielleicht hat ja die Nigerianerin ihr Studium beendet, England verlassen und das Telefon nicht mehr benötigt«, bringt sich Koula ein.

»Das ist durchaus möglich«, sage ich.

»Okay, und was tun wir jetzt?«, fragt Dermitsakis. »Die Erklärungen sind gut und schön, aber sie helfen uns bei der Suche nach der Komplizin nicht weiter.«

»Du hast recht. Am besten spreche ich jetzt mal mit Symeonidis von der Direktion für Internationale Zusammenarbeit. Er kann herausfinden, ob die Nigerianerin studiert hat und, wenn ja, an welcher Uni. Wenn sie als Studentin eingeschrieben war, können wir die Liste ihrer griechischen Kommilitoninnen anfordern und die Gesuchte ausfindig machen. Wenn wir auf gut Glück die britischen Unis abfragen, geht ein halbes Jahr ins Land.«

Mein Problem ist, dass die Direktion für Internationale Zusammenarbeit nicht am Alexandras-, sondern genau wie meine direkten Vorgesetzten am Messojion-Boulevard residiert.

Kaum sind meine Mitarbeiter gegangen, informiere ich den Vizepolizeipräsidenten über die neuesten Entwicklungen. »Bitte setzen Sie sofort ein Treffen mit Symeonidis von der Direktion für Internationale Zusammenarbeit in Ihrem Büro an, damit wir gleich loslegen können.« Mir ist lieber, das Treffen findet in Anwesenheit des Vizepolizeipräsidenten statt, damit ich seine Rückendeckung habe, falls bürokratische Verzögerungen eintreten sollten.

»In Ordnung.«

Ich verfluche mein Schicksal, als ich mich kurz darauf schon wieder in einen Streifenwagen zum Messojion-Boulevard pferchen muss. Aber ich habe keine andere Wahl. Mein größter Wunsch ist, dass unser Plan aufgeht und die Ermittlungen wieder in Gang kommen.

»Symeonidis kommt gleich«, meint der Vizepolizeipräsident, als ich sein Büro betrete. »Ich bin zuversichtlich, dass wir auf einem guten Weg sind«, fügt er hinzu, während wir warten.

»Ja«, sage ich, »zum einen ist die Wahrscheinlichkeit, die Komplizin des Mörders zu finden, diesmal ziemlich groß, zum anderen bin ich froh, dass wir bislang kein weiteres Opfer zu beklagen haben.«

Endlich erscheint Symeonidis. Wir kennen uns von früher, und er begrüßt mich herzlich. »Was gibt's? Steckst du in Schwierigkeiten und brauchst meine Hilfe?«, witzelt er.

»Nicht nur der Kommissar, wir alle bis hinauf zum Minister brauchen Ihre Hilfe«, erwidert ihm der Vizepolizeipräsident an meiner Stelle.

Ich schildere ihm die Situation und komme auf das Handy der Nigerianerin zu sprechen. »Sie heißt Naima Nihal. Die übrigen Angaben und die Verbindungsliste von al Fallahs Mobiltelefon hat Dimitriou. Ich sage ihm, dass er sie dir schicken soll.«

»Nicht nötig, ich regle das direkt mit ihm.« Dann verstummt er und blickt uns an. »Sie verstehen, dass wir es hier mit komplexen Ermittlungen zu tun haben. Involviert sind nicht nur Scotland Yard, sondern auch alle britischen Hochschulen. Es wird uns Zeit kosten, um auf einen grünen Zweig zu kommen«, erläutert er.

»Ich weiß. Meine einzige Bitte wäre, die Nachforschungen so weit wie möglich zu beschleunigen.«

Der Vizepolizeipräsident wiederholt und ergänzt mein Stoßgebet. »Und meine einzige Bitte wäre, dass in der Zwischenzeit nicht noch ein Mord passiert. Ab sofort verständigen Sie sich untereinander und halten mich auf dem Laufenden.«

Als ich wieder im Streifenwagen sitze, fühle ich mich ausgebrannt. Zum Glück habe ich alles Nötige auf den Weg gebracht und muss – zumindest für heute – nichts weiter tun.

31

Um zwölf Uhr mittags hat sich der Kotsia-Platz in eine riesige Freilufttafel verwandelt, wie man sie sonst nur auf Kirchweihfesten oder beim Fest des Stadtheiligen antrifft. Zur Eolou-Straße hin ist ein großes Transparent aufgespannt: PROBIEREN SIE UNSER ARMENESSEN. Daneben befindet sich ein kleineres: ZU GAST BEI DEN ARMEN.

Bei unserem letzten Treffen haben wir uns auf die Gerichte jeder Gruppe geeinigt. Die Afrikaner kamen mit dem Vorschlag, Domoda zu servieren. Die Mittelständler wählten Riesenbohnen und Spinatpitta. Problematisch wurde es erst bei den armen Griechen und den Bulgaren. Als ich ankündigte, wir würden Bohnensuppe anbieten, meinte Dimiter, genau das sei auch das Essen der bulgarischen Armen. Wir haben uns dann zusammengesetzt, um eine Lösung zu finden. Erst dachten wir, die Griechen könnten vielleicht einen Linseneintopf anstelle von Bohnensuppe anbieten. Boyka, die zusammen mit Dimiter gekommen war, hatte schließlich jedoch die rettende Idee.

»Kein Problem, ich bereite Prosenik und Kačamak zu.«

»Was ist das?«

»Das sind Gerichte aus Maismehl, da wir keinen Weizen hatten. Prosenik ist eine Art Kuchen, und Kačamak ist so etwas wie Polenta. Wenn schon Bohnensuppe und Riesenbohnen auf der Speisekarte stehen, brauchen wir auch eine Beilage dazu.«

Nach der Zuteilung der Stände stehe ich jetzt mitten auf dem Platz und betrachte zufrieden das Bild, das sich mir bietet. Dann schlendere ich an den Köstlichkeiten vorbei.

Ganz am Anfang steht ein Tisch mit Plastikgeschirr, das wir aus den Kassen der beiden Obdachlosenheime bezahlt haben. Wer mitessen möchte, nimmt sich ein Gedeck und geht weiter, um das Essen auszuwählen, auf das er Lust hat.

Der Stand der Obdachlosen bildet den Auftakt mit Brot, Fetakäse, Oliven und Tyropitta.

Unter dem großen Transparent haben wir den Kochtopf mit der Bohnensuppe aufgebaut, dahinter steht Adriani mit dem Schöpflöffel.

»Heb mir einen Teller davon auf«, sage ich zu ihr.

»Du kommst sowieso erst später an die Reihe. Die hier ist nicht für dich bestimmt«, erwidert sie.

Neben Adriani und unter dem kleineren Transparent steht Berkas' Frau. Sie serviert die Riesenbohnen, während seine Schwester die Verteilung der Spinatpitta übernommen hat. Zwischen den beiden steht Berkas.

»Auf dich wartet eine Überraschung«, meint er zu mir, während mich seine Frau anlächelt.

»Was für eine Überraschung?«

»Du wirst schon sehen.«

Dann komme ich zu Léopold. Neben ihm steht eine Afrikanerin. »Darf ich Ihnen meine Frau vorstellen, Herr Lambros?«, sagt er. »Sie hat das Domoda zubereitet.«

Sie nickt mir freundlich zu, und ich werfe einen Blick auf das Essen. Es besteht aus mehreren Gemüsesorten und

Soße: ein klassisches Armengericht. Egal, wo man isst, arme Leute verwenden stets die gleichen Zutaten.

Boyka haben wir am Ende platziert, damit jeder, der von den Speisen genommen hat, am Schluss die Maismehlbeilage nehmen kann.

»Das hier ist Prosenik und das Kačamak«, erläutert sie mir und deutet auf ein goldgelbes Brot und eine Speise, die wie Bobota, die griechische Maispitta, aussieht.

Der Kreis schließt sich mit dem Ordnungsdienst aus den beiden Obdachlosenheimen, der rasch eingreifen soll, falls es zu Misstönen kommt. Damit hoffen wir, auf einen Einsatz der MAT-Sondereinheit verzichten zu können, die an derselben Stelle wie letztes Mal positioniert ist. Kourtidis hat das Kommando über den Ordnungsdienst. Dervisoglou muss sich, wie mit Charitos abgesprochen, irgendwo außerhalb der Stände aufhalten.

Als ich mich umblicke, ob alles in Ordnung ist, sehe ich, wie Giovanni mit einer großen Schüssel auf seine Frau zugeht.

»Was ist das?«, frage ich.

»Die Überraschung«, antwortet Berkas. »Panzanella, das Armenessen aus Italien.«

»Zubereitet aus eingeweichtem altem Brot, Knoblauch, Zwiebeln, Tomaten, Basilikum, Gurke und Olivenöl«, fügt seine Schwester Angeliki hinzu.

»Was für eine schöne Überraschung!«, sage ich freudig zu Giovanni, und seine Frau übersetzt ihm meinen Kommentar.

Als sich der Platz mit Menschen füllt, muss ich an die früheren Versammlungen denken, als wir die Leute noch einzeln abzählten. Männer und Frauen jeden Alters treten herbei, mustern zunächst neugierig die Speisen, greifen dann nach Tellern und Besteck und drehen eine Runde. Ein Mann holt sich bei Adriani Bohnensuppe und fragt, wie viel es kostet.

»Sehen Sie nicht, was hier steht?«, hält ihm Adriani entgegen und deutet auf das Transparent. »Zu Gast bei den Armen: Man muss doch nicht bezahlen, wenn man eingeladen ist!«

Ein paar Leute haben sich vor Giovannis Gericht versammelt und rätseln, was es sein könnte.

»Das ist das italienische Armenessen. Es besteht aus denselben Dingen, die arme Leute auch in Griechenland essen«, erklärt ihnen Angeliki. »Altes Brot, Knoblauch, Zwiebeln, Tomaten, Basilikum und Olivenöl.«

»Es schmeckt absolut köstlich!«, ruft eine Frau, nachdem sie davon gekostet hat.

Andere sind vor Léopolds Stand stehen geblieben und probieren vom Domoda. Einer ruft begeistert aus: »Ein Hoch auf das Armenessen! Das schmeckt doch am allerbesten.«

Erfreulich ist, dass sich die Besucher überall Kostproben holen. Die einen füllen ihren Teller mit einem bisschen von allem, die anderen probieren erst das eine Gericht und holen sich dann das nächste.

Als ich zu Kourtidis will, um den weiteren Verlauf der Veranstaltung zu besprechen, betritt eine Gruppe Migranten den Platz. Sie greifen sich Teller und klappern damit die Essensstände ab. Am Schluss hat jeder einen ganzen Berg auf dem Teller. Ein paar haben Plastiktüten dabei und stopfen auch da Essen hinein. Sofort gehe ich auf sie zu.

»Das geht so nicht«, sage ich zu ihnen. »Ihr könnt euch nehmen, so viel ihr wollt, aber mitnehmen dürft ihr das Essen nicht. Wenn das alle machen, bleibt nichts mehr für die, die nach euch kommen.«

Sie blicken mich an und wechseln ein paar Worte in einer mir unverständlichen Sprache. Danach leeren sie den Inhalt der Tüten auf ihre Teller und essen weiter.

»Guten Appetit!«, rufe ich ihnen zu und kehre zu unserem Ordnungsdienst zurück. Ich bitte Kourtidis, ein paar Leute loszuschicken, um die Plastiktüten einzusammeln.

Aber sie kommen nicht dazu, denn aus der Eolou-Straße fällt plötzlich eine ganze Horde Männer ein. Sie sind unterschiedlich alt, aber allesamt kräftig gebaut, und einige tragen Schlagstöcke bei sich. Drohend nähern sie sich den Migranten, die ihnen ängstlich entgegenblicken.

»Ausländer raus, sonst schlagen wir alles kurz und klein!«, ruft einer und fuchtelt drohend mit dem Schlagstock.

»Das Essen ist für die griechischen Armen. Der Islam wird hier nicht aufgepäppelt!«, ruft ein Zweiter.

Der Dritte spricht die Migranten direkt an. »Wenn ihr eure Armen durchfüttern wollt, dann geht zurück, wo ihr hergekommen seid, und kocht dort!«

Ich sehe, wie Kourtidis und der Ordnungsdienst einen Schutzwall um die Migranten bilden.

»Da müsst ihr erst mal uns verprügeln!«, sagt er zu den Unruhestiftern.

»Du willst wohl eins auf die Mütze, du Penner?«, ruft der Erste.

»Die haben ganz recht!«, ruft jemand aus der Menge derjenigen, die schon am Essen sind. »Nicht genug, dass sie ungerufen zu uns kommen, sollen wir jetzt auch noch den letzten Bissen Brot mit ihnen teilen?«

Auf einmal ertönt Adrianis Stimme. »Der letzte Bissen Brot ist für alle gedacht«, ruft sie den Randalierern zu. »Das haben unsere Mütter in den Armenvierteln früher auch so gehalten. Sie haben ihn untereinander geteilt. Wenn ihr das Armenessen probieren wollt, seid ihr herzlich eingeladen!«

»Benvenuti!«, höre ich Giovannis Stimme.

Die Schlägertypen sind ganz aus dem Konzept gebracht und verstummen. Erst eine Frau und dann ein Italiener haben ihre blind nachgeplapperten Sprüche entlarvt. In die verlegene Stille hinein platzt ein Fünfertrupp der MAT-Sondereinheit.

»Das hier ist eine friedliche Kundgebung. Wollt ihr sie stören?«, fragt einer der Sonderpolizisten harsch.

»Ihr seid zum Essen eingeladen worden und wollt diese schöne Geste böswillig ausschlagen?«, schließt sich ihm ein weiterer an.

»Damit erreicht ihr nur, dass sich die Menschen ängstigen und wir euch hopsnehmen«, sagt ein Dritter.

»Also, zieht ihr in Ruhe wieder ab oder soll sich das hier in ein Schlachtfeld verwandeln? Dann steht ihr aber als Spielverderber da!«, meint der Erste.

Die Radaumacher blicken sich unentschlossen um. Von allen Seiten schlägt ihnen schweigende Ablehnung entgegen. Als keiner für sie das Wort ergreift, treten sie den Rückzug an. Die Sonderpolizisten blicken ihnen nach, bis sie verschwunden sind, und wenden sich dann zum Gehen.

»Wollen Sie nicht bleiben? Sie sind unsere Gäste«, sage ich zu ihnen.

»Wir sind im Dienst. Aber wenn Sie uns etwas aufheben, freut uns das sehr«, erwidert der Erste mit einem Lächeln.

Nachdem sie abgezogen sind, gehe ich zu Adriani. »Bravo, Adriani, denen hast du aber Paroli geboten!«, sage ich zu ihr.

»Ich konnte nicht anders. Ungerechtigkeit ertrage ich nicht!« In ihrer Stimme schwingt immer noch Empörung.

»Wir stehen auf eurer Seite«, sagt ein Passant, der unser Gespräch mit angehört hat. Das ist das schönste Lob für mich.

Die Leute kehren zum Essen zurück, als wäre nichts geschehen. Im Stillen danke ich Dervisoglou, dass er seine Aufgabe so gut wahrnimmt.

Die Stände bleiben bis zum späten Nachmittag gut besucht. Die meisten kommen aus purer Neugier und gehen satt und begeistert wieder fort. Am Schluss brauchen wir fast zwei Stunden, um die Stände wieder abzubauen.

Adriani schlägt mir vor, uns abends bei Katerina zu treffen. Mir ist klar, dass sie über die Kundgebung reden will, und ich sage zu. Sie macht sich auf den Weg zu ihrem Enkel, und alle anderen – bis auf Kourtidis – gehen zum Obdachlosenheim. Er müsse zu seinem Professor in die Sprechstunde, erklärt er mir. Stattdessen kommt Berkas mit ins Asyl.

Ich bin hundemüde, und mein einziger Wunsch ist, mich hinzulegen. Aber mir ist bewusst, dass ich mich jetzt nicht einfach verziehen kann, wo alle so begeistert sind.

»Ich gebe zu, mit einem so durchschlagenden Erfolg habe ich nicht gerechnet«, sagt Stelios. »Als du die Veranstaltung mit dem Essen vorgeschlagen hast, hatte ich Angst, wir bleiben ganz unter uns. Aber es war irrsinnig viel los!«

»Auch die Polizisten waren total in Ordnung«, bemerkt

Berkas. »Als sie auf den Platz kamen, dachte ich schon, sie wollten die Kundgebung auflösen. Aber sie haben einfach ohne die geringste Gewaltanwendung die Faschos vertrieben.«

Da ich nicht ausplaudern möchte, dass alles mit Charitos abgesprochen war, flüchte ich mich ins Theoretische. »Sie haben die Leute vertrieben, die die öffentliche Ordnung stören wollten. Wir haben uns wie friedliebende Bürger verhalten«, erläutere ich ihm.

»Ihr italienischer Schwager ist unschlagbar!«, meint Anna zu Berkas. »Zusammen mit Frau Adriani hat er die Rechtsextremen so verwirrt, dass sie nicht mehr ein noch aus wussten.«

»Und, wo findet die nächste Kundgebung statt?«, fragt Berkas.

»Eile mit Weile«, antworte ich. »Erst müssen wir ein Fazit aus der heutigen Veranstaltung ziehen, und dann sehen wir weiter.«

Ich bin am Ende meiner Kräfte, und heute Abend steht noch der Besuch bei Katerina an. »Ich glaube, wir sollten uns jetzt ein bisschen ausruhen. Das haben wir alle nötig.«

Als niemand einen Einwand äußert, gehe ich und lege mich kurz aufs Ohr.

32

Es gibt zwei Möglichkeiten: Entweder hat Symeonidis die Schwierigkeiten übertrieben, oder wir haben Glück. Knapp vierundzwanzig Stunden nach unserem Treffen kündigt er mir am Telefon neue Ergebnisse an.

»Kann ich mein Ermittlungsteam mitbringen?«, frage ich.

»Sicher, ich serviere auch Kaffee.«

Wenn du uns gute Neuigkeiten servierst, denke ich, bringt mir das wesentlich mehr.

Wir brechen mit zwei Dienstwagen auf, da ich auch Koula dabeihaben möchte, falls eine Internetrecherche nötig wird.

Symeonidis empfängt uns mit Handschlag und einem zufriedenen Lächeln.

»Du hast doch gemeint, es würde länger dauern. Aber jetzt habt ihr sie quasi über Nacht aufgespürt«, sage ich.

»Tja, manchmal spielt der Zufall völlig unerwartet mit.« Er zieht seine aufgeschlagenen Unterlagen zu Rate. »Naima Nihal war, wie wir vermutet haben, Studentin, aber nicht an einer Universität«, meint er.

»Wo dann?«, fragt Dermitsakis.

»An einer Musikhochschule. Sie hat in London Musik studiert.«

Dervisoglou nimmt zur nächstliegenden Erklärung Zuflucht. »Dann könnten sie sich an der Musikhochschule kennengelernt haben.«

Symeonidis geht erneut seine Unterlagen durch. »An diesem Institut gibt es nur drei griechische Studenten, aber keine einzige Studentin aus Griechenland.«

»Wo haben sie sich dann getroffen?«, fragt sich Dermitsakis.

Symeonidis zuckt mit den Schultern. »Irgendwo in der Riesenmetropole London, auf einer Party oder bei einem Rockkonzert. Es könnte überall gewesen sein.«

Entweder hat die Komplizin des Mörders mehr Glück als Verstand, oder sie ist gewiefter als ein Profi des organisierten Verbrechens.

Symeonidis unterbricht meine Gedanken. »Da gibt es noch etwas«, sagt er. Wir blicken ihn erwartungsvoll an. »Die Nihal lebt nicht mehr in London.«

»Hat sie ihr Studium beendet?«, fragt Askalidis.

»Nein, sie hat es abgebrochen und ist nach Nigeria zurückgekehrt.«

»Das erklärt zumindest, wie unsere griechische Mittäterin an das Handy gekommen ist. Vor der Abreise hat es die Nihal in ein Prepaid-Handy umgewandelt und ihr überlassen«, schlussfolgert Koula.

»Könnten wir nicht herauskriegen, an welchen Londoner Hochschulen Griechen eingeschrieben sind? Vielleicht machen wir sie auf diesem Weg ausfindig«, meint Askalidis.

»Wie denn? Wir kennen weder ihren Namen, noch haben wir ein Foto«, erläutert ihm Dervisoglou.

»Wer sagt uns denn, dass sie studiert hat? Sie kann in

London auch einfach gejobbt haben«, fügt Symeonidis hinzu.

»Das heißt, es gibt schlicht keine Möglichkeit, sie zu finden«, sage ich, um die Diskussion abzuschließen, bevor ich völlig entnervt bin.

»So ist es leider«, bekräftigt Symeonidis, und wie zum Trost fügt er hinzu: »Da haben wir wohl aufs falsche Pferd gesetzt.«

Mit leeren Händen kehren wir an die Dienststelle zurück. Keiner äußert auf der ganzen Fahrt auch nur ein Wort. Alle sind in trübe Gedanken versunken.

Niedergeschlagen und frustriert sitze ich an meinem Schreibtisch. Ich bin drauf und dran, aufzugeben. Der Mörder wird uns wohl durch die Lappen gehen. Nach all den langwierigen Ermittlungen haben wir weder die Tatwaffe noch Fingerabdrücke in der Hand. Wir sind nicht einmal in der Lage, die Mittäterin zu identifizieren.

Ich brauche dringend eine Pause und eine Ablenkung von dem quälenden Mordfall. Ich rufe Dervisoglou zu mir, um zu erfahren, wie die Veranstaltung und Speisung der Armen lief. Zudem hoffe ich auf einen gemütlichen Abend bei Katerina. Zwar würde ich am liebsten direkt nach Hause fahren, doch ich denke, dass mein Enkel und die Gesellschaft der anderen meine Stimmung aufhellen werden.

Der Bericht von Dervisoglou fällt positiv aus. Die Kundgebung war gut besucht, die Besucher haben das Essen genossen, und die MAT-Sondereinheit hat die Provokateure vertrieben, die bei solchen Anlässen zu erwarten sind.

Bei Katerina zu Hause beglückt mich der Anblick unseres Enkels. Er wird immer selbständiger und erkundet mittlerweile alle Winkel des Wohnzimmers. Die ganze Familie inklusive seines Namensvetters applaudiert ihm und ermuntert ihn zu weiteren Expeditionen.

»Jetzt, da dich auch dein Opa bewundert hat, ist es Zeit für das Abendprogramm«, meint Katerina zu ihm und verschwindet mit ihm im Kinderzimmer, während wir anderen im Wohnzimmer sitzen bleiben.

»Gehst du denn gar nicht in die Küche?«, frage ich Adriani. Sonst tut sie das immer, wenn Katerina unseren Enkel füttert und zu Bett bringt.

»Nicht nötig, es ist alles fertig«, erwidert sie.

Obwohl mich Dervisoglou schon informiert hat, möchte ich auch Sissis' Meinung hören. »Wie ist die Kundgebung verlaufen?«, frage ich.

»Überaus erfolgreich!«, schwärmt er. »Es war eine späte Lektion für mich.«

»Was für eine Lektion?«, will Fanis wissen.

»Dass Kundgebungen mit kulinarischem Angebot größeren Erfolg haben. Die Reichen wissen das. Deshalb gibt es nach ihren Versammlungen oder Vorträgen immer ein Büffet. Viele gehen nur deshalb hin, der Vortrag ist ihnen vollkommen schnuppe.«

»Gab es Zwischenfälle?«, frage ich.

»Ach, kaum der Rede wert. Ein paar Schlägertypen wollten die Migranten vertreiben, und deine Leute haben sie mit sanfter Gewalt abgedrängt.«

»Bist du denn zufrieden?«, fragt ihn Adriani.

»Zufrieden? Ich bin überglücklich!«, antwortet er. »Es kamen dreimal so viele Leute wie gedacht.«

»Auch mir hat es sehr gefallen«, gesteht Adriani. »Zum

ersten Mal habe ich so viele Menschen auf einem Fleck gesehen, die in bester Stimmung gemeinsam gegessen haben. Das üble Pack hat mir kurz Angst eingejagt, aber zum Glück haben sie keinen Schaden angerichtet.«

Sissis wendet sich an mich. »Deine Frau ist großartig«, sagt er.

»Ach was!«, protestiert Adriani.

»Wieso meinst du?«, frage ich.

»Noch bevor deine Kollegen eingreifen konnten, hatte sie die Radaubrüder zurechtgestutzt.«

Mir rutscht das Herz in die Hose. Was soll das nun wieder heißen?

»Sie hat ihnen gesagt, setzt euch doch zu uns, und esst mit, statt dass ihr euch aufregt«, erläutert mir Sissis.

Ich atme auf. »Bravo, Adriani. Die Anregung werde ich mir merken«, sage ich zu ihr.

Adriani bekreuzigt sich. »Endlich mal ein Lob von meinem Mann!«, lautet ihr Kommentar.

»Auch der Italiener ist Adriani beigesprungen und hat die Typen in seiner Sprache willkommen geheißen«, ergänzt Sissis.

»Der Italiener war auch da?«, wundere ich mich.

»Ja, und er hat auch ein Armengericht aus seiner Heimat mitgebracht«, erklärt mir Adriani. »Das kam bei den Griechen sehr gut an.« Sie erhebt sich und bleibt, bevor sie aus dem Wohnzimmer tritt, vor Sissis stehen. »Wir haben unsere Art der Arbeitsteilung gefunden.«

Sissis blickt sie an. »Was meinst du?«

»Bei der nächsten Kundgebung hältst du wieder eine Rede, und ich verteile die Teller«, erläutert sie ihm und fügt dann hinzu: »Jedem Tierchen sein Pläsierchen. So halte ich das schon mein Leben lang.« Damit verschwindet sie in die Küche.

Fanis folgt ihr mit dem Blick. »Ihr kann echt keiner das Wasser reichen«, meint er dann zu mir.

»Wem sagst du das!«, antworte ich.

»Das Talent meiner Mutter, den Leuten das Maul zu stopfen, hätte ich auch gern«, bemerkt Katerina, die nun eingetreten ist und den Tisch deckt. »Aber da hilft kein Doktorat und auch keine Juristerei!«

Adriani bringt Fetakäse und Oliven. Das Gespräch und die Kommentare haben mich wiederaufgerichtet, und ich merke, dass ich Hunger habe. Wir nehmen um den Tisch Platz, und gleich darauf erscheint Adriani mit einem Topf Bohnensuppe.

»Bohnensuppe?«, wundert sich ihre Tochter.

»Das ist der Rest der Fassolada, die ich für die Kundgebung zubereitet habe. Die Oliven und der Schafskäse sind vom Stand der Obdachlosen. Damit auch ihr vom Armenessen probieren könnt …«, erläutert sie. Dann fügt sie hinzu: »Zu Gast bei den Armen.«

»Diese Einladung stand auch auf einem der Transparente bei der Kundgebung«, erläutert uns Sissis.

»Die verarmte Mittelschicht hat Riesenbohnen und Spinatpitta mitgebracht, aber keine Souflaki«, stichelt Adriani.

Als wir einige Zeit später aufbrechen, sind meine Sorgen über den Mordfall verflogen. Das verdanke ich auch meiner Frau.

»Du hast es geschafft, sogar die Aufwiegler in die Schranken zu weisen. Hut ab!«, geize ich nicht mit Lob.

Sie wirft mir einen abschätzigen Blick zu. »Pff! Gelten die Aufmunterungen unserer Mütter heute als große Weisheiten?«

Ganz offensichtlich schon.

33

Ich schlummere so tief, dass ich das Klingeln des Telefons überhöre. Aber ich spüre, wie mich Adriani anstupst und ihre Stimme im Schlaf zu mir durchdringt:

»Wach auf, es ist für dich.«

Ich packe den Hörer, aus dem Dermitsakis' Stimme ertönt. »Entschuldigen Sie, dass ich Sie geweckt habe, Herr Kommissar, aber die Notrufzentrale war dran. Anscheinend gibt es ein weiteres Opfer.«

»Wie kommst du darauf?«

»In der Ivis-Straße in Chalandri ist einem Autofahrer ein Mann aufgefallen, der erstochen auf dem Bürgersteig lag. Anfangs dachte er, der Mann sei zusammengeklappt, aber beim Näherkommen sah er, dass er aus einer Wunde am Rücken blutete. Da schrillten bei mir alle Alarmglocken.« Dann fügt er hinzu: »Hoffentlich irre ich mich, und ich habe Sie umsonst aus dem Schlaf gerissen.«

»Schon gut, gib der Spurensicherung und der Gerichtsmedizin Bescheid und schick mir einen Streifenwagen. Ich brauche das gesamte Team. Ist der Zeuge, der ihn gefunden hat, noch vor Ort?«

»Ja, ich habe das Polizeirevier Chalandri gebeten, die Umgebung abzuriegeln und ihn dazubehalten, damit wir ihn befragen können.«

Ich springe auf und greife wahllos nach herumliegenden Kleidungsstücken, binnen fünf Minuten bin ich einsatzbereit. Adriani ist wieder fest eingeschlafen.

Um Zeit zu sparen, begebe ich mich zum Hauseingang und warte unten auf den Streifenwagen. Ich versuche mir weiszumachen, der Mord hätte nichts mit unserem aktuellen Fall zu tun. Aber es gelingt mir nicht recht.

Zum Glück lässt der Streifenwagen nicht lange auf sich warten, und im Nu werde ich zur Ivis-Straße chauffiert. Wie fast alle Nebenstraßen der großen Athener Boulevards liegt sie um diese Zeit ruhig da. Als wir einbiegen, erkenne ich das rote Absperrband auf halber Höhe der Straße.

Die Leiche liegt auf dem Bürgersteig, am Treppenaufgang eines Wohnhauses. Die Hoffnung, es mit einem x-beliebigen Mordfall zu tun zu haben, löst sich beim Anblick der Wunde in Luft auf: Genau wie bei al Fallah und Tsang erfolgte die tödliche Attacke an der linken Schulter.

»Anscheinend wollte der Mörder kein Spielverderber sein. Wir hatten uns doch gewundert, dass es immer noch kein neues Opfer gibt«, flüstert mir Dermitsakis mit einem bitteren Lächeln zu.

Das ganze Team hat sich um mich versammelt. »Wo ist der Zeuge, der ihn gefunden hat?«, frage ich.

»Er sitzt im Streifenwagen«, antwortet Askalidis und deutet auf das querstehende Fahrzeug am anderen Straßenende.

Ich ersuche Dermitsakis, auf die Ankunft der Spurensicherung und der Gerichtsmedizin zu warten, um die Kollegen auf den letzten Stand zu bringen, und gehe zum Streifenwagen.

Auf dem Rücksitz sitzt ein Mann Mitte dreißig. Er wirkt immer noch geschockt. Als ich mich neben ihn setze, wendet er den Kopf nicht um. Sein Blick bleibt starr auf die Windschutzscheibe geheftet.

»Sie haben den Toten gefunden, wurde mir gesagt«, beginne ich.

Er löst den Blick von der Windschutzscheibe und richtet ihn auf mich. »Ja, das ist korrekt.«

»Können Sie mir das Ganze schildern?« Ich merke, wie aufgewühlt er ist, und versuche, ihn zu beruhigen. »Setzen Sie sich nicht unter Druck. Erzählen Sie es in Ihren Worten. Ich möchte einen ersten Eindruck gewinnen, das ist keine offizielle Vernehmung.«

Er entspannt sich etwas. »Ich bin mit dem Auto hier entlanggefahren, weil ich zum Pentelis-Boulevard und nach Vrilissia wollte. Plötzlich habe ich einen Mann gesehen, der auf dem Bürgersteig auf dem Bauch lag. Ich dachte sofort an einen Herzinfarkt oder Schlaganfall und habe angehalten, um ihm zu helfen. Als ich bei ihm war, habe ich die Wunde am Rücken gesehen und überall Blut.« Er hält inne, um seine Erregung unter Kontrolle zu bringen und tief durchzuatmen. »Ich habe sofort den Notruf gewählt. Das ist alles.«

»Wissen Sie noch, wie spät es ungefähr war?«

Er überlegt kurz. »Genau kann ich es nicht sagen, aber ich bin kurz vor zwölf bei Freunden losgefahren. Also muss es gegen Mitternacht gewesen sein.«

»Gut. Ist Ihnen sonst noch etwas aufgefallen?«

Er schüttelt den Kopf.

Ich wende mich an den Kollegen, der am Steuer des Streifenwagens sitzt: »Haben Sie die Personaldaten des Zeugen aufgenommen?«

»Ja, Herr Kommissar, Vor- und Zuname, Adresse, Handynummer.«

»Dann können Sie jetzt gehen. Wir laden Sie zur offiziellen Befragung vor, aber nicht mehr heute Nacht.«

»Ich nehme mir ein Taxi. Ich kann jetzt nicht fahren.«

Ich lasse ihn im Streifenwagen nach Hause bringen und kehre zu meinen Mitarbeitern zurück. In der Zwischenzeit sind Dimitriou von der Spurensicherung sowie Gerichtsmediziner Stavropoulos eingetroffen, der sich gerade über die Leiche beugt.

»Exakt wie die zwei vorherigen Morde!«, meint er und bestätigt meinen eigenen Eindruck. »Aber wie es scheint, hat der Täter inzwischen mehr Erfahrung.«

»Wieso?«

»Er hat ihn mit einem einzigen Messerstich getötet. Mehr war nicht nötig.«

»Der Augenzeuge hat mir berichtet, er hätte ihn gegen Mitternacht gefunden«, sage ich.

»Um die Zeit muss auch der Mord passiert sein. Das Blut ist noch frisch.«

Mittlerweile sind die Nachbarn aus dem Wohnhaus und weitere Anwohner auf ihre Balkone und an die Fenster getreten.

Dimitriou lässt seine Mitarbeiter den Toten auf den Rücken drehen, um ihn zu durchsuchen. Da ertönt der erschrockene Aufschrei einer Frau.

»Aber das ist doch Spyros …! Jesus und Maria, Spyros Kaliassis!«

Der Name sagt mir sofort etwas. Es ist der Verfasser der beiden kürzlich erschienenen Artikel. Der eine, den mir Fanis gegeben hat, handelte von Investitionen und der andere, den Sissis mir gegenüber erwähnt hat, von den Armen. Offenbar hat der Mörder sie gelesen und wollte ihn zur Rechenschaft ziehen.

Dimitriou zeigt mir Kaliassis' Ausweis und Portemonnaie. »Wir sind fertig, alles Weitere überlassen wir der Gerichtsmedizin.«

Sanitäter und Krankenwagen stehen für den Abtransport der Leiche bereit.

»Morgen habe ich den Obduktionsbericht fertig, aber es wird nichts Aufregendes drinstehen«, meint Stavropoulos. »Wenn Sie sich die Berichte zu Tsang und al Fallah vornehmen, wissen Sie im Grunde schon alles.«

Während ich auf die Abfahrt des Krankenwagens warte, sage ich zu Askalidis: »Finden Sie mir im Wohnhaus einen Nachbarn, der das Auto des Opfers identifizieren kann, damit Dimitriou es ins Labor mitnehmen kann.«

Kurz darauf kehrt Askalidis mit einem Fünfzigjährigen zurück, der mit dem Finger auf einen Ford Escort deutet, der vor dem Eingang des Wohnhauses parkt. Dimitriou und sein Team knöpfen sich das Fahrzeug sofort vor.

Bevor der Nachbar kehrtmachen kann, halte ich ihn zurück. »Kannten Sie Kaliassis näher?«, frage ich.

Er zuckt mit den Schultern. »Hm, wie man sich in einem Wohnhaus eben so kennt.«

Ich bitte ihn um seinen Namen und sage dann: »Herr Anastassakis, können wir Ihnen ein paar Fragen stellen?«

»Sicher, kommen Sie. Ich wohne im dritten Stock. Meine

Frau und ich tun jetzt ohnehin kein Auge mehr zu. Nur gut, dass die Kinder schon schlafen, die müssen morgen in die Schule.«

Koula und ich folgen ihm in seine Wohnung. Er führt uns ins Wohnzimmer, wo seine Frau ganz bleich in einem Sessel sitzt, und stellt uns einander vor.

Ich beginne mit den formellen Fragen. »Was war Kaliassis für ein Mensch?«

»Ein ruhiger Einzelgänger«, antwortet Anastassakis. »Unseres Wissens war er geschieden. Seine Frau ist Deutsche und lebt mit der Tochter jetzt in Deutschland.«

»Wissen Sie vielleicht, für welche Medien er tätig war?«, frage ich.

Anastassakis' Frau blickt überrascht auf, als sie die Frage hört. »Medien? War Kaliassis denn Journalist?«

»Nein«, erwidert ihr Mann und wendet sich dann an mich. »Kaliassis hat immer wieder Artikel im Internet gepostet. Ab und zu hat er auch für Zeitungen geschrieben, aber er war kein Berufsjournalist.«

Jetzt bin ich an der Reihe, mich zu wundern. »Was war er dann?«

»Anlageberater«, lautet die Antwort. »Meines Wissens hat er mit verschiedenen Unternehmen zusammengearbeitet, er hat Investitionsprogramme ausfindig gemacht und den Kontakt zu Finanzberatern und Kapitalanlegern aus dem Ausland hergestellt. Die Veröffentlichung der Artikel war nur ein Zweitjob oder Nebenerwerb. Soweit ich weiß, hat er auch mit der Industriellenvereinigung kooperiert.«

Meine ursprüngliche These griff zu kurz. Der Mörder hatte es nicht auf den Journalisten abgesehen, sondern auf den Anlageberater, da er ihn für einen Marktschreier hielt, der Investoren anlockt.

»Wissen Sie, wo Kaliassis sein Büro hatte?«, frage ich Anastassakis.

»Er hat, wenn mich nicht alles täuscht, hauptsächlich online von zu Hause aus gearbeitet. Wenn potentielle Anleger aus dem Ausland kamen, wird er sich wohl auswärts in einem Lokal oder in einer Firma getroffen haben.«

Ich habe keine weiteren Fragen, bedanke mich bei Anastassakis, und auch Koula klappt ihr Notizbuch zu. Wir gehen wieder nach unten, wo Dimitriou und das Team der Spurensicherung noch immer mit Kaliassis' Wagen beschäftigt sind.

»Wo sind die anderen?«, frage ich ihn.

»Sie gehen von Tür zu Tür und hoffen, dass sich daraus irgendetwas ergibt«, antwortet er.

»Lag etwas Interessantes im Wagen?«

»Nur der Führerschein und ein Umschlag mit ausgedruckten Seiten. Wir nehmen das Auto mit ins Labor, aber ich glaube nicht, dass es noch andere Spuren gibt. Der Mord ist draußen passiert, daher werden wir keine Fingerabdrücke finden.«

»Wir sind also vollkommen auf Sie und die Abteilung für Internetkriminalität angewiesen, das ist Ihnen klar«, sage ich zu Koula. »Sie werden laufend Kontakt zu den dortigen Mitarbeitern halten.«

»Das Gute ist, dass wir alles im Internet finden und nicht von Tür zu Tür laufen müssen«, erwidert sie.

Gleichzeitig sehe ich, dass Dermitsakis aus dem Nachbarhaus tritt und auf mich zukommt. »Ich habe mit einem älteren Ehepaar gesprochen, das im Erdgeschoss wohnt. Sie sollten mit eigenen Ohren hören, was sie zu sagen haben.«

Ich folge ihm ins Wohnhaus, wo er an der Tür der rechten Erdgeschosswohnung klingelt. Eine Frau um die achtzig öffnet.

»Frau Dimitra, ich möchte, dass Sie dem Herrn Kommissar bitte wiederholen, was Sie mir schon erzählt haben«, sagt Dermitsakis zu ihr.

Die alte Frau führt uns wortlos ins Wohnzimmer, wo ein noch älterer Mann sitzt.

»Vlassis, er möchte, dass wir alles noch mal von vorn erzählen, damit es auch sein Chef hört«, erläutert sie ihrem Mann. »Das hat man davon, wenn man alt ist, nicht schlafen kann und keine Schlaftabletten nimmt.«

»Wir haben hier gesessen und Tavli gespielt«, beginnt der Mann und deutet auf die Backgammon-Kassette, die aufgeklappt auf einem Tischchen zwischen den beiden Sesseln liegt. »Plötzlich hörten wir eine Frau schreien: ›Lass mich, schämst du dich nicht?‹ Und dann noch mal: ›Lass mich in Ruhe, sonst wecke ich das ganze Viertel auf!‹ Das war alles. Danach war es still. Dimitra wollte ans Fenster gehen und nachschauen, was los ist, aber ich habe sie zurückgehalten. Ab einem gewissen Alter erschrickt man ja vor seinem eigenen Schatten.«

»Und war da noch etwas? Haben Sie weitere Stimmen oder irgendein Geräusch gehört?«, frage ich den Mann.

»Ich nicht, aber meine Frau.«

»Kurz darauf habe ich gehört, wie ein Motorradfahrer Gas gegeben hat, aber nicht weiter darauf geachtet.«

»Du hast etwas übersprungen«, korrigiert sie ihr Mann. »Du hast gesagt, du hättest zuerst noch ein Lied gehört.«

»Ach, ja. Ein bekanntes Lied von Grigoris Bithikotsis. ›Hungerleider, Habenichtse – in jedem Lied besing ich euch.‹ Gleich darauf hörte ich das Motorrad.«

»War das ganze Lied zu hören?«, fragt Dermitsakis.

»Nein, nur der Anfang. Dann wurde das Motorrad gestartet.«

»Vielen Dank. Ihre Auskünfte helfen uns sehr«, sage ich.

»Was ist eigentlich passiert?«, wundert sich die Frau. »Was haben das Lied und das Motorrad mit dem armen Toten zu tun?«

»Seien Sie froh, dass Sie es nicht wissen. Sonst würden Sie Ihre Schlaflosigkeit gar nicht mehr los«, meint Dermitsakis zu ihr.

Als wir wieder ins Treppenhaus treten, bitte ich Dermitsakis, in den anderen Apartments nachzufragen, ob jemand ein Pärchen oder einen Mann und eine junge Frau getrennt voneinander in der Ivis-Straße gesehen hat.

Eine halbe Stunde später kehren alle unverrichteter Dinge zurück. Außer normalen, unauffälligen Passanten hat niemand irgendetwas bemerkt.

»Vorläufig können wir hier nichts weiter tun«, sage ich. »Fahren wir zur Teamsitzung auf die Dienststelle und schauen wir, welche ersten Schlüsse wir ziehen können.«

Das Schauspiel ist vorbei, und das Publikum hat sich in seine Wohnungen zurückgezogen.

34

Unser nächtlicher Ausflug endet in meinem Büro. Der enorme Druck, der auf uns lastet, vertreibt unsere Müdigkeit.

»Vor so einer Dreistigkeit bleibt einem die Spucke weg«, bemerkt Dermitsakis. »Nur Dilettanten ignorieren dermaßen jede Gefahr!«

»Mir kommen sie absolut nicht wie Dilettanten vor«, erwidert Koula.

»Es ist ja oft so, dass uns unbescholtene Bürger, die plötzlich ein Verbrechen begehen, als wäre es ein Spiel, am meisten zu schaffen machen«, sage ich. »Hier haben wir es mit so einem Fall zu tun. Die Täter haben die Straße beobachtet und festgestellt, dass sie nachts unbelebt ist, da der Hauptverkehr über den Pentelis-Boulevard läuft. Nachdem der Wagen des Opfers eingetroffen war, inszenierten der Mörder und seine Komplizin einen sexuellen Übergriff. Offenbar stieg das Opfer aus, um der jungen Frau zu Hilfe zu kommen. Sie hat ihn in ein Gespräch verwickelt, so dass der Täter ihn erstechen konnte. Danach haben sie eine Liedstrophe abgespielt, um der Tat ihren Stempel aufzudrücken, sind aufs Motorrad gesprungen und verschwunden.«

»Ein Motorrad ist ja auch beim Besuch von al Fallah in Skaramangas aufgetaucht!«, bemerkt Askalidis.

»Genau, bloß ausfindig machen können wir es nicht. Nachdem wir mit der Komplizin auf keinen grünen Zweig gekommen sind, kann man davon ausgehen, dass das Motorrad dem Mörder gehört.«

»Okay, aber woher wusste der Täter, der Kaliassis aufgelauert hat, dass er erst so spät nach Hause kommen würde?«, wundert sich Dermitsakis. »Er kann sich ja nicht jeden Abend dort herumgetrieben haben. Dann hätte ihn doch irgendjemand bemerkt – wie er da allein oder zusammen mit seiner Komplizin herumlungert.«

»Ich glaube, die Antwort finden wir online«, wirft Koula ein. »Entweder in seinen eigenen Posts oder aus anderen Informationsquellen. Ob er an dem Tag aufgrund eines Meetings oder einer anderen Abmachung erst so spät nach Hause gekommen ist, werden wir mit Sicherheit in den sozialen Medien zurückverfolgen können.«

»Gut, dann lasst uns sehen, wie wir weiter vorgehen«, sage ich. »Morgen früh fahrt ihr zur Ivis-Straße und nehmt euch die umliegenden Kioske und Läden vor. Ich teile Dermitsakis' Einschätzung, aber wir vergeben uns nichts, wenn wir nachhaken, ob jemand den Mörder oder seine Mittäterin herumspazieren sah. Koula bleibt im Büro und geht Kaliassis' Bewegungen im Internet nach.«

Ich blicke auf meine Uhr. Es ist schon nach fünf. Mein erster Impuls ist, im Büro zu bleiben und hier ein Nickerchen zu machen. Doch dann denke ich, dass mir kraftraubende Rennereien bevorstehen und ich ausgeruht sein sollte.

Derselbe Streifenwagen wie vorhin bringt mich in wenigen Minuten nach Hause. Adriani schläft nach ihrem erfolgreichen Auftritt bei der Kundgebung den Schlaf der Gerechten. Ich lege mich neben sie und tauche auf der Stelle ins Reich der Träume.

Als ich die Augen aufschlage, ist es bereits neun. Adriani sieht, dass ich wach bin, und tritt ins Schlafzimmer.

»Na, wieder munter?«, fragt sie. »Wann bist du zurückgekommen?«

»So gegen halb sechs.«

»Ich mache dir gleich einen Kaffee, ich wusste ja nicht, wann du aufwachst.«

Als ich in die Küche komme, steht der Mokka bereit. Obwohl ich mir gern Zeit dafür nehmen würde, kippe ich ihn hinunter, denn ich bin schon spät dran und muss los.

Meine Verspätung fordert ihren Tribut, denn inzwischen herrscht dichter Verkehr. Als ich endlich im Präsidium ankomme, hole ich mir in der Cafeteria gleich noch mal einen Kaffee und mein übliches Croissant. Ich eile hinauf in mein Büro, wo Stella mir ausrichtet, dass Koula mich sprechen will.

»Wann sind Sie ins Büro gekommen?«, frage ich Koula, als sie eintritt.

»Ich war gar nicht weg. Mir hat die Frage keine Ruhe gelassen, woher die Täter wissen konnten, dass Kaliassis erst so spät nach Hause kommen würde. Und ich hab's herausgefunden!«, fügt sie stolz hinzu.

»Ja, und wie?«

»Gestern fand eine Veranstaltung der Industriellenvereinigung statt, bei der Kaliassis zusammen mit ausländischen Interessenten für Kapitalanlagen in Griechenland aufgetreten ist. Anschließend war ein Empfang geplant. Offenbar hat der Mörder die Ankündigung gelesen und sich ausgerechnet, wann Kaliassis in etwa zu Hause sein würde.«

»Bravo, Koula!«, sage ich begeistert. »Jetzt wissen wir, wie der Mörder zu seinen Informationen kam.«

»Dann mache ich jetzt weiter«, sagt sie freudig.

»Moment, lassen Sie mich erst noch Vellidis' Meinung einholen. Dann sprechen wir uns wieder.«

Bevor ich Vellidis zu mir bitte, rufe ich den Vizepolizeipräsidenten an.

»Dann haben wir uns also zu früh gefreut, und es gibt doch noch ein drittes Opfer …«, stellt er lakonisch fest.

Er hört sich meinen ausführlichen Bericht und die Fakten an, die mir Koula geliefert hat. Dann folgt sein galliger Kommentar: »Es ist zwar ein Alptraum, aber ich bin fast froh, dass das Opfer Grieche ist. Damit bleiben uns wenigstens Scherereien mit ausländischen Behörden erspart.«

Im Anschluss an das Gespräch bestelle ich Vellidis zu mir, der mit einem mitfühlenden Lächeln eintritt. »Du tust mir leid. Was für ein Schlamassel!«

»Du steckst ja auch mit drin.«

An die Stelle des Mitgefühls tritt Staunen. »Wieso?«

Ich erkläre ihm detailliert, womit sich Kaliassis beruflich beschäftigt hat. »Ich möchte, dass du seine Aktivitäten und Kontakte im Internet überprüfst. Der Mörder selbst befindet sich vermutlich nicht unter Kaliassis' Kontaktpersonen und Bekanntschaften, aber es könnte jemand darunter sein, der uns einen hilfreichen Hinweis gibt. Wenn deine Mitarbeiter weitere Informationen brauchen, sollen sie sich an Koula wenden.«

Kaum macht Vellidis die Tür hinter sich zu, kommt mir

eine Idee. Ich rufe Koula an. »Kaliassis hat vor ein paar Tagen einen Artikel publiziert, den ich zufällig gelesen habe. Aber ich erinnere mich nicht mehr, in welcher Zeitung. Können Sie das für mich herausfinden?«

»Wie lange liegt die Publikation zurück?«

»Eine knappe Woche.«

Sissis' Anruf verkürzt mir die Wartezeit.

»Stimmt es, dass der Autor der beiden Artikel, über die wir gesprochen haben, umgebracht wurde?«, fragt er.

»Ja, gestern um Mitternacht.«

Es folgt eine Pause. »Glaubst du, einer von uns könnte seine Texte gelesen oder davon gehört haben?«, fragt er gepresst.

»Möglich, aber genauso gut jeder andere. Außerdem ist das nicht der erste Mord, den der Täter begangen hat. Er hat vor Kaliassis noch zwei weitere umgebracht, einen Saudi und einen Chinesen«, sage ich zu seiner Beruhigung.

Wieder schweigt er, bevor er fragt: »Meinst du, wir sollten auf weitere Kundgebungen verzichten?«

»Nicht für immer, aber in nächster Zeit schon. Einfach, damit kein Schlaumeier daherkommt und herumposaunt, dass der Mörder aus euren Reihen kommt. Warte einfach, bis ich dir Bescheid gebe, wann ihr die Veranstaltungen wiederaufnehmen könnt.«

»Sollte ich mich vielleicht zurückziehen?«

»Warum solltest du?«, frage ich überrascht.

»Weil ich seit je vom Pech verfolgt bin«, erwidert er und legt auf.

Ich verstehe seine Verbitterung. Aber angesichts der derzeitigen Lage wäre eine Kundgebung zu riskant.

Koula gibt mir Namen und Telefonnummer der Zeitung durch, die Kaliassis' Artikel veröffentlicht hat. Es handelt sich um ein Wirtschaftsblatt mit Sitz in Piräus.

Das Eintreffen unseres Ermittlertrios bremst meinen Elan. An ihren hängenden Mundwinkeln kann ich ablesen, dass sie nichts erbeutet haben.

Dermitsakis fasst das Ergebnis zusammen. »Fehlanzeige! Kein einziger Laden- oder Kioskbesitzer hat einen Mann oder eine Frau bemerkt, die Kaliassis' Wohnhaus beobachtet hätten.«

»Als wir den Kioskbesitzer fragten, ob er einen Motorradfahrer bemerkt hat, der wiederholt aufgetaucht ist, hat er nur gelacht. ›Motorradfahrer gibt's hier wie Sand am Meer‹, meinte er. ›Wie soll mir da einer auffallen?‹«

»Okay, das war zu erwarten«, tröste ich sie. »Aber zumindest sind unsere Ermittlungen am Tatort abgehakt.«

Nachdem sie mein Büro verlassen haben, rufe ich in der Zeitungsredaktion an. Der Chefredakteur heißt Loudaris.

»Sie haben bestimmt mitbekommen, dass Spyros Kaliassis, ein Mitarbeiter Ihrer Zeitung, gestern ermordet wurde«, sage ich, nachdem ich mich vorgestellt habe.

»Ja sicher, ich stehe noch unter Schock«, erwidert er.

»Ich wollte mich mit Ihnen treffen, um ein paar Fragen zu besprechen.«

»Gern, aber erhoffen Sie sich nicht zu viel. Kaliassis hat unsere Redaktion nie betreten. Um es noch deutlicher zu sagen: Ich habe ihn persönlich nie zu Gesicht bekommen.«

»Aber er war doch einer Ihrer Mitarbeiter«, sage ich verblüfft.

»Wenn ich mich recht erinnere, hatte er uns mal einen

Artikel geschickt, den wir publiziert haben. Daraufhin schickte er uns regelmäßig Beiträge. Wir haben uns ausschließlich online miteinander verständigt. Deshalb habe ich weder einen persönlichen Eindruck von dem Verstorbenen, noch kenne ich sein Privatleben. Ich weiß nur, dass er Anlageberater war. Die journalistische Tätigkeit war gewissermaßen eine Begleiterscheinung seiner beruflichen Aktivitäten.«

Wie soll man Auskünfte über jemanden einholen, den nicht einmal der Chefredakteur der Zeitung kannte, die seine Texte publizierte? Uns bleibt nur die Hoffnung, dass Vellidis und Koula im Netz fündig werden.

Ich blicke auf meine Uhr. Obwohl erst mein halber Arbeitstag um ist, fühle ich mich erschöpft. Das Schlimme ist, dass ich nicht weg kann, weil mir noch eine Besprechung mit dem Polizeipräsidenten oder gar mit dem Minister ins Haus stehen könnte.

Heute Abend werde ich auf einen Besuch bei meinem Enkel verzichten und nach Dienstschluss direkt nach Hause fahren, um mich gründlich auszuschlafen.

35

Ich komme mir vor wie ein Politkommissar, der eine Parteilinie vorgibt, die keinem in den Kram passt. Alle fallen über mich her.

»Du hast diese großartige Bewegung ins Leben gerufen und willst jetzt abspringen? Ich bin sprachlos!«, ruft Berkas erbost.

Auch Stelios ist mir keine Stütze. »Ich muss zugeben, ich verstehe es auch nicht. Wenn irgendein durchgeknallter Typ Kaliassis umbringt, dann tut er es doch nicht wegen unserer Bewegung! Sondern weil er außer sich ist vor Wut, dass Kaliassis die Armen missachtet. Die beste Antwort darauf ist weiterzumachen, damit die Leute sehen, dass wir mit friedlichen Mitteln kämpfen.«

Ich habe zunächst nur Griechen zur Besprechung eingeladen und die Migranten außen vor gelassen. Denn ich befürchte, das Thema könnte die Zuwanderer in ihr Schneckenhaus zurücktreiben. So fehlen mir Verbündete, denn sie würden bestimmt für einen Aufschub plädieren.

»Fast mein ganzes Leben habe ich auf Kundgebungen und Demonstrationen verbracht«, sage ich zu ihnen. »Dabei habe ich eins gelernt: Selbst wenn man nur indirekt mit einer Sache zu tun hat, die die öffentliche Meinung spalten könnte, vermeidet man am besten alles, was die Leute gegen einen aufbringt. Es gibt bestimmt viele, die uns von der Verantwortung für Kaliassis' Tod freisprechen«, sage ich zu Stelios. »Aber es gibt noch eine andere Front: Die Medien werden hetzerische Artikel schreiben und uns die Schuld in die Schuhe schieben. Und sie werden die Politiker und die Polizei auf ihrer Seite haben.« Ich halte inne und wende mich an Kourtidis, der bislang kein Wort geäußert hat. »Und, was meinst du?«

Er denkt kurz nach. »Einerseits verstehe ich Ihren Standpunkt und gebe Ihnen recht. Andererseits fürchte ich, dass die Aussetzung der Kundgebungen einer Bewegung den Garaus macht, die gerade im Aufwärtstrend liegt.«

Zuckerbrot und Peitsche: Schon wieder habe ich den Eindruck, auf einer Parteiveranstaltung zu sein. Berkas, der sich die unterschiedlichen Meinungen schweigend angehört hat, ergreift erneut das Wort.

»Ich schätze die Ansichten von Herrn Lambros, auch wenn ich sie nicht teile. Ich schlage vor, dass wir die nächste Versammlung allein organisieren. Wenn sich Herr Lambros nicht anschließen möchte, dann respektiere ich seinen Entschluss.«

»Ausgeschlossen!«, rufen Stelios und Kourtidis wie aus einem Mund. »Lambros ist die Seele und die Stimme dieser Bewegung. Er hat sie gegründet und ihr Ansehen verschafft. Wenn Lambros nicht mitmacht, dann kommen wir auch nicht.«

Ich spüre, dass wir auf eine üble Kontroverse zusteuern, und versuche, die Situation zu retten. »Hört zu, es hat keinen Sinn, zu streiten und Zwietracht zu säen. Wir alle wollen, dass es mit unserer Bewegung weitergeht. Warum machen wir nicht einen Tag Pause, um klarer zu sehen, und setzen uns dann wieder zusammen? Schließlich soll ja die nächste Kundgebung nicht schon morgen steigen.«

Nachdem sich die Gemüter beruhigt haben, gehen wir friedlich auseinander. Zuvor kommt Berkas noch auf mich zu und drückt mir die Hand.

»Entschuldigen Sie, dass ich so schroff war«, sagt er. »Sie wissen, wie sehr ich Sie schätze und bewundere. Aber ich glaube einfach, dass es falsch wäre, die wachsende Popularität unserer Bewegung gerade jetzt zu bremsen.«

»Jede politische Bewegung lebt von Dialog und Diskussion«, erwidere ich. Mit meiner eigenen Erfahrung in der Partei halte ich hinter dem Berg, denn das würde zu weit führen.

Ich ziehe mich in mein Zimmer zurück, um kühlen Kopf zu bewahren. Ich verstehe Berkas' und Stelios' Bedenken. Die Entscheidung, vor der wir stehen, ähnelt einem zweischneidigen Schwert. Zögern wir jetzt, da wir immer mehr Zulauf bekommen, die nächste Kundgebung hinaus, laufen wir Gefahr, dass das Interesse abflaut. Organisieren wir aber sofort die nächste Veranstaltung und läuft dabei etwas schief, könnte das der Todesstoß für unsere Bewegung sein.

Aus alledem wird mir klar, dass ich eine zweite Meinung brauche, bevor ich mich endgültig entscheide. Charitos' Standpunkt ist wichtig, aber er ist Polizist, und für seinen Berufsstand haben die Wahrung der öffentlichen Ordnung und die Vermeidung möglicher Ausschreitungen Vorrang. Gut wäre jemand, der mir einen anderen Blickwinkel eröffnet.

Nachdem ich mir eine Weile den Kopf zerbrochen habe, komme ich auf Katerina. Einerseits, weil sie Juristin ist, anderseits, weil sie unsere Initiative gut kennt. Darüber hinaus hat sie dafür gesorgt, dass sich uns auch Migranten angeschlossen haben.

Aber ich möchte die Sache allein mit ihr besprechen und nicht abends bei der ganzen Familie und meinem Namensvetter. Daher kündige ich ihr am Telefon an, dass ich ein dringendes Anliegen hätte.

»Ich habe gerade noch einen Mandanten hier, aber in einer Stunde kannst du vorbeikommen, dann habe ich Zeit.«

Ich gedulde mich noch ein halbes Stündchen, bevor ich den Trolleybus nach Pangrati besteige. Ich vertraue Katerinas Urteil. Die Aussicht auf das Treffen mit ihr beruhigt mich und hilft mir, meine Gelassenheit wiederzufinden.

Als ich ankomme, ist ihr Termin noch nicht zu Ende. Ich setze mich in den Vorraum. Zum Glück wird meine Geduld nicht allzu arg strapaziert. Der Mandant verabschiedet sich, und sie tritt aus der Tür.

»Komm rein, wir können reden«, sagt sie, nachdem wir uns umarmt und Begrüßungsküsschen ausgetauscht haben.

Sie nimmt an ihrem Schreibtisch Platz. Als ich mit dem Kaliassis-Mord anfange, winkt sie ab. »Ich weiß Bescheid. Das kannst du überspringen, Onkel Lambros.«

Ich erzähle ihr also von meiner Überlegung, unsere Veranstaltungen auszusetzen, bis sich die Aufregung um Kaliassis' Ermordung gelegt hat. Dabei berichte ich auch von dem Gespräch mit ihrem Vater und der heutigen Meinungsverschiedenheit im Obdachlosenheim. Somit hat sie ein vollständiges Bild.

»Papa hat ganz recht, wenn er meint, dass ihr besser abwartet, bis sich die Gemüter beruhigt haben«, lautet ihre erste Reaktion. »Aber das ist es nicht allein. Es gilt noch eine Sache zu bedenken.«

»Ah ja?«, frage ich und bin ganz konsterniert darüber, dass mir etwas entgangen sein sollte.

»Die Migranten«, erwidert sie. »Manche werden sofort behaupten, die Migranten hätten ihn auf dem Gewissen. Du weißt ja genauso gut wie ich, dass sie eine leichte Beute sind und für jedes Übel als Sündenböcke herhalten müssen. Es reicht, wenn ein paar ›Mörder‹ schreien, und prompt finden sich zahlreiche andere, die mit einstimmen. Es gibt aber noch etwas, das die Leute in ihrem Vorurteil bestärken könnte.«

»Und das wäre?«

»Das Messer. In letzter Zeit sind in unterschiedlichen Ländern immer wieder Fanatiker auf den Plan getreten, die Menschen durch Messerattacken tödlich verletzt haben.«

Das ist mir überhaupt nicht in den Sinn gekommen. »Du hast recht, daran habe ich nicht gedacht«, gebe ich zu.

»Ich schon, weil ich jeden Tag mit solchen Vorurteilen zu tun habe. Auch wenn ihr euch alle einig wärt, sofort die nächste Kundgebung zu veranstalten, würde ich Léopold und seine Freunde unbedingt daran hindern.«

»Wann könnte deiner Einschätzung nach die nächste Kundgebung stattfinden?«

»Erst, wenn der Mörder gefasst ist«, antwortet sie, ohne zu zögern. Dann lacht sie kurz auf. »Das heißt, in dieser Frage musst du dich an meinen Vater halten.«

»Danke, Katerina. Ich bin froh, das mit dir besprochen zu haben, denn ohne deinen Rat hätte ich nicht begriffen, dass nicht nur unsere Bewegung, sondern auch Menschenleben in Gefahr sind.«

»Das ist leider wahr.«

Mit widerstreitenden Gefühlen trete ich auf die Straße. Einerseits freut es mich, dass meine Entscheidung für einen Aufschub der Kundgebung richtig war. Andererseits kann ich es nicht fassen, dass ich die Migranten nicht im Blick hatte.

Katerina hat mir immerhin ein unerschütterliches Argument geliefert, das die anderen überzeugen wird.

36

Ich habe zehn Stunden geschlafen. Adriani war gestern, wie jeden Nachmittag, bei unserem Enkel. So konnte ich mit zwei Portionen Souflaki zu Hause aufkreuzen und nach dem Essen sofort ins Bett fallen.

Am Morgen erscheine ich frisch ausgeschlafen auf der Dienststelle und blicke, wie es früher so schön hieß, ›frohgemut in die Zukunft‹. Ich beiße gerade herzhaft in mein Croissant, als Stella eintritt.

»Dervisoglou möchte Sie sprechen. Es sei dringend.«

»Rufen Sie ihn sofort her.«

Ich fürchte, es geht um Sissis und die von ihm organisierten Kundgebungen. Dann fällt mir ein, dass sie ja aufgeschoben wurden. Daher kann Dervisoglous Anliegen nur mit unseren Mordermittlungen zu tun haben.

Sein Eintreten setzt meinen Gedankenspielen ein Ende. Ohne Gutenmorgengruß frage ich unverblümt: »Was gibt's denn so Eiliges?«

Er lächelt mich an. »Da muss ich ein bisschen ausholen. Weltmusik ist meine Leidenschaft, besonders aus Lateinamerika. Gestern Abend habe ich mir eine chilenische Band angehört. Ich wollte schon fast darauf verzichten, weil ich müde war, aber dann konnte ich doch nicht widerstehen.« Zum Abschluss fügt er hinzu: »Zum Glück!«

»Warum? Wen haben Sie beim Konzert gesehen? Doch nicht die Nigerianerin?«

»Nein. Als am Ende des Konzerts alle aufgestanden sind, habe ich in der Menge plötzlich den jungen Mann gesehen, der auf den Kundgebungen Ihres Freundes Sissis immer dabei ist. Auf der letzten mit den Essensständen hat er den Ordnungsdienst geleitet.«

»Ja, und?«

»Er war mit einer jungen Frau dort, die der gesuchten Komplizin des Mörders unglaublich ähnlich sieht.« Bei seinen Worten erstarre ich. »Absolut sicher bin ich mir nicht, aber als ich sie sah, musste ich sofort an das Phantombild denken. Danach ist mir eingefallen, dass ihre nigerianische Freundin in London auch mit Musik zu tun hatte.«

»Sind Sie ihr nachgegangen?«, frage ich angespannt.

»Nach dem Konzert ging die junge Frau zur Bushaltestelle. Ich bin ja ein Unbekannter für sie. Deshalb bin ich zusammen mit ihr eingestiegen. Sie hat den Bus in Ajia Paraskevi verlassen, und ich sah noch, dass sie nach rechts eingebogen ist. Ich bin noch eine Station weitergefahren. Da auf der Straße nichts los war, hatte ich Angst, es wäre zu auffällig, wenn ich zusammen mit ihr ausgestiegen wäre. Dann bin ich zur letzten Haltestelle zurückgelaufen und habe festgestellt, dass sie in die Xanthou-Straße eingebogen ist.« Er hält inne und fügt dann hinzu: »Das wollte ich Ihnen sagen.«

»Bravo, Fotis! Sie haben einen tollen Job gemacht«, sage ich begeistert. »Das müssen Sie auch den anderen berichten. Aber erwähnen Sie vorläufig den Typ von den Kundgebungen nicht, weil Ihre Teilnahme daran ja geheim war.«

Kurz darauf erscheint das gesamte Team und hört sich Dervisoglous Geschichte an. Dermitsakis fragt irritiert:

»Gut, aber warum hast du sie nicht sofort gepackt und hergebracht?«

»Weil ich nicht sicher war, ob sie wirklich die gesuchte Person ist. Gut möglich, dass sie ihr einfach nur ähnlich sieht. Vergiss nicht, dass wir kein Foto, sondern nur ein Phantombild von ihr haben.«

»Er hat alles richtig gemacht«, bekräftige ich. »Wir müssen sie zuerst finden und fotografieren. Danach zeigen wir die Aufnahme den Zeugen, die sie in Exarchia gesehen haben. Erst wenn die Hinweise eindeutig genug sind, bestellen wir sie zur Vernehmung. Ich möchte, dass ihr ganz Ajia Paraskevi abklappert, um sie aufzustöbern. Macht Fotos von ihr, aber setzt keinen professionellen Fotografen ein, den bemerkt sie vielleicht, erschrickt und taucht unter. Von der Xanthou-Straße aus durchkämmt ihr die gesamte Umgebung.«

Sie machen sich sofort auf den Weg, um die Beschattung zu organisieren.

Nun gilt es, Sissis anzurufen und ein Treffen vorzuschlagen. Ich greife nach dem Handy, zögere jedoch – und lege wieder auf. Erstens möchte ich ihn nicht unnötig beunruhigen, solange ich nicht weiß, ob sein Mitstreiter tatsächlich in den Fall involviert ist. Zweitens möchte ich verhindern, dass Sissis sich verplappert und der Typ, falls er wirklich der Täter ist, alle Beweise – allem voran die Tatwaffe – verschwinden lässt und sich in Luft auflöst.

Anstelle von Sissis rufe ich den Vizepolizeipräsidenten an und erstatte Bericht. Zunächst verschlägt es ihm die

Sprache, dann gratuliert er mir spontan zu diesen Neuigkeiten.

Ich bedanke mich und sage: »Ich habe es Ihnen ja von Anfang an gesagt. In solchen Fällen kommt einem entweder ein Fehler des Täters oder der Zufall zu Hilfe, und das Knäuel entwirrt sich.«

»Kommen Sie vorbei, um den Polizeipräsidenten zu informieren?«

Ich sage zu, nicht nur, weil ich mich dazu verpflichtet fühle, ich will auch die nervtötende Warterei auf den nächsten Termin vermeiden.

Zum ersten Mal nach langer Zeit fahre ich in meinem eigenen Wagen und mit gestärkter Moral zum Messojion-Boulevard. Selbst der Verkehr zerrt nicht an meinen Nerven, denn mir ist klar, dass ich freudig erwartet werde.

Der Vizepolizeipräsident empfängt mich im Stehen und schüttelt mir voller Begeisterung die Hand. Schnell hole ich ihn auf den Boden der Tatsachen zurück.

»Ich hoffe und bete, mein Mitarbeiter hat sich nicht geirrt, und es lässt sich nachweisen, dass die junge Frau die Komplizin des Täters ist«, sage ich. »Aber solange sie niemand identifiziert hat, können wir nicht davon ausgehen.«

Der Vizepolizeipräsident schließt sich meinem frommen Wunsch an. »Hoffentlich sind wir jetzt auf der Zielgeraden, und die Last der Ermittlungen fällt bald von uns ab.«

Wir begeben uns ins Büro des Polizeipräsidenten, wo sich die Berichterstattung wiederholt. Nur, dass der Polizeipräsident etwas praktischer denkt.

»Glauben Sie, dass der junge Begleiter dieser Frau auch etwas mit der Sache zu tun hat?«, will er von mir wissen.

Ich möchte Sissis nicht in die Geschichte hineinziehen, aber auch noch nicht alle Karten auf den Tisch legen. »Möglich, aber er könnte auch nur ein Bekannter sein. Das wissen wir erst, wenn wir sicher sind, dass sie die Mittäterin ist, und sie vernehmen.«

»Wenn er etwas damit zu tun hat, dann muss er der Mörder sein«, meint der Vizepolizeipräsident.

Der Polizeipräsident nimmt ihm den Wind aus den Segeln. »Wir sollten nicht voreilig sein. Es wäre schon ein großer Fortschritt, wenn sich die junge Frau als Mittäterin herausstellt.« Dann meint er zu mir: »Wir sind gespannt auf die weiteren Entwicklungen.«

Nach dem Briefing schlage ich den Rückweg ein. Auf der Fahrt beschäftigt mich die Frage, wie ich mit Sissis umgehen soll. Da wir in Bezug auf die Komplizin noch nicht sicher sind, hat es momentan keinen Sinn, Alarm zu schlagen. Sollte sich Dervisoglous Verdacht jedoch bestätigen, dann ist Sissis' Mitstreiter der Mörder. Und für Sissis bricht eine Welt zusammen. Aber ich sehe keine Möglichkeit, ihm das zu ersparen.

Im Büro herrscht Ruhe. Das heißt, meine Mitarbeiter sind noch unterwegs und versuchen, die junge Frau zu finden und abzulichten.

Ich rufe Vellidis an. Nicht weil ich glaube, dass er etwas Weltbewegendes entdeckt hat, sondern damit die Zeit und auch meine Anspannung vergehen.

»Was wir herausgefunden haben, ist allgemeiner Natur und hat nicht speziell mit den Ermittlungen zu tun«, sagt er. »Kaliassis war in Unternehmerkreisen anscheinend weithin bekannt, und man legte Wert auf seine Meinung. Es hat sich bestätigt, dass er kein Büro hatte, sondern von zu Hause aus arbeitete. Jeder, auch der Mörder, konnte Kaliassis' ganze Aktivitäten im Internet verfolgen.«

Nachdem auch dieses Thema abgehakt ist, drehe ich Däumchen. Erst zwei Stunden später werde ich durch die heiteren Mienen meiner Mitarbeiter für die quälende Warterei entlohnt.

»Ein Glück, dass es Supermärkte gibt!«, ruft Dermitsakis begeistert. »Uns kam die Idee, Askalidis vor dem Supermarkt zu positionieren, während Fotis und ich auf und ab spazierten. Irgendwann hat uns Askalidis gemeldet, dass die Gesuchte tatsächlich einkaufen gegangen ist. Fotis und ich haben sie dabei mit dem Handy fotografiert. Danach ist ihr Askalidis gefolgt. Jetzt kennen wir auch ihre Adresse. Sie wohnt beim Jugendzentrum in der Etolias-Straße. Fotis ist mit den Aufnahmen gleich zur Spurensicherung, damit wir ein paar gute Abzüge in Umlauf bringen können.«

»Prima, langsam schlägt sich das Glück auf unsere Seite«, sage ich erleichtert.

Dermitsakis erhebt sich. »Sobald Dervisoglou kommt, drehen wir unsere Runde.«

Erneut stecke ich in der Warteschleife fest. Obwohl ich ähnliche Situationen schon unsagbar oft erlebt habe, kann ich immer noch nicht gelassen damit umgehen. Ich hebe den Hörer ab, um den Vizepolizeipräsidenten anzurufen, lege ihn aber wieder zurück. Es hat keinen Sinn, alle halbe Stunde bei ihm Meldung zu machen, nur weil meine Nerven zum Zerreißen gespannt sind.

Zum Glück werde ich diesmal schneller erlöst. Bereits nach einer Stunde kehren die drei breit lächelnd zurück.

»Sie war's, man hat sie wiedererkannt«, verkündet Dervisoglou.

»Die Lefkaditi hat uns sogar bestätigt, dass sie dieselbe Jacke anhatte wie auf der Fotografie.«

Er zeigt mir die Aufnahme. Die junge Frau ist wirklich hübsch. Ich verstehe, warum al Fallah ein Auge auf sie geworfen hat.

»Was tun wir? Holen wir sie zur Vernehmung?«, fragt mich Askalidis.

»Nein«, antworte ich entschieden. Alle drei starren mich sprachlos an.

»Fotis hat sie an dem Abend mit jemandem gesehen, den er kennt und der womöglich der Mörder ist«, erkläre ich. »Wenn wir sie herholen und über Nacht hierbehalten, macht sich ihre Familie vielleicht Sorgen und fragt bei ihrem Freund nach. Wenn er der Mörder ist, ahnt er, was los ist, und taucht bestimmt unter.«

»Was ist dann die Lösung? Warten wir, bis klar ist, welche Beziehung sie zu ihrem Begleiter hat?«, fragt mich Dermitsakis.

»Ihr nehmt Kontakt zum Polizeirevier Ajia Paraskevi auf und beobachtet ihr Wohnhaus. Wenn sie es verlässt, lasst ihr sie keinen Moment aus den Augen. Morgen früh bringt ihr sie dann zur Vernehmung her.«

Während sie sich wieder ihren Aufgaben zuwenden, erwartet mich eine viel schwierigere Mission. Ich muss mit Sissis reden.

»Wir müssen etwas besprechen. Es ist dringend«, kündige ich ihm am Telefon an.

»Was ist los?«, fragt er besorgt.

»Das erzähle ich dir gern persönlich. Nur sollten wir uns nicht im Obdachlosenheim treffen. Gehen wir in unser kleines Kafenion.«

Zum Glück finde ich leicht einen Parkplatz. Sissis wartet bereits auf mich. »Was gibt's? Muss ich mir Sorgen machen?«, fragt er, bevor ich mich zu ihm setze.

Ich warte zunächst noch den Mokka ab, den wir bestellt haben, denn den werden wir brauchen. »Wie gut kennst du diesen Typen, der bei den Kundgebungen immer an deiner Seite ist?«

»Nikitas?«, wundert er sich und zuckt mit den Schultern. »Bei unserer allerersten Kundgebung mit der Beerdigung der Linken ist er aus einer Gruppe von Migranten aus dem ehemaligen Ostblock auf mich zugekommen. Seitdem hat er mir in organisatorischen Fragen beigestanden.«

»Wie heißt er?«

»Nikitas Kourtidis.«

»Was ich dir jetzt sage, muss absolut unter uns bleiben«, warne ich ihn und erzähle von der Komplizin und dem Konzert.

»Glaubst du, er ist der Mörder?«, fragt er mich entsetzt.

»Vielleicht, vielleicht auch nicht. Vorläufig können wir es nicht sagen. Wenn wir morgen die junge Frau befragen, wissen wir vermutlich mehr. Weißt du, wo Kourtidis wohnt?«

»Am Attikis-Platz. Wenn ich mich recht erinnere, hat er die Sosopoleos-Straße erwähnt.« Er lässt den Kopf hängen und sagt mit kaum hörbarer Stimme: »Wenn er der Mörder ist, dann ist unsere Bewegung am Ende.«

»Immer mit der Ruhe. Erstens wissen wir noch nicht, ob

er der Täter ist. Zweitens kennen wir, wenn er es wäre, seine Motive nicht.«

Meine Versuche, ihn moralisch aufzubauen, zeigen keine Wirkung. Deshalb ergreife ich den letzten Strohhalm.

»Wollen wir meinen Enkel und deinen Namensvetter besuchen? Das wird uns beiden guttun.«

Dagegen hat er nichts einzuwenden, und wir machen uns gemeinsam auf den Weg.

37

Es ist bereits zehn Uhr, als man sie in den Verhörraum bringt. Die Ursache für die Verzögerung ist, dass wir sie abpassen wollten. Wir waren uns einig, sie nicht einfach aus der Wohnung zu holen. Die Eltern, mit denen sie vielleicht noch zusammenlebt, wären sonst erschrocken und hätten den Freund der Tochter kontaktieren und so den Täter warnen können. Deshalb mussten unsere Leute so lange abwarten, bis sie endlich von selbst auf die Straße trat.

Als sie aufgefordert wird, Platz zu nehmen, blickt sie jeden Einzelnen unseres vollständig angetretenen Teams an und fragt: »Wieso bin ich hier?«

»Wie lautet Ihr Name?«, fragt Dermitsakis.

»Amalia Deli. Wieso bin ich hier?«

»Wir möchten Ihnen ein paar Fragen stellen«, sagt Askalidis zu ihr.

»War es nötig, mich in einem Streifenwagen aufs Präsidium zu bringen? Wieso befragen Sie mich nicht zu Hause?«

»Rollen wir die Geschichte ganz von vorne auf«, sage ich. »Können Sie uns erklären, warum Sie sich in Exarchia nach einem Chinesen namens Tsang Jong Sun erkundigt haben?«

Sie wirft mir einen Blick zu, dann zuckt sie mit den Schultern. »Ich habe eine Airbnb-Unterkunft für eine

Freundin aus England gesucht. Der Chinese soll über viele Apartments in Exarchia verfügen.«

»Aber warum haben Sie dabei mit den Leuten auf Englisch gesprochen?«, fragt Dervisoglou.

Sie hat die Antwort sofort parat. »Ich dachte, wenn ich als Britin auftrete, finde ich schneller eine Unterkunft.«

»Wann haben Sie den Namen des Chinesen erfahren? Als Sie sich als Erbin ausgegeben und ihm das Lapathiotis-Haus in der Koundouriotou-Straße angeboten haben?«, fragt Dermitsakis.

Die Deli wirkt zum ersten Mal verunsichert, fängt sich aber schnell wieder. »Welches Haus?«, fragt sie, als hätte sie den Namen nicht richtig verstanden.

»Des Dichters Napoleon Lapathiotis in der Koundouriotou-Straße«, wiederholt Dervisoglou.

»Von dem Dichter habe ich schon mal gehört, aber wo sein Haus liegt – keine Ahnung.«

»Themenwechsel«, sage ich. »Vorgestern gegen Mitternacht wurde der Anlageberater Spyros Kaliassis vor seinem Wohnhaus getötet. Vor der Tat hörte eine Hausbewohnerin aus dem Erdgeschoss auf der Straße einen Streit. Eine Frau wurde belästigt und begann zu schreien. Unmittelbar danach ist der Mord passiert. Waren Sie diese Frau?«

Die Deli springt auf. »Ich? Wie kommen Sie darauf? Ich weiß noch nicht einmal, wo dieser Mord passiert ist.«

»In der Ivis-Straße, einer Seitenstraße des Pentelis-Boulevards«, stellt Askalidis klar.

»Was hat das, was um Mitternacht in der Ivis-Straße passiert ist, mit mir zu tun? Ich wohne in Ajia Paraskevi, wie Sie wissen.«

»Ich frage Sie, weil dieselbe Hausbewohnerin gehört hat, wie anschließend ein Motorrad gestartet wurde und weggefahren ist«, sage ich. »War es vielleicht dasselbe Motorrad, das Sie in Skaramangas benutzt haben, als Sie den Saudi al Fallah beobachtet haben?«

Sie geht kurz in sich, um nichts Falsches zu sagen. »Wen?«, fragt sie schließlich, da ihr nichts Besseres einfällt.

»Kommen Sie«, sagt Dermitsakis, »spielen Sie nicht die Unwissende. Wir meinen den Saudi, mit dem Sie am folgenden Abend in der Hilton-Bar etwas getrunken haben. Sie haben ihm sogar eine Nachricht geschickt, dass Sie sich eine halbe Stunde verspäten würden.«

Sie tut verwundert. »Ich soll ihm eine Nachricht geschickt haben? Sind Sie sicher?«

»Ja, auf sein Handy.«

Ihre Selbstsicherheit kehrt zurück. Sie öffnet ihre Handtasche und holt ein Telefon heraus. »Durchsuchen Sie es. Sie werden keine Nachricht an diesen Saudi finden.«

»Stimmt, weil Sie sie von keinem griechischen Handy geschickt haben«, sage ich. »Sie haben die SMS von einem britischen Handy aus geschickt, das Ihnen Ihre nigerianische Freundin Naima Nihal überlassen hat. Es wurde in ein Prepaid-Handy umgewandelt, und von diesem Telefon aus haben Sie die Nachricht an al Fallah gesendet. Wenn wir Ihre Wohnung durchsuchen, werden wir es mit Sicherheit finden.«

Jetzt schwimmen ihr die Felle davon. Sie blickt mich wortlos an. Welche Tür sie auch öffnet, überall läuft sie gegen eine Wand.

»Wie haben Sie Nikitas Kourtidis kennengelernt?«, frage ich.

Sie macht einen letzten, verzweifelten Versuch. »Wen?«

»Kommen Sie«, schaltet sich Dervisoglou ein. »Sie waren doch beide zusammen auf dem Konzert der chilenischen Band. Zu Ihrem Pech war ich auch dort. Danach hat er Sie zur Haltestelle gebracht, und Sie haben den Bus nach Ajia Paraskevi genommen.«

Das ist der entscheidende Schlag. Sie bricht zusammen.

»Ihre Versuche, sich herauszuwinden, sind sinnlos«, sage ich. »Wir wissen, dass Sie im Aqua Fun Park waren, als al Fallah vom Ingenieur der Baufirma Maiandros über das Gelände geführt wurde. Wir haben Ihre SMS an al Fallah, und wir können nachweisen, dass Sie mit ihm in der Hotelbar waren. Wir wissen, dass Sie sich für einen Besichtigungstermin im Lapathiotis-Haus als Erbin ausgegeben haben. Die Ausflüchte bringen Ihnen nichts mehr. Die einzige Lösung ist, mit uns zu kooperieren, damit Sie sich selbst nicht noch mehr belasten. Wir lassen Sie jetzt allein, damit Sie in Ruhe darüber nachdenken können, und sprechen uns später wieder. Es wäre ein Zeichen guten Willens, wenn Sie uns die Adresse von Kourtidis verraten. Wir kriegen sie auch so raus, aber es würde Zeit sparen.«

Mit erstickter Stimme flüstert sie die Adresse. »Das ist an der Ecke Sosopoleos- und Voriou-Ipirou-Straße.«

Wir nehmen ihre Handtasche und ihr Handy beim Hinausgehen mit. Koula bedeute ich, bei ihr zu bleiben.

Wir begeben uns in mein altes Büro, wo ich den Vizepolizeipräsidenten anrufe. »Der Fall ist geklärt. Nach Abschluss der Vernehmungen erfahren Sie Genaueres. Aber jetzt benötige ich einen Durchsuchungsbeschluss für Nikitas Kourtidis' Wohnung. Mailen Sie ihn, wenn möglich, direkt an das Polizeirevier am Attikis-Platz.«

Nachdem ich Kourtidis' Adresse durchgegeben und aufgelegt habe, wende ich mich an meine Mitarbeiter. »Benachrichtigt sofort das Polizeirevier, und Dimitriou soll sich bereit halten. Wenn der Durchsuchungsbeschluss da ist, fahrt ihr zusammen zu Kourtidis, schnappt ihn euch und bleibt in der Wohnung, bis die Ermittlungen der Spurensicherung abgeschlossen sind. Am meisten interessiert uns die Tatwaffe, aber sucht auch nach anderem belastendem Material. Dann bringt ihr Kourtidis her zur Vernehmung. Inzwischen befrage ich mit Koula und Dervisoglou die Deli weiter.«

Dermitsakis und Askalidis hasten davon, während ich erneut den Vizepolizeipräsidenten kontaktiere.

»Der Durchsuchungsbeschluss trifft in der nächsten Viertelstunde beim Polizeirevier ein. Haben Sie jetzt Zeit, mir Genaueres zu erzählen?«

Ich gebe ihm eine kurze Zusammenfassung der Entwicklungen.

»Dann sind wir ja kurz vor dem Ziel!«, bemerkt er freudig.

»Kourtidis ist die Schlüsselfigur. Wenn die Hausdurchsuchung erfolgreich ist, brauchen wir nur noch sein Geständnis.«

Als ich mit Dervisoglou zum Verhörraum zurückkehre, finden wir die Deli schluchzend vor, während Koula an ihrer Seite leise auf sie einspricht.

»Erzählen Sie es dem Herrn Kommissar. Es wird Ihnen

in jeder Hinsicht guttun, wenn Sie es nicht für sich behalten.«

Ich gebe der Deli Zeit, sich ein wenig zu fangen. Schließlich verstummt ihr Schluchzen, sie wischt die Tränen fort und blickt mich an.

»Alles hat mit Naima angefangen«, beginnt sie. »Naima studierte Musik und ich Ethnologie. Wir haben uns bei einem Weltmusikkonzert kennengelernt, das von unserem Institut veranstaltet wurde. Dort sind wir ins Gespräch gekommen und waren bald eng befreundet. Vor einem Jahr rief Naima mich an. Ich hörte sie nur schreien und verstand kein Wort. Nur mühsam brachte sie heraus, dass man ihren Vater getötet hatte. Als wir uns trafen, erklärte sie mir, dass ihr Vater und sein Bruder ein großes Grundstück geerbt hatten, das sie landwirtschaftlich nutzten. Eines Tages tauchte eine Gruppe von Nigerianern und Ausländern auf und wollte dieses Grundstück kaufen, um eine Fabrik darauf zu errichten. Der Onkel ging sofort darauf ein, aber ihr Vater wollte das Familienerbe nicht verkaufen. Es kam zum Streit zwischen den Brüdern. Am Schluss war ihr Vater tot. Die Behörden behaupteten, eine islamistische Terrorgruppe, die Boko Haram, hätte ihn getötet, aber Naima war sicher, dass ihn sein Bruder und die potentiellen Käufer auf dem Gewissen hatten. Sie hatten ihn aus dem Weg geräumt, um den Weg zum Verkauf des Grundstücks frei zu machen.« Sie pausiert, atmet durch und fährt fort. »Sie meinte, sie würde ihr Studium abbrechen und nach Nigeria zurückkehren. Dann hat sie mir ihr Handy gegeben. Sie sagte, sie habe es in ein Prepaid-Handy umgewandelt und wolle es mir als Andenken hinterlassen, damit ich sie nicht vergesse.«

Sie hält erneut inne und blickt uns an. Ich bleibe stumm, während ihr Koula, die neben ihr sitzt und ihre Aussage aufnimmt, den Rücken streichelt, um sie zum Weitersprechen zu ermuntern.

»Danach verlor sich ihre Spur. Ich versuchte, ihre Handynummer in Nigeria ausfindig zu machen, aber das war unmöglich. Schließlich gab mir eines Tages ein Freund von ihr die Festnetznummer. Ich rief sie an, aber sie ging nicht ran. Am nächsten Tag bekam ich folgende SMS auf das Prepaid-Handy: *I wiped out my past. I wish you well.* ›Ich habe meine Vergangenheit ausgelöscht, ich wünsche dir alles Gute.‹ Seit damals habe ich nichts mehr von ihr gehört. Die SMS habe ich aufbewahrt. Sie finden sie auf dem Prepaid-Handy.«

Ich gönne ihr eine kurze Pause, bevor ich die entscheidende Frage stelle: »Wie haben Sie Kourtidis kennengelernt?«

»Wir kennen uns aus London, wo er Betriebswirtschaft studierte. Die griechischen Studenten bilden überall eine Gemeinschaft, man kennt sich untereinander. In meiner Verzweiflung erzählte ich ihm die Geschichte von Naima. Er meinte kopfschüttelnd: ›Wenn's ums Geld geht, schreckt man heutzutage vor nichts zurück. Und ich Idiot studiere ausgerechnet das, wo's einzig und allein ums Geld geht!‹ Als wir nach Athen zurückkehrten, wurden wir ein Paar.«

»Wie hat er es begründet, als er Sie bat, al Fallah im Aqua Fun Park zu beobachten?«, fragt Koula.

»Er wollte wissen, was sie besprechen. Wenn sie sich auf das Bauprojekt einigten, wollte er sich bei dem Unternehmen, das al Fallah aufziehen wollte, um eine Stelle bewerben.«

»Gehört das Motorrad Kourtidis?«

»Nein, meinem Bruder. Er arbeitet als Ingenieur in den Arabischen Emiraten. Ich nehme es, wenn ich es eilig habe oder für längere Strecken.«

»Wie kam es zu dem Treffen in der Bar?«

»Ich habe al Fallah am Eingang des Hilton abgepasst und mich als Englischübersetzerin vorgestellt. Ich sagte, ich hätte in England studiert und würde bei Bedarf gern Übersetzungen übernehmen. Er hatte mich schon an der Küste bemerkt. Ich sagte ihm, ich hätte da schon vorgehabt, ihn anzusprechen, aber gesehen, dass er beschäftigt war, und nicht stören wollen. Er schlug vor, sich am Abend in der Hotelbar zu treffen und die Sache näher zu besprechen. Deshalb bin ich hingegangen. Da das Zentrum wegen einer Demo gesperrt war, habe ich ihm Bescheid gegeben, dass ich mich verspäten würde.«

»Was ist an dem Abend am Strand passiert? Wie habt ihr al Fallah getötet?«, fragt Dervisoglou.

»Das müssen Sie Nikitas fragen. Ich habe die beiden allein gelassen.«

»Seid ihr mit dem Auto hingefahren?«

»Ja, Nikitas hat es sich besorgt. Wir haben es am Rand des Aqua Fun Parks abgestellt und sind dann zu Fuß weitergegangen.«

»War es Ihre Idee, auf der Suche nach einer Airbnb-Wohnung in Exarchia Englisch zu reden, oder die von Kourtidis?«

»Nikitas hat gemeint, ich würde den Chinesen schneller

finden, wenn ich Englisch spräche. Er wollte ihm das Lapathiotis-Haus zeigen, um ihm Geld abzuknöpfen. Deshalb sollte ich an dem Abend mit dem Schlüssel hingehen und ihm erzählen, ich sei eine der Erbinnen. Gleich nach der Schlüsselübergabe bin ich gegangen.«

»Das alles klingt glaubhaft, aber unverzeihlich naiv für so eine gebildete junge Frau wie Sie«, sage ich. »Und welche Erklärung finden Sie für den Mord an Kaliassis? Behaupten Sie jetzt bloß nicht, er sei nicht vor Ihren Augen passiert!«

Sie fasst sich mit beiden Händen an den Kopf. »Es kam ganz unerwartet!«, stammelt sie. »Ich sah, wie er den Kopf zu mir wandte. Aber erst, als er blutüberströmt zusammenbrach, begriff ich, was passiert war.«

»Was habt ihr dann getan? Seid ihr aufs Motorrad gestiegen und davongefahren?«

»Nikitas hat mir den Mund zugehalten, damit ich nicht schreie. ›Leute wie er haben den Vater deiner Freundin umgebracht‹, flüsterte er mir zu. Dann zog er mich zum Motorrad, schubste mich auf den Rücksitz und fuhr los.«

»Wieso haben Sie ihn nicht bei der Polizei angezeigt?«

»Ich konnte doch meinen Freund nicht verraten«, meint sie mit Entsetzen in der Stimme.

»Lieber sind Sie mit ihm ins Konzert gegangen«, halte ich ihr entgegen.

Sie senkt den Kopf und beginnt erneut zu weinen. Wir lassen sie bei Koula zurück, damit sie ihre Aussage unterschreibt, und ich fahre mit dem Aufzug hoch in mein Büro. Es hat keinen Sinn, jetzt den Vizepolizeipräsidenten anzurufen. Besser vernehme ich erst Kourtidis und präsentiere ihm dann alles auf einmal.

38

Dermitsakis stürmt in mein Büro. »Es ist vollbracht!«, verkündet er triumphierend und reibt sich die Hände. Hinter ihm erscheint auch Askalidis mit einem zufriedenen Lächeln.

»Ich bin gespannt auf die Einzelheiten«, sage ich und bitte die beiden zum Konferenztisch. Der Abschluss eines so komplexen Falles sollte einen offiziellen Anstrich haben.

Die beiden nehmen links und rechts von mir Platz, und Dermitsakis ergreift erneut das Wort. »Wir haben den Durchsuchungsbeschluss beim Polizeirevier abgeholt und sind zu Kourtidis gegangen. Er war zu Hause. Als wir ihm das Dokument vorzeigten, hat er es stillschweigend entgegengenommen. Es war, als hätte er es kommen sehen. Er wohnt in einer Zwei-Zimmer-Wohnung. Wir haben ihm gesagt, er solle am Schreibtisch warten, bis Dimitriou mit der Durchsuchung fertig ist.«

»Habt ihr die Tatwaffe?«, will ich wissen.

»In der Küche haben wir in der Besteckladе ein spitzes Messer gefunden. Als wir ihn danach fragten, meinte er, das sei ein Fleischmesser, und fing an zu lachen. Das Messer war gereinigt und sauber.« Dermitsakis pausiert kurz und fährt dann weiter: »Aber das ist nicht der wichtigste Fund.«

»Sondern?«, frage ich. Ich hätte große Lust, ihm eins aufs Dach zu geben, weil er mich unnötig auf die Folter spannt.

»Die Spurensicherung hat im Schrank eine Jacke mit einem Blutfleck gefunden. Als wir ihn fragten, woher das Blut stammt, blickte er uns an und sagte ganz gelassen: ›Fahren wir nicht besser aufs Präsidium und bringen die Sache zu Ende? Inzwischen können Sie in Ruhe die Wohnung durchsuchen.‹«

»Er hat begriffen, dass es kein Entrinnen mehr gibt«, bemerke ich.

»Verwunderlich, dass ihm nicht eingefallen ist, die Jacke in die Reinigung zu geben«, meint Askalidis.

»Wenn der Blutfleck vom dritten Mord stammt, dann war die Zeit zu knapp«, lautet meine Erklärung.

»Wir haben die Spurensicherung ihre Arbeit fertig machen lassen und Ihnen jetzt Kourtidis gebracht. Er ist im Verhörraum«, informiert mich Dermitsakis.

»Dann nichts wie los! Nicht nur er will es zu Ende bringen, wir auch!«

Mit Koulas und Dervisoglous Eintreffen ist das Team komplett. Kourtidis sitzt mit verschränkten Armen am Tisch. Als er mich sieht, huscht ein Lächeln über sein Gesicht.

»Guten Tag, Herr Kommissar«, sagt er. »Wie Sie sehen, bin ich mitgekommen, ohne Schwierigkeiten zu machen.«

»Uns reichen die Schwierigkeiten, die Sie uns mit den drei Morden bereitet haben. Mehr können wir nicht gebrauchen«, erwidere ich.

»Ich kann nicht fassen, dass Sie so ruhig dasitzen«, meint Dervisoglou zu ihm.

»Es war mir von Anfang an klar, dass es so enden würde. Ich habe mich damit abgefunden«, antwortet er.

»Wir wissen alles«, sage ich. »Wir haben Amalia Deli, Ihre Komplizin, identifiziert und festgenommen. Erst hat sie sich geziert, aber schließlich alles gestanden.«

Er blickt mich schweigend, aber gefasst an.

»Ich weiß, dass Sie die Bewegung der Armen von Lambros Sissis tatkräftig unterstützt haben. Können Sie mir erklären, warum Sie sich entschlossen haben, zum Mörder zu werden? Was war die Bewegung der Armen letztlich für Sie? Nur ein Deckmantel, unter dessen Schutz Sie im Verborgenen töten konnten?«

Er antwortet nicht sofort und blickt mich an. »Hat Ihnen Amalia vom Mord am Vater ihrer Freundin Naima erzählt?«

»Ja, hat sie.«

»Sein gewaltsamer Tod war nicht nur für Naima ein fürchterlicher Schlag, sondern auch für Amalia. Dadurch hat sie ihre beste Freundin verloren. Für mich hingegen war es ein Weckruf.«

Dermitsakis will ihm eine Frage stellen, doch ich winke ab, denn ich merke, dass Kourtidis' Worte nur die Einleitung waren und er jetzt zum Kern kommt.

»Als ich mich der Bewegung anschloss, begriff ich, dass es nicht ausreicht, die Bedürftigen zu unterstützen. Man muss die Verursacher der Armut treffen, damit sich die Armen selbst helfen können.«

Ich weiß nicht, ob Sissis etwas mit Kourtidis' Worten anfangen könnte, aber ich verstehe nur Bahnhof. Ich hindere ihn am Weitersprechen. »Gehen wir erst mal ganz zum

Anfang zurück«, sage ich. »Erzählen Sie uns, wie Sie al Fallah kennengelernt und getötet haben.«

»Seine Ankunft und sein Investitionsvorhaben waren ein Riesenthema in der Presse. Da ich in England Betriebswirtschaft studiert habe, weiß ich, wie die Saudis ihre dortigen Unternehmen organisieren und verwalten. Ich arrangierte ein Treffen mit al Fallah im Hotel, als er sich dort mit den anderen Saudis und dem Briten traf. Ich erzählte ihm, dass ich in England eine Masterarbeit schreibe und ihm dafür gern ein paar Fragen über seinen Investitionsplan stellen würde. Er hat erfreut zugesagt. Am nächsten Tag habe ich Amalia zu ihm geschickt. Als ich sie nach dem Treffen anrief, meinte sie, er hätte ihr den ganzen Abend lang schöne Augen gemacht. Am darauffolgenden Morgen war ich mit ihm im Hotel verabredet, und er hat mir sein Vorhaben im Detail erläutert. Irgendwann meinte er, er wolle bei Hellenic Shipyards anfragen und einen Teil der Werften für das geplante Ensemble erwerben. Da habe ich fallenlassen, dass mein Vater dort Aktionär sei und ich ihm die Anfrage vorlegen könnte. Er hat sofort angebissen. Ich schlug ihm vor, noch am selben Abend gemeinsam an Ort und Stelle zu fahren, damit er mir seine Pläne erläutern und ich sie meinem Vater besser verständlich machen könnte. Um ihn zu ködern, habe ich ihm erzählt, meine Bekannte Amalia würde mitkommen. Er hatte nichts dagegen.«

»Haben Sie ein Auto? Laut Amalia sind Sie im Auto hingefahren«, meint Dermitsakis.

»Ich habe mir den Wagen meines Vaters ausgeliehen. Wir haben ihn am Rand des Aqua Fun Park abgestellt und sind zu Fuß weitergegangen. Er begann, mir sein Vorhaben zu beschreiben. Zu Amalia sagte ich, wir würden sie nicht weiter brauchen und sie solle beim Auto warten. Als er sich im Zuge seiner Erläuterungen zum Meer hin umdrehte, habe ich zugestochen.«

»Wo hatten Sie das Messer?«, fragt Askalidis.

»Im Rucksack, in dem ich auch meine Kamera hatte. Ich hatte ihm erklärt, ich würde ein paar Aufnahmen machen, um meinem Vater genaue Informationen zu liefern. Er hat gar nicht richtig hingehört und weitergeredet, und dabei stand er mit dem Rücken zu mir. Da habe ich das Messer herausgeholt und zugestochen. Als er am Boden lag, habe ich ihm zwei weitere Hiebe versetzt.« Er hält kurz inne. »Das ist alles. Danach habe ich das Messer wieder in den Rucksack gepackt und bin zum Auto gegangen, wo Amalia wartete.«

»Wollte Amalia nicht wissen, wo al Fallah abgeblieben war?«, fragt Dervisoglou.

»Ich habe behauptet, er wolle erst später zurückfahren und sie solle nicht weiterfragen.«

»Und Tsang gegenüber sind Sie als Makler aufgetreten?«, sage ich.

Er lacht auf. »Als ich ihm von dem Lapathiotis-Haus erzählte, war er vor Begeisterung ganz aus dem Häuschen. Aber ich musste ihn nachts hinlotsen. Deshalb habe ich mir die Geschichte mit Amalia als Erbin ausgedacht. Sie hat ihm irgendeinen Schlüssel übergeben und ist dann gegangen. Die Gegend ist nachts wie ausgestorben, der Rest war einfach.«

»Ganz so wie in der Ivis-Straße, wo Kaliassis wohnte«, sage ich. »Amalia hat uns den Mord beschrieben. Wir fügen das zu Ihrer Aussage hinzu, und dann unterschreiben Sie. Eine Frage hätte ich aber noch. Warum haben Sie jedes Mal ein bekanntes Lied abgespielt, das mit Geld zu tun hat?«

»Das war ein Tribut an die Bewegung der Armen. Auf diese Art wollte ich die Ermordung der Investoren mit ihr verknüpfen.«

»Wegen der Bewegung der Armen haben Sie drei Ihnen völlig unbekannte Menschen umgebracht?«, wundert sich Dermitsakis.

Er geht nicht auf die Frage ein, sondern wendet sich an mich. »Was heutzutage um uns herum passiert, ist eine Farce, Herr Kommissar. Eine Farce, bei der das Finanzsystem Regie führt und die Politiker als Schauspieler auf der Bühne stehen. Und wie für jede Theatervorstellung bezahlt man auch hier den Eintrittspreis. Die Menschen über fünfzig zahlen den Preis, entlassen und von keiner Firma wieder eingestellt zu werden, weil sie bald in Rente gehen und niemand ihre hohen Löhne und Versicherungsbeiträge bezahlen will. Die jungen Leute in meinem Alter zahlen den Preis, zu einem Drittel des Lohns eingestellt zu werden, den ein erfahrener Mitarbeiter bekäme, und dafür zwölf Stunden am Tag zu schuften. Und die Mittelständler zahlen den Preis, ihre Kundschaft in die großen Einkaufszentren und zum Internethandel abwandern zu sehen und ihre Läden schließen zu müssen.«

Er pausiert, um Atem zu schöpfen. Bei seinen Worten frage ich mich, ob er all das auch Sissis erzählt und wie der wohl darauf reagiert hat. Meinen Mitarbeitern hat es beim Zuhören die Sprache verschlagen.

Die Vernehmung hat sich in einen Vortrag verwandelt. Kourtidis ergreift erneut das Wort und wendet sich an mich: »Sie als Polizisten kennen das Migrations- und Flüchtlingsproblem doch aus erster Hand.«

»Ja, so wie jeder mittlerweile«, erwidere ich.

»Erinnert es Sie nicht an etwas?«

»Wieso? Woran?«, wundere ich mich.

»An die Völkerwanderung«, antwortet er. »Der Unterschied ist nur, dass im frühen Mittelalter genug Platz für die Gründung neuer Städte vorhanden war. Heute hingegen gibt es zu wenig Raum, und die Leute, die sich auf Wanderschaft begeben, werden wie Abschaum behandelt. Ein weiterer Unterschied ist, dass im historischen Mittelalter religiöser Wahn verbreitet war, im heutigen Mittelalter ist es der Technologiewahn. Daran glaubte auch Kaliassis.« Dann fügt er hinzu: »Diejenigen, die ich getötet habe, zählen zu den modernen Feudalherren, Herr Kommissar. Früher hatten sie die Könige in der Hand, heute die Regierungen. Die ehemaligen Feudalherren hatten ihr Heer, die heutigen haben ihr Kapital.«

Er ist verstummt, offenbar ist alles gesagt. Ich stelle mir das Gesicht des Ermittlungsrichters beim Lesen des Geständnisses vor und kann nur mühsam ein Lächeln unterdrücken.

»Das ist ja alles sehr interessant, aber es ändert nichts an der Tatsache, dass Sie drei Menschen auf dem Gewissen haben«, meint Dervisoglou.

»Ich weiß. Und dass ich den Rest meines Lebens hinter Gittern verbringen werde, müssen Sie mir auch nicht erklären«, antwortet ihm Kourtidis ruhig. »Die Konsequenzen meines Handelns waren mir von Anfang an vollkommen bewusst.«

Es ist vorbei. Wir können es uns sparen weiterzubohren. Einer unserer kompliziertesten Fälle ist damit aufgeklärt.

Ich bedeute Askalidis, Kourtidis abzuführen. Nach seinem Abgang macht sich Schweigen breit. Keinem will ein Kommentar einfallen.

»Bereiten Sie einen Pressetext zu den beiden Festnahmen vor und schicken Sie ihn ans Büro des Vizepolizeipräsidenten zur Weitergabe an den Pressesprecher. Er wird eine Stellungnahme abgeben«, sage ich zu Koula. Dann wende ich mich an die anderen. »Für mich ist die Sache noch nicht vorbei. Ich muss noch den Polizeipräsidenten informieren.«

Ich fahre in mein Büro hoch und rufe den Vizepolizeipräsidenten an. »Wir sind so weit«, verkünde ich. »Jetzt haben wir auch Kourtidis' Geständnis.«

»Kaum zu glauben! Es gab Momente, in denen ich dachte, diesen Fall könnten wir nie entwirren. Kommen Sie her, um uns persönlich zu unterrichten?«

»Gern, aber über Kourtidis' Geständnis hinaus habe ich nichts Bemerkenswertes zu berichten.«

»Da Opfer aus zwei weiteren Staaten involviert sind, sollten wir absprechen, wie wir uns den diplomatischen Vertretungen gegenüber verhalten.«

Wie so oft in letzter Zeit lasse ich mir einen Streifenwagen kommen und fahre noch einmal die altbekannte Strecke. Im Büro des Vizepolizeipräsidenten höre ich, dass er bereits beim Polizeipräsidenten ist. Offenbar hat es ihn vor Freude nicht mehr auf seinem Stuhl gehalten.

Bei meinem Anblick springen beide auf, als stünde der Weihnachtsmann mit den Geschenken an der Tür.

»Glückwunsch! Das ist ein großer Erfolg«, sagt der Polizeipräsident.

Der Vizepolizeipräsident kommt auf die Frage zurück, die ihm auf den Nägeln brennt. »Was sagen wir der saudischen und der chinesischen Botschaft?«

»Nichts, weil keiner der beiden Staaten in den Fall verwickelt ist. Der Mörder ist ein Einzeltäter, der es auf Investoren abgesehen hatte. Rein zufällig waren ein Saudi und ein Chinese darunter. Genauso gut hätte es ein US-Amerikaner oder ein Deutscher sein können.«

Der Polizeipräsident stimmt mir zu. »Dieses Zufallsprinzip erleichtert uns die Sache. Dadurch können wir ein vorsätzliches, gegen bestimmte Länder gerichtetes Handeln ausschließen.«

»Ich lasse zur Vorbereitung auf die Pressekonferenz gerade ein Informationsbulletin für den Pressesprecher des Ministeriums erstellen. Wenn Sie weitere Auskünfte benötigen, stehe ich zur Verfügung.«

»Der Innenminister wird hocherfreut sein«, bemerkt der Vizepolizeipräsident.

»Und der Außenminister auch«, fügt der Polizeipräsident hinzu.

Hier endet das Briefing inklusive Besprechung. Als ich wieder in den Streifenwagen steige, lasse ich zwei glückliche Vorgesetzte zurück.

Nur meine eigenen Sorgen sind noch nicht vom Tisch. Ich muss einen Weg finden, Sissis die Wahrheit so schonend wie möglich beizubringen.

39

Auf der Rückfahrt zum Alexandras-Boulevard und auch im Büro zerbreche ich mir den Kopf, wie ich Sissis die schlimme Nachricht am besten überbringe. Ich weiß, dass er das, was er hören wird, kaum ertragen wird. Aber mir fällt keine Möglichkeit ein, ihm die bittere Pille zu versüßen.

In meiner Verzweiflung kommt mir plötzlich die rettende Idee. Ich werde ihn nach Hause einladen, wo mir Adriani beistehen kann, die mit solchen Situationen geschickter umgeht als ich. Ein Treffen im engsten Familienkreis finde ich geeigneter als bei Katerina zu Hause.

Zunächst rufe ich Adriani an, um zu erfahren, wann sie nach Hause kommt.

»Warum fragst du?«, meint sie überrascht. »Was ist denn los?«

»Ich muss mit Sissis sprechen und hätte dich gern dabei.«

Sie hakt nicht weiter nach. »Ich schau mal, was ich machen kann, dann telefonieren wir wieder.«

Kurz darauf meldet sie sich zurück. »Ich habe Melpo bei Katerina noch erwischt und sie gebeten, länger zu bleiben. Dann habe ich unserer Tochter gesagt, dass sie ausnahmsweise heute früher heimkommen soll. Ihr habe ich auch erklärt, dass es wegen Sissis ist. Ich bin bald zu Hause.«

Gleich im Anschluss rufe ich Sissis an. »Wir müssen reden. Am besten kommst du zu uns nach Hause, das ist mir lieber als im Kafenion oder bei Katerina.«

»Alles klar«, antwortet er prompt.

Dann fahre ich im Seat nach Hause. Ich versuche, alle Ausflüchte aus meinem Kopf zu verbannen, damit ich mich ganz offen auf Sissis' Reaktion einlassen kann.

Adriani ist schon in der Küche und bereitet etwas zum Essen vor. Zwischen uns gilt eigentlich eine stillschweigende Vereinbarung: Ich rede zu Hause nicht über meine Arbeit, und sie fragt auch nie danach. Heute jedoch setze ich mich zu ihr in die Küche und erzähle ihr die ganze Geschichte von Kourtidis. Sie hat den Herd ausgestellt und hört mir zu.

Als ich fertig bin, sagt sie nur: »Oje!«

»Deshalb wollte ich, dass er zu uns in die Wohnung kommt. Ich brauche deinen Beistand«, erläutere ich ihr.

»In Ordnung, aber jetzt geh rüber und lass mich das Essen machen. Beim Kochen kann ich besser nachdenken«, erwidert sie.

Ich gehe ins Wohnzimmer und schalte den Fernseher ein, doch die Nachrichtensendung hat noch nicht begonnen. Daher weiß ich auch nicht, ob die Pressekonferenz schon stattgefunden hat.

Die schrillende Türklingel zwingt mich, den Fernseher auszuschalten. Kurz darauf treten Adriani und Sissis ein.

»Einen Moment, ich werfe noch einen Blick aufs Essen und bin gleich bei euch«, sagt Adriani. Erst als sie zurück ist, erzähle ich Sissis die Geschichte von Kourtidis' Festnahme. Er lauscht ihr mit gesenktem Kopf.

»Ich frage mich, wie ein junger Mann wie er zum Mörder werden konnte«, lautet mein Fazit. »In all meinen Dienstjahren bin ich auf keinen dermaßen intelligenten Täter gestoßen. Überhaupt bin ich kaum einem Menschen mit einem so messerscharfen Verstand begegnet.«

Entweder hat er mich nicht gehört, oder er beachtet mich einfach nicht. »Das war's dann wohl mit der Bewegung«, wispert er. Dann folgt etwas lauter: »Was sagst du dazu, Zachariadis?«

»Was für einen Zachariadis meinst du?«, will Adriani wissen.

»Den Generalsekretär der Kommunistischen Partei während des Bürgerkriegs und danach«, antwortet er und wiederholt: »Was sagst du dazu, Zachariadis? Damals, als man uns auf den Verbannungsinseln verrotten ließ, hast du alle Genossen, die in Taschkent im politischen Exil waren, jeden Morgen antreten lassen und ihnen erzählt, wir würden mit dem Gewehr bei Fuß stehen. Jetzt sind es andere, die mit dem Gewehr bei Fuß stehen. Und die schlagen wirklich zu.«

Adriani steht auf und setzt sich neben ihn. »Du bist hier bei zwei Menschen, deren Familien dich und deinesgleichen in früheren Zeiten gehasst haben«, sagt sie. »Verräter und Mörder haben sie euch genannt. Und du hast uns gehasst, unsere Verwandten und alle, die so waren wie wir. Aber aller Feindschaft zum Trotz sind wir eine Familie geworden, zu der nicht nur du und wir beide, sondern auch unsere Tochter und unser Schwiegersohn gehören. Unser Enkel trägt deinen Namen. Wieso sollte es in Bezug auf deine Bewegung anders sein? Es ist doch nicht eure Schuld, wenn sich ein Mörder unerkannt daruntermischt, der sich vollkommen unauffällig verhält!«

Respekt, Adriani! Mir wäre es nie in den Sinn gekommen, die Dinge so zu formulieren.

»Zudem hat dieser Mörder auf keiner Kundgebung eine Rede gehalten und ist auch sonst nie im Namen der Bewegung aufgetreten. Er war ein unsichtbares Rädchen im Getriebe«, füge ich hinzu.

Sissis hebt den Kopf und blickt uns an. »Das stimmt schon«, meint er. »Aber die Niederlagen, die ich in meinem Leben einstecken musste, haben mich grundsätzlich pessimistisch gemacht.« Er wendet sich an Adriani. »Du hast recht, es ist nicht unsere Schuld.«

»Morgen spreche ich mit Melpo«, meint Adriani zu ihm. »Ich komme ins Obdachlosenheim, und wir bereiten zusammen ein Essen vor. Nicht für alle Armen diesmal, sondern für deine zweite Familie im Obdachlosenheim und in der Bewegung. Du kannst einladen, wen du möchtest. Dann essen wir zusammen, und du sprichst zu ihnen.« Und zu mir sagt sie: »Wenn du meinst, dass du aus dienstlichen Gründen besser nicht kommst, dann kannst du deinen Enkel hüten.«

»Danke, dass du dir meinetwegen Gedanken machst«, sage ich amüsiert. »Nein, es ist ein Essen im Obdachlosenheim, und es gibt keinen Grund für mich, da nicht mit dabei zu sein.«

»Danke, das ist eine schöne Idee«, sagt Sissis zu Adriani. »Ich würde gern die verarmten Mittelständler einladen, bin mir aber bei den Migranten nicht sicher. Vorgestern habe ich mit Katerina über den Aufschub der Kundgebungen gesprochen. Sie meinte, die Migranten könnten vor einer weiteren Teilnahme zurückschrecken.«

»Von welchen Migranten hat sie gesprochen?«, frage ich.

»Von den Afrikanern.«

»Gut, aber Kourtidis hat doch, wie du mir erzählt hast, die Zuwanderer aus den ehemaligen Ostblockländern mitgebracht. Könnten sie nicht befürchten, dass du sie mit ihm in einen Topf wirfst, wenn du sie nicht einlädst?«

Er denkt kurz darüber nach und stimmt mir dann zu. »Richtig, ich sollte sie einladen.«

Adriani steht auf, um das Abendessen aufzutischen. »Ihr dürft nichts Spezielles erwarten, ich hatte wenig Zeit.«

»Das hat dich noch nie daran gehindert, was Gutes zu kochen. Oder hebst du dir das Spezielle für morgen Abend auf?«, necke ich sie.

Sie wirft mir ein wissendes Lächeln zu und geht in die Küche. Es gibt Erbseneintopf mit Feta als Beilage. Wir greifen voller Appetit zu, auch Sissis, der wieder Mut gefasst hat und nun zuversichtlicher dreinblickt.

Als Sissis geht, folge ich Adriani in die Küche, um ihr meine Bewunderung auszudrücken.

»Bravo, du hast großartig reagiert«, sage ich. »Sissis war am Boden zerstört, und dank dir ist er wieder auf die Beine gekommen.«

Sie hält mit dem Abräumen des Tisches inne und blickt mich an. »In solchen Fällen helfen logische Argumente wenig«, erläutert sie. »Man muss das Gefühl ansprechen.«

Wiederum hat sie mit ihrer Einschätzung vollkommen recht, und der Hüter der Ordnung kann seiner Frau nur beipflichten.

40

Nur die Afrikaner fehlen, aber sonst sind alle gekommen. Neben den Bewohnern des Obdachlosenheims, die alle anwesend sind, sehe ich die Bulgaren, Rumänen und Albaner. Einer von ihnen geht auf Sissis zu.

»Du bist nicht der Einzige, der auf Nikitas hereingefallen ist«, meint er. »Uns ist es genauso ergangen! Wir halten weiter zu dir.«

Auch die verarmten Mittelständler dürfen nicht fehlen. Sissis hatte gerade noch Zeit, mir drei davon vorzustellen. Der eine heißt Berkas, die anderen beiden sind Giovanni, der berühmte Italiener, und dessen Frau Angeliki, Berkas' Schwester.

In der Cafeteria wurden zwei Reihen mit je drei Tischen aufgestellt. Auf der einen Seite stehen Teller, Besteck und Gläser bereit, die andere ist noch leer und harrt der Speisen.

Unter den Anwesenden ist auch Katerina. Ihr Erscheinen überrascht mich.

»Was, du auch hier?«, frage ich verwundert.

»Bei einer solchen Zusammenkunft darf ich doch nicht fehlen!«

»Und der Kleine?«

»Es ist Zeit, dass sich nicht nur die Mama, sondern auch der Papa um ihn kümmert«, antwortet sie und lacht.

Als letzte und größte Überraschung treten drei bestens gelaunte Afrikaner ein. Sissis bleibt der Mund offen stehen.

»Ähm, ihr kommt auch?«, lautet sein verlegener Kommentar, da ihm nichts Besseres einfällt.

»Ja«, antwortet der eine mit einem Lächeln. »Wir stehen zusammen, in guten wie in schlechten Tagen. In unserer Heimat gibt es mehr schlechte als gute Tage. Wir sind daran gewöhnt, das macht uns keine Angst.«

»Hast du ihnen Bescheid gesagt?«, frage ich Katerina.

»Ja. Vielleicht wären sie in Panik geraten, wenn Sissis allein mit ihnen geredet hätte. Ich dachte, es macht ihnen Mut, wenn sie uns alle beisammen sehen.«

Melpo und Adriani tragen die Gerichte auf. Sie haben das Ofengemüse Briam, Spinatstrudel und Fisch à la Spetsiota zubereitet. Katerina bringt den Wein. Unsere Blicke ruhen auf Sissis, und wir warten auf seinen Toast. Doch Stelios, den ich aus dem Obdachlosenheim kenne, kommt ihm zuvor.

»Darf ich ein paar Worte sagen, bevor Lambros spricht?«, fragt er.

Da niemand etwas dagegen hat, füllt er sein Glas und hebt an: »Alle Bewohner dieses Heims wissen, dass wir unser neues Zuhause Lambros Sissis verdanken. Er hat es aufgebaut, um uns ein Dach über dem Kopf zu bieten, als wir unsere Wohnungen durch die Krise verloren hatten und vor dem Nichts standen. Deshalb schätzen und lieben wir ihn alle. Es hat sich jedoch jemand bei uns eingeschlichen, der meint, dass die Armut verschwindet, wenn man ihre Urheber beseitigt. Auf so einen Gedanken kann nur kommen, wer die Armut aus der Theorie kennt, nicht aber am eigenen Leib erlebt hat.« Er hält inne und wendet sich an Sissis. »Wir sind auf deiner Seite, Lambros, und werden zusammen mit dir weiterkämpfen. Von dir haben wir gelernt, dass man der Armut durch politisches Engagement trotzt, und nichts liegt uns ferner als Mord und Gewalt.«

Ein herzlicher Applaus erklingt, dazu Zwischenrufe wie »Bravo!« und »Sehr richtig!«. Als sich Sissis zum Sprechen erhebt, wird er erneut unterbrochen. Diesmal ist es Giovanni, der sich mit Hilfe seiner Frau zu Wort meldet.

»Giovanni möchte etwas sagen, ich werde übersetzen«, sagt Angeliki.

»*Amico Lambros,* ich habe dich bei eurer ersten Kundgebung kennengelernt, zu der mich Ilias mitgenommen hatte«, sagt er und blickt Sissis in die Augen. »Und auch beim Armenessen war ich dabei. Ich wollte dir sagen, dass ich den allergrößten Respekt vor dir habe. Und auch, dass die italienische Sardinen-Bewegung, der ich angehöre, euch unterstützt und dass wir uns freuen, uns mit euch für dieselbe Sache einzusetzen. Ich wünsche mir, dass du auf unserer nächsten Kundgebung in Italien eine Rede hältst. Deine Ideen sind von großem Wert für uns.«

Er hebt sein Glas und trinkt unter begeisterten Zurufen und Applaus auf Sissis' Wohl.

Jetzt ist Sissis an der Reihe. Katerina nimmt ein Glas Wein und drückt es ihm in die Hand. Sissis blickt uns zunächst schweigend an.

»Ich danke euch allen«, lauten seine ersten Worte. »Euch Schicksalsgenossen aus dem Obdachlosenheim, dir, Giovanni, und euch, Adriani und Katerina, aber auch all unseren Freunden aus den verschiedensten Ländern wie Dimiter und Léopold, um nur zwei zu nennen. Auf euren Schultern ruht die Bewegung, die wir gegründet haben, und ihr erfüllt sie mit Leben.« Er verstummt kurz und fährt dann fort: »In meinem Leben hat eine Reihe von ›Internationalen‹ eine Rolle gespielt: zuerst die Kommunistische Internationale, dann die Vierte Internationale, das internationale Proletariat und der internationale Kapitalismus, den ich ein Leben lang bekämpft habe. Ich freue mich, dass ich jetzt hier unter euch stehe und sagen kann, dass wir und Giovannis Bewegung eine andere Internationale verkörpern. Keine Partei vertritt und gängelt uns, wir selbst sind die Bewegung – wir sind die ›Internationale der Armut‹.«

Er hebt sein Glas. Die Hand, die es festhält, zittert, doch sein Gesicht strahlt.

Personenverzeichnis

al Fallah, Mohammad	saudischer Investor
Alamanos, Jorgos	Leiter der MAT-Sondereinheit
Anastassakis	Nachbar von Spyros Kaliassis
Berka, Angeliki	Schwester von Ilias Berkas
Anna	Bewohnerin des Obdachlosenheims
Askalidis, Thanassis (Thanos)	Assistent von Kostas Charitos
Berkas, Ilias	verarmter Mittelständler
Charitos, Kostas	Hauptkommissar bei der Mordkommission der Polizeidirektion Attika
Charitou, Adriani	Ehefrau von Kostas Charitos, Hausfrau
Charitou, Katerina	Tochter von Kostas und Adriani, Rechtsanwältin, betreibt ein Büro zusammen mit der mit ihr befreundeten Psychologin Mania Lagana, Schwerpunkt: Drogenabhängige und Asylbewerber
Deli, Amalia	Freundin von Nikitas Kourtidis
Dermitsakis	Assistent von Kostas Charitos
Dervisoglou, Fotis	Assistent von Kostas Charitos
Dimiter	bulgarischer Migrant
Dimitra und Vlassis	Ehepaar, Nachbarn von Spyros Kaliassis
Dimitriou	Leiter der Spurensicherung
Efthymiou	Schwiegervater von Kapsidis
Fotiadou, Koula (Angeliki)	Assistentin von Kostas Charitos
Fotiou	Anwohnerin in Tsangs Nachbarschaft

Gikas, Nikolaos	ehemaliger Leitender Kriminaldirektor an der Polizeidirektion Attika
Giovanni	italienischer Ehemann von Berkas' Schwester Angeliki
Kaliassis, Spyros	Anlageberater
Karabetsos, Vlassis	Leiter der Antiterrorabteilung
Kapsidis, Stefanos	Vizepolizeipräsident
Karatsas, Efthymis	Leiter des Flüchtlingsheims in Skaramangas
Köhler, Uli	deutscher Ehemann von Mania
Koulakos, Ilias	Leiter der Abteilung für Wirtschaftskriminalität
Kourtidis, Nikitas	Student
Koussis, Tassos	Arzt
Lagana, Mania	ehemalige Polizeipsychologin, jetzt Partnerin in der Bürogemeinschaft mit Katerina
Lefkaditi	Besitzerin eines Schönheitssalons
Léopold	senegalesischer Migrant, Vertreter der afrikanischen Gemeinschaft
Maurice	afrikanischer Migrant
Melpo	Kinderfrau von Charitos' Enkel Lambros
Nihal, Naima	nigerianische Studentin in London
Merikas, Grigoris	Journalist
Ousounidis, Fanis	Ehemann von Katerina, Kardiologe am Allgemeinen Staatlichen Krankenhaus Athen
Papanikolaou, Anestis und Marina	Nachbarn von Tsang Jong Sun
Roditis, Kosmas	Bauprojektleiter der Firma Maiandros
Saleh	Migrant aus dem Maghreb
Sissis, Lambros	Altkommunist, Kostas und er kennen sich aus der Juntazeit, als Kostas Gefängniswärter im Folterzentrum der Machthaber war, mittlerweile ist Sissis Teil der Familie

Stavropoulos	Gerichtsmediziner
Stella	Sekretärin von Charitos
Stelios	Bewohner des Obdachlosenheims
Symeonidis	Leiter der Direktion für Internationale Zusammenarbeit
Tsang Jong Sun	chinesischer Investor
Tsovas, Stratos	Bauingenieur der Firma Maiandros
Tsu	chinesischer Arzt für Akupunktur, Bekannter von Kapsidis
Vellidis, Klearchos	Leiter der Abteilung für Internetkriminalität

Krimi
Aus dem Neugriechischen von Michaela Prinzinger
464 Seiten
Auch erhältlich als eBook

Er liebt es, Souflaki aus der Tüte zu essen, dabei im Wörterbuch zu blättern und sich die neuesten Amerikanismen einzuverleiben. Seine Arbeit bei der Athener Polizei dagegen ist kein Honigschlecken. Im Trubel um den Mord an der Reporterin von ›Hellas Channel‹ gelingt es Kostas Charitos dennoch stets, er selbst zu bleiben – ein hitziger Einzelgänger, ein Nostalgiker im modernen Athen.

Aus dem Neugriechischen von Michaela Prinzinger
Mit einem Vorwort von Theo Angelopoulos
288 Seiten
Auch erhältlich als eBook

Petros Markaris ist für seine rasanten Krimis bekannt, Theo Angelopoulos für seine epischen Autorenfilme. Gemeinsam haben sie einige der wichtigsten europäischen Filme geschrieben. Im Austausch zwischen den beiden zeigt sich, wie Humor und Ernst im Schaffensprozess zusammenspielen - und wie Literatur und großes Kino entstehen.

Krimi
224 Seiten
Auch erhältlich als eBook

Ein friedlicher, sonniger Sonntagmorgen im Kannenfeldpark in Basel. Plötzlich schreckt ein Schrei Peter Hunkeler bei seinem ersten Kaffee auf: Eine Spaziergängerin hat hinter den Büschen einen Toten entdeckt. Auch wenn er inzwischen in Rente ist, ein Polizist bleibt ein Polizist, zumindest für seine Mitmenschen. Wohl oder übel muss Hunkeler nachsehen. Und merkt, dass er den Toten kennt: einen bekannten Journalisten und Kunstkritiker.